ROSENKRIEG

Leonard Blussé ist Sinologe und Historiker an der Universität Leiden. Bekannt geworden ist er durch seine Publikationen über das Leben der Niederländer im Fernen Osten. Für *Rosenkrieg* erhielt er die Goldene Eule, den wichtigsten flämischen Literaturpreis.

Leonard Blussé

ROSENKRIEG

Ein Scheidungsdrama um Besitz, Macht und Freiheit im 17. Jahrhundert

Aus dem Niederländischen übersetzt von
Walter Kumpmann

Campus Verlag
Frankfurt/New York

Die niederländische Originalausgabe *Bitters Bruid* erschien 1997
bei Uitgeverij Balans, Amsterdam

First published in the Netherlands by Uitgeverij Balans, Amsterdam.
Die Übersetzung wurde unterstützt von Nederlands Literair
Produktie- en Vertalingenfonds – Stiftung für die Produktion und
Übersetzung niederländischer Literatur

Die Deutsche Bibliothek – CIP-Einheitsaufnahme

Ein Titeldatensatz für diese Publikation ist bei
der Deutschen Bibliothek erhältlich
ISBN 3-593-36396-8

Umschlaggestaltung: Rothfos & Gabler, Hamburg
Umschlagmotive: Jan Lederbogen, Hamburg (Rose)
und Coeman, Rijksmuseum Amsterdam (Portrait)
Satz: Leingärtner, Nabburg
Druck und Bindung: Druckhaus Beltz, Hemsbach
Gedruckt auf säurefreiem und chlorfrei gebleichtem Papier.
Printed in Germany

Inhalt

KOREA
JAPAN
Edo (Tokio)
GELBES
MEER
Hirado
Nagasaki
Deshima
KYUSHU
CHINA
Ningbo
Fuzhou
RYUKYU-ARCHIPEL
Amoy
Swatow
Kanton
FORMOSA (TAIWAN)
Zeelandia
TONGKING
PESCADORES
HAINAN
SIAM
PAZIFIK
Manila
Ayutthaya
CHAMPA
OSTCHINESISCHES MEER
PHILIPPINEN
Sangora
Atjeh
Patani
Ternate
Singapur
Riau
BORNEO
SUMATRA
BANGKA
MOLUKKEN
Banjarmasin
CELEBES
AMBON
Banda
Batavia
Makassar
JAVA
Bantam
Krakatau
SUNDASTRASSE
BALI
0
300
600
Kilometer
AUSTRALIEN

Ein Wort vorab

Der »Urtext« dieses Buches erschien bereits vor zehn Jahren als längerer biographischer Essay in meiner Untersuchung ›Strange Company‹[1], einer Studie über die koloniale Gesellschaft in Batavia, dem heutigen Jakarta in Indonesien. Überraschenderweise kam diese Geschichte in Japan so gut an, dass Professor Kurihara Fukuya eine Übersetzung anfertigte, die als prachtvoll ausgestattetes Buch unter dem Titel *Otemba Cornelia no Takatai* im Verlag Heibonsha erschien. Die Schnelligkeit, mit der das Angebot für diese Ausgabe kam – fast als ein Fait accompli –, ließ es nicht zu, den Text damals für eine weite Leserschaft umzuarbeiten. Ich konnte eigentlich nur noch, wenn auch voller Dankbarkeit, feststellen, dass dieses Buch dazu beitrug, die Heldin der Geschichte von einer märchenhaften Figur in einen Menschen aus Fleisch und Blut zu verwandeln[2]. Die japanische Ausgabe ließ jedoch bei mir ein Gefühl der Unzufriedenheit zurück, dieses nagende Gefühl, das jedem vertraut ist, der ein unfertiges Werk scheinbar wichtigerer Dinge wegen beiseite schiebt. Manche haben »eine Leiche im Keller«, in meiner Familie hieß das bis vor kurzem »ein Manuskript im Koffer«.

Ungezählte Male bin ich mit guten Vorsätzen und einem kleinen Koffer voller Cornelia-Kram in die Ferien gefahren. Dieser öffnete sich dann bisweilen an regnerischen Tagen, aber immer wieder wurde Cornelias Geist unbehelligt in den Koffer zurückgesperrt. Dank Marco van der Linden, der einen großen Teil des in englischer Sprache verfassten Urtexts ins Niederländische übersetzt hat, muss meine Familie in diesem Sommer nicht mehr mit Cornelia gemeinsam auf Reisen gehen. Ein Anstoß zur rechten Zeit wirkt oft Wunder. So erhielt ich auf einem Segelurlaub im nassen Sommer des Jahres 1996 endlich die Gelegenheit, das ursprüngliche Manuskript völlig neu zu schreiben und wichtige Hintergrundinformationen einzufügen. Mein Dank gilt Madelon, Jan-Jacob und Julie, die diese unerwünschte Reisegefährtin ein letztes Mal geduldig ertragen haben. Ich möchte auch Herrn Walter Kumpmann in München für die sorgfältige und schöne Übersetzung ins Deutsche sowie Professor Justin Stagl und seiner Frau Erika in Leiden für die kritische Durchsicht herzlich danken.

Vor mehr als zwanzig Jahren kreuzten meine Wege die Spuren von Cornelia van Nijenroode, als ich mit der Segeljacht ›Fortuna‹ in den kleinen Hafen von Hirado einlief. Es trifft sich deshalb gut, dass mein Manuskript in den letzten Augusttagen, weitab vom städtischen Gewühl an Bord eines anderen Bootes, der ›Mediene‹, abgeschlossen wurde. Es gibt wohl keinen besseren Ort, um Abstand vom oberflächlichen Leben und Treiben zu gewinnen, als an Bord eines alten Segelschiffes.

Leonard Blussé
Amsterdam, im Januar 2000

KAPITEL 1

Unbezähmbar und unmündig

Der Frühling des Jahres 1712 war stürmisch, noch im April fiel Schnee. Doch das raue Wetter schien die erwachende Natur nicht verstört zu haben, denn im Mai standen die Obstgärten vor den Wällen von Wijk bij Duurstede in voller Blüte. Wie stets im Frühjahr verlangte es manchen Bürger unwiderstehlich, nach dem Abendbrot mit Frau und Kind vor den Toren der Stadt zu promenieren. Der Weg auf dem Deich gab Spaziergängern den Blick auf den Fluss mit den gemächlich dahinziehenden Küstenseglern frei. Die Stadt in ihrer grünen Umwallung schien frei wie ein Kranz auf einem Meer von Blüten zu treiben, »weißer als ein Traum im Winter«.

Am kleinen Bemmelsdeich vor dem Leuter Tor saß der alte Bürgermeister von Wijk in seinem Kirschgarten und las aufmerksam einen Brief, während um ihn herum eine weiße Blüte nach der anderen zu Boden taumelte. Plötzlich ließ er den Brief auf seine Knie sinken und nahm behutsam die Lesebrille von der Nase. Was er gelesen hatte, bewegte ihn sichtlich.

Still saß der alte Mann auf der Bank vor dem Gartenhäuschen. Er ließ seinen Blick schweifen, sah die Elternpaare, die Arm in Arm auf dem Deich flanierten, umringt von ihren spielenden Kindern. Die großen Mühlen am Wall schienen wie mächtige Wächter vor der Stadt zu stehen. Unwillkürlich riefen sie in ihm die Erinnerung an die beiden riesigen Statuen von grimmig dreinblickenden chinesischen Kriegern wach, die hinter dem Eingang des Klenteng, des Tempels vor den Stadtmauern des ihm so vertrauten Batavia standen. Das Bild der fernen Stadt in den Tropen war wohl durch den Brief seines Sohnes Arnolt unversehens vor sein inneres Auge gerückt.

Der Inhalt des Briefes, Batavia und das freudvolle Familienleben, das da oben den Deich entlangpromenierte, weckten Erinnerungen. Auch er hatte einst vom Glück der Ehe kosten dürfen, aber es war ihm nur allzu bald wieder entglitten. Hatte er sich das selbst zuzuschreiben? Eines war gewiss: Arnolt, der sich nun schon seit zehn Jahren wieder im Osten aufhielt, schien aus den ehelichen Fehlschlägen seines Vaters gelernt zu haben. Der alte Mann nahm den Brief wieder auf, um nochmals zu lesen, was der Sohn geschrieben hatte:

»Gern möchte ich in drei Jahren gleichfalls nach Holland zurückkehren. Ich hoffe dann so weit zu sein, dass ich als ehrenwerter Bürger in Amsterdam leben kann. Im vergangenen September bin ich in das 48. Jahr meines Lebens getreten. Würde ich in drei Jahren heimkehren, dann zählte ich bereits 51 Lenze. In einem solchen Alter mich noch im Ehestande zu binden und meine Ruhe für die wechselhaften Launen einer Frau zu riskieren, das mag mir, kritisch bedacht, gar nicht ratsam scheinen. Ich müsste mich durch eine Heirat neuerdings in das volle Leben begeben, besonders, wenn ich mich, wie es wahrscheinlich ist, an eine Frau bände, welche noch im fruchtbaren Alter wäre. Auch liefe ich Gefahr, mein ganzes Leben hier zu bleiben und mich bis zum letzten meiner Tage plagen zu müssen. Geld gibt es hier heutzutage nicht zu erheiraten, jeglicher Unterhalt der Familie muss durch die Umsicht des Mannes eingebracht werden. Vielleicht würde ich mein geliebtes Vaterland niemals wieder sehen.«[1]

»Guter Junge«, grummelte der Alte vor sich hin, »ich kenne das. Kinder sind im Osten nun mal eine Last. Deshalb hat ja meine liebe Bartha ihren Joan und ihren Dirk aus Indien zu mir in die Kost gegeben. Aber was schreibt Arnolt denn da am Schluss? Kann man denn in Batavia keine reichen Partien mehr machen? Seine Familie mit Umsicht unterhalten! Sollte das ein Wink mit dem Zaunpfahl sein?«

Der alte Mann faltete den Brief sorgsam zusammen und reckte sich, nahm seinen Krückstock beim silbernen Knauf und richtete sich steif auf. Es wurde kühl und es war Zeit, nach Hause zu gehen. Aber die Gedanken über die Ehe gingen ihm weiter im Kopf herum. Das Treiben auf dem Deich, die verliebten Pärchen an der Böschung – all das schien er nun gar nicht mehr wahrzunehmen.

»Die Ehe: Was hat der Hugo Grotius darüber noch gesagt?«, fragte er sich grübelnd. »Die Heirat oder die Ehe ist ein Zusammenschluss von Mann und Weib für ein gemeinsames Leben, das einen rechtmäßigen Gebrauch des Körpers des anderen einschließt.«

»Gebrauch des anderen Körpers? Ja, die Römer nannten die Ehe nicht umsonst *Matrimonium*. Recht hatten sie. Du heiratest eine Frau, um sie zur *Mater*, zur Mutter zu machen. Die Ehe ist dazu da, Kinder zu zeugen. *Nubilis* und *Nubilus*«, murmelte er leise vor sich hin, »ist ja auch merkwürdig, dass diese Wörter so ähnlich klingen: ›Mannbar‹ heißt das eine, das andere ›bewölkt‹ oder ›trübselig‹. Ist das ein Zufall? Vielleicht nicht. Schließlich mussten die römischen Frauen sich verschleiern, wenn sie heirateten.«

Auf dem Deich angelangt, blieb der Bürgermeister Joan Bitter einen Augenblick stehen. Plötzlich sah er klar. Der breite Strom und die Stadt mit ihren Windmühlen, die stumpfen Türme in einem Meer von blühenden Gärten und das umherschlendernde Volk offenbarten sich ihm wie eine Allegorie. »Es ist alles vorbei, so wie bald auch das Leben«, wurde ihm bewusst. Ihm fehlten die Enkelkinder, die jetzt aus dem Hause waren, und obendrein vermisste er deren Mutter, seine Tochter Bartha, mit der er so viel Freud und Leid geteilt hatte. Eigentlich sollte ihm das Alleinsein nicht gar so schwer fallen. Wo fand er eine solche Ruhe wie in seinem geliebten Obstgarten? Mit einem freundlichen Nicken zu den gerade vorübergehenden Eheleuten Bloem und einem Augenzwinkern zu deren dicklichem Sohn Jakob setzte er seinen Weg zu seinem geräumigen Haus an der Oeverstraat fort. »Es hätte alles noch viel schlimmer kommen können«, sinnierte er.

Gedanken über die Ehe

Auch heutzutage lassen sich die Menschen von wenigen Dingen so festlegen wie von der Ehe. Ist man erst einmal verheiratet, sind die Folgen zumeist unabsehbar. Nahezu nichts im Leben ist so folgenreich wie eine Eheschließung, bei der Mann und Frau – ob sie sich nun vorher gut oder gar nicht gekannt haben – zu einer symbolischen Einheit zusammengeschmiedet werden. Das Versprechen, miteinander durchs Leben zu gehen und für die Nachkommenschaft zu sorgen, kennt unzählige Formen, doch eines steht fest: Die Institution Ehe beruhte seit alters fast immer auf der Ungleichheit von Mann und Frau, in der die Frau aufgenommen und der Familie des Mannes »einverleibt« wird. Nur in den matriarchalischen Gesellschaften war das anders.

Heute ist die Ungleichheit der Eheleute aus den meisten europäischen Gesetzbüchern verschwunden, in der Ehe wird die Frau nicht mehr vom Mann bevormundet. Kinder tragen vielerorts nicht einmal mehr den Familiennamen des Vaters. Die Ehe ist zu einem Unternehmen geworden, in das beide Partner investieren. Weder gesetzliche noch ökonomische Änderungen haben dazu geführt, dass der im Standesamt geschlossene Bund fürs Leben dauerhafter ist als sein herkömmlicher, vor dem Altar eingesegneter Vorgänger. Oft gehen enttäuschte Eheleute nach einiger Zeit wieder auseinander; die Scheidung hat viele unangenehme Folgen, sie bringt nicht nur dem Paar, das sich trennt, große Probleme, sondern auch den Menschen in dessen Nähe.

Früher kam eine Scheidung aus einem einfachen Grund kaum vor: Sie konnte von einem der Partner mit Erfolg angefochten werden. »Nach der Ermahnung Christi«, belehrt uns Hugo Grotius,

»wird in diesem Lande keine Trennung des Ehebandes zugelassen, es sei denn durch den Tod eines der Eheleute oder durch Ehebruch: Alle anderen gewollten rechtlichen Scheidungen können weder den Ehebund noch die daraus entstandenen Rechte zerbrechen.«[2]

Kolonialer Alltag in Japan

In der frühen Kolonialzeit Niederländisch-Indiens – und in dieser Zeit spielt unsere Geschichte – dachten die europäischen Männer, die einen Teil ihres Lebens im Fernen Osten verbrachten, meistens nicht ans Heiraten, denn eine solche formelle Verbindung brachte viele Schwierigkeiten mit sich. Sie gingen in jungen Jahren nach Übersee, um Geld zu verdienen, und suchten Trost im Alkohol oder ließen sich von einer »einheimischen Haushälterin« verwöhnen. Standen sie diese Jahre in den Tropen, die tatsächlich doppelt zählten, ohne große Leberschäden und zerschlissene Hosen durch, dann kehrten sie nach Hause zurück, um dort bereits im mittleren Alter als Privatier zu leben. Bisweilen versuchten sie daheim, das Versäumte nachzuholen, indem sie eine viel jüngere Partnerin heirateten. Das war der normale Lauf der Dinge im Fernen Osten, bis sich gegen Ende des 19. Jahrhunderts weiße Frauen in großer Zahl den Zugang zum kolonialen Leben verschafften.[3]

Für die Kaufleute der niederländischen Faktorei im fernen Japan war die Situation um einiges anders. Von 1609 bis 1860 lebte und arbeitete »Jan Compagnie« unter außergewöhnlichen Umständen im Reich der aufgehenden Sonne. Anfangs betrieben die holländischen Kaufleute freien Handel auf der malerischen kleinen Insel Hirado im Süden Japans. Die Holländer lebten im Alltag nicht viel anders in Hirado, als es die chinesischen Seeleute vor ihnen taten, die dort schon viel früher gelandet waren. Wenn die Dschunke eines Ostindienfahrers im Frühjahr mit dem Südmonsun in die Bucht von Hirado einlief und dort Anker warf, wartete ein heißer Sommer auf die Mannschaft. Die Matrosen mussten sehen, wie sie sich die Zeit vertrieben, bis der Monsun drehte und sie aus dem Hafen entließ. Wenn sie genügend Geld in der Tasche hatten, suchten Matrosen und Kaufleute die Gesellschaft von Frauen. Wenn sie sich dann im frühen Herbst wieder einschifften und die Gefährtin der letzten vier Monate am Ufer winkte, verflog die Wehmut des Abschieds rasch, um der erregenden Vorfreude auf die weiblichen Schönheiten zu weichen, die schon im nächsten Hafen auf ihn warteten: die geschmeidigen siamesischen Mädchen aus Patani, die pechschwarzen Frauen von der Koromandelküste oder die kleinen zarten balinesischen Sklavinnen, die sich in Batavia für ein paar Groschen feilboten. Aber auch die japanische Bettgespielin, die in Hirado zurückgeblieben war, nahm ihr gewohntes Inselleben wieder auf. Sie kehrte ins elterliche Haus zurück und verbrachte dort den Winter in Erwartung der Schiffe, die im nächsten Frühjahr kommen würden. Ein oder auch zwei Handelsperioden brachten die Mitgift für eine ehrenwerte Heirat mit einem Kandidaten aus ihrem angestammten Umkreis ein. Vom Lebenswandel dieser Frauen, die von den Japanern *karayuki-san* genannt wurden, »die unter die Fremden gehen«, wurde im alten Japan nicht viel Aufhebens gemacht.

Vor vierhundert Jahren gefiel einigen Holländern das Leben in Hirado so gut, dass sie blieben, um mit einer japanischen Schönen eine Familie zu gründen. Im Jahre 1639 fand diese Idylle ein plötzliches Ende. Der Alleinherrscher Japans, der Shogun Tokugawa Iemitsu, hatte kurz zuvor eine Reihe von Verordnungen erlassen, in denen er seinen Untertanen verbot, weiterhin ins Ausland zu reisen, die so genannte *kaikin*, die »Meeresverbote«. Den Fremden wurde mit derselben Verordnung der Zugang zu den japanischen Häfen untersagt. Nur die Niederländer und die Chinesen waren, wenngleich unter strengsten Auflagen, geduldet. Auf höchsten Befehl wurden die Lagerhäuser der Ostindischen Compagnie in Hirado dem Erdboden gleichgemacht. Die holländischen Kaufleute mussten auf die fächerförmige kleine Insel Deshima in der

Bucht von Nagasaki ausweichen. Dort wartete ein völlig anderes Leben auf sie.

Die Handvoll Kaufleute mit ihren asiatischen Haussklaven, die auf Deshima überwinterten, waren in japanischen Holzhäusern untergebracht. Die häusliche Lebenswelt auf *Tatami*-Matten hinter mit Reispapier bezogenen Schiebetüren beschränkte sich auch außerhalb des Hauses nun auf einen Bereich, der die Größe von etwa zwei Fußballfeldern hatte. Ein Wachposten an der einzigen Brücke zwischen der Insel Deshima und der Stadt Nagasaki kontrollierte den ein- und auslaufenden Verkehr. Spione – von Jan Compagnie anschaulich als »Quergucker« bezeichnet – behielten den Gang der Geschäfte auf der Insel selbst im Blick. Nur der Anführer der Holländer durfte mit einem oder zwei Begleitern Deshima in jedem Frühjahr einmal verlassen, um nach einer beschwerlichen Reise an den Hof des Shogun in Edo (dem heutigen Tokio) dem weltlichen Herrscher Japans den Tribut der VOC (Vereinigten Ostindischen Compagnie) zu überbringen.

Wenn im August die Schiffe aus Batavia an der Reede von Nagasaki erschienen, löste das auf der Insel Deshima plötzlich ein reges Treiben aus. Gewürze aus Banda und Ternate, Seide und Baumwollstoffe aus Indien, Zinn und Zucker aus Batavia, Wollstoffe, aber auch exotische Tiere wie Straußen, persische Pferde und Windhunde wurden an Land gebracht. Alle Handelswaren wurden inspiziert und in Speichern gelagert oder in Ställen auf der Insel untergebracht. Im September wurden die Importwaren dann besichtigt und versteigert. War nach einigen Wochen alles verkauft, wurde Anfang Oktober die Fracht für die Rückfahrt aufgenommen: anfangs vor allem Silberbarren, später, als der japanische Silbervorrat zur Neige ging, Kupfer, Porzellan, Lackarbeiten und Kampfer. Und wenn der Ostindienfahrer dann vor dem »zwanzigsten Tag des neunten Monats« die Anker lichtete und unter dem Donner von Salutschüssen, rhythmischem Gesang und Trommelwirbel von Dutzenden von *Sampans* aus der Bucht geschleppt wurde, winkte die kleine Garnison der Zurückbleibenden ihren Landsleuten nach und fiel notgedrungen in einen langen Winterschlaf. Es blieb nicht viel mehr zu tun als die Vorräte zu kontrollieren, die Kassenbücher zu prüfen und das Journal zu führen. Waren diese täglichen Pflichten erfüllt, dann stellten sich unausweichlich Schlendrian und unendliche Langeweile ein.

Unbezähmbar

Essen, trinken, Billard spielen, lesen, musizieren und insgeheim auf eigene Rechnung Geschäfte machen – das half ein wenig, die Zeit zu vertreiben, aber es reichte nicht. Was Jan Compagnie am meisten fehlte auf der kleinen Insel, die von der tosenden Hafenstadt Nagasaki mit ihren schillernden Vergnügungen umringt war, das war die Gesellschaft von Frauen. Der Shogun verbot holländischen Frauen den Aufenthalt in Japan, von einer Ansiedlung von Weißen wollte man im Land der aufgehenden Sonne nichts wissen.

Glücklicherweise fand sich schon bald ein eleganter Ausweg, um die einsamen Teufel auf Deshima zufrieden zu stellen. Kurz nach der Gründung der Faktorei auf der Insel im Jahre 1641 suchte der holländische Vorsteher Rat beim Gouverneur von Nagasaki. Er habe sich das Hirn zermartert über eine Lösung des existenziellen Problems der völligen Enthaltsamkeit, dem er und seine Männer in Japan nun zum ersten Mal begegnet seien. Abend für Abend, schrieb er in seinem Gesuch, ziehe sich das gesamte japanische Personal zurück. Die Wachleute, die »Quergucker«, auch die Mägde, gingen aufs Festland und kehrten erst am nächsten Morgen auf die Insel zurück. »Wer soll uns denn abends den Tee servieren, wenn es keine Frauen auf der Insel gibt?«, fragte der holländische Kaufmann seinen Gastgeber.

Dieser listigen Frage vermochte der japanische Gouverneur Verständnis entgegenzubringen. Er gestattete, dass fortan Damen des leichteren Gewerbes aus dem Stadtviertel Maruyama den

Holländern des Nachts Gesellschaft leisteten. Und so trippelten Abend für Abend die Frauen in rauschenden seidenen Kimonos über die Brücke zur Insel, um dort ihre Dienste zu verrichten. Doch wie gefügig und aufopfernd die japanischen Frauen dem westlich voreingenommenen Blick auch scheinen mögen, Jan Compagnie lernte sie auch von ihrer anderen Seite kennen. Die *Keesjes* (Spitzhündchen), wie die Holländer sie wegen ihrer Leichtigkeit nannten, hatten nicht nur große Erfahrung in der Aufmunterung, sondern auch in der Lenkung ihrer Kunden. Man muss zugeben: Die heftig schwitzenden, gelangweilt dreinblickenden Holländer auf der Insel waren schon ein besonderer Menschenschlag. Sie wuschen sich selten, verschlangen große Mengen von gepökeltem Rindfleisch und stanken folglich für japanische Begriffe aus allen Poren. Dass sie sich obendrein regelmäßig mit Branntwein voll laufen ließen, kam ihrem Atem auch nicht zugute. Und wenn sie in ihrer Säuferlaune nicht ihren Willen bekamen, brüllten sie auch noch unverständliche Verwünschungen in ihrer barbarischen Sprache. Die *Keesjes* hatten darauf ihre eigene Antwort: Sie taten, was von ihnen als Kurtisanen erwartet wurde, aber es gab da eine Zeit des Kommens und eine des Gehens. Sie kehrten zwar immer wieder in die Stadt zurück, blieben aber für die holländischen Männer ungreifbar. Wenn eine Kurtisane früh am Morgen wieder über die Brücke zurücktrippelte, kam es häufig vor, dass eine rauhe Männerstimme ihr nachrief: »Unzähmbar seid ihr, unzähmbar!« Dieses Wort lebt im Japanischen bis heute fort. Frauen, die ihren eigenen Weg gehen – vom lästigen kleinen Mädchen bis zur jungen Frau, die ihren Willen durchsetzt – heißen in Nagasaki *otemba*.

Unmündig

Gelegentlich halten sich die Niederländer viel auf die Eigenständigkeit ihrer Frauen zugute. Da das allgemeine Gedächtnis nicht weiter zurückreicht als bis zu den germanischen Batavern, die an der Rheinmündung siedelten, wird bei passender wie unpassender Gelegenheit der römische Geschichtsschreiber Tacitus angeführt, der sich schon zu Beginn unserer Zeitrechnung verwundert über die herausragende Stellung der Frauen bei den germanischen Stämmen zeigte. Davon ist in den nachfolgenden Jahrhunderten, nachdem unser Land einmal durch die römischen Legionen befriedet war, nur wenig übrig geblieben. Nach dem römisch-niederländischen Recht war die Frau dem Manne vollständig untergeordnet. Die Frau wurde für »unmündig« gehalten, »und der Mann wird genannt Mann und Vormund oder Kirchenvogt seiner Frau«.[4]

In den zwanziger Jahren unseres Jahrhunderts erhielt die niederländische Frau mit der Einführung des Frauenwahlrechts zwar die gleichen politischen Rechte wie der Mann, doch die Gleichheit vor dem Gesetz ließ noch geraume Zeit auf sich warten. Erst 1956 erhielten Frauen die so genannte positive Geschäftsfähigkeit. Erst dann durfte die holländische Frau, ohne Hilfe oder Zustimmung des Ehemannes oder Vormundes, »allein einen Vertrag schließen oder gerichtliche Schritte unternehmen«.[5] Heute, vierzig Jahre später, können wir uns kaum noch vorstellen, wie einschneidend die Ungleichheit vor dem Gesetz gewesen sein muss. Nicht nur für die Frauen selbst, sondern auch bezüglich der Eigentumsverhältnisse einer so materiell gesinnten bürgerlichen Gesellschaft wie der unseren. Weil die Frau laut Gesetz nicht ohne die Zustimmung eines Mannes – ihres Vaters, Vormundes oder Ehemannes – über ihr Eigentum verfügen konnte, verwaltete der Mann alle Vermögenswerte der Frau.

Ob dies nun aus den »alten deutschen Sitten« stammte oder schlichtweg aus der Verantwortlichkeit des Hausvaters hervorging – für den Rechtsgelehrten Hugo Grotius stand das unumstößlich fest: »Über die Güter der Frau ist die Vormundschaft des Mannes hierzulande sehr groß.«[6] In Rechtsangelegenheiten sprach der Mann für seine Frau. Er konnte ihren Besitz nach Gutdünken veräußern und belasten, auch denjenigen, »den sie außerhalb der ehelichen

Gemeinschaft gehalten hatte, ohne dass er ihre Einwilligung dazu benötigte«. Die Buchstaben des Gesetzes mögen es so gemeint haben – aber wurde auch danach verfahren? Selbst Grotius hielt seine Verwunderung über die enorme Reichweite der Vormundschaft des Mannes »hierzulande« nicht zurück. Diese Beobachtung löst einige Fragen aus.

Haben alle Frauen ihre Unmündigkeit ohne Gegenwehr hingenommen, weil sie es eben nicht besser wussten? Oder behaupteten sie ihre Interessen nicht gelegentlich doch, so wie die selbstbewussten Kurtisanen von Deshima? Das war nahezu unmöglich, denn sie waren, bildlich gesprochen, an Händen und Füßen gebunden. Gewöhnlich schickten sie sich denn auch in ihr Los, wie es die Bibel vorschrieb: »Zur Frau sprach er: Viel Müh bereite ich dir, so oft du schwanger wirst. Unter Schmerzen gebierst du Kinder. Du hast Verlangen nach deinem Mann; er aber wird über dich herrschen.«[7]

Wie aber reagierten die gottesfürchtigen Holländer in früheren Zeiten auf eine Frau »mit Haaren auf den Zähnen«, auf eine Frau, die Zeter und Mordio schrie und vielleicht gar eine Scheidung forderte, wenn sie ihren Ehemann dabei ertappte, dass er ihr Eigentum verschacherte? Wie Hugo Grotius deutlich vermerkt, war eine Scheidung so gut wie unmöglich. Solange der Partner nicht fremdging, war ihm juristisch gesehen kaum etwas vorzuwerfen. Es liegt auf der Hand, dass in einem solchen Falle alles unternommen wurde, um die streitenden Eheleute, die ja durch das Recht und ihr Treuegelöbnis unlösbar aneinander gekettet waren, zu versöhnen. In der Praxis wird ein Streitfall, in dem eine Frau sich benachteiligt fühlte, zumeist außergerichtlich, also »gütlich« beigelegt worden sein. Sicherlich wurde ihr dabei eingeschärft, sie dürfe die Rechte, die der Mann von Natur aus habe, nicht in Frage stellen: Sie sei nun einmal unmündig. In solchen Fällen hielt auch die soziale Kontrolle von Familie, Kirche und Gesellschaft die aufmüpfige Ehegenossin im Zaum. Doch wenn die Sache so richtig aus dem Ruder lief und der Mann seine Frau schlug oder »anderweitig grausam« behandelte, dann musste zuweilen der Richter eingreifen. Falls die Zwistigkeiten andauerten, wurde auch schon mal eine Trennung von Tisch und Bett zugestanden, unter der Voraussetzung, dass man weiterhin versuchte, wieder eine eheliche Verbindung zustande zu bringen.

Gab es für den Vater einer Braut eine deprimierendere Aussicht als einen Schwiegersohn, der sich mit der Mitgift aus dem Staube machte? Solche Probleme traten offenbar so häufig auf, dass nicht die Brautleute, sondern vielmehr die Eltern die Ehebedingungen mit Hilfe eines Notars festschrieben. Wohl konnte die Ehefrau, wenn sie merkte, dass ihr Mann sie mit allerlei Machenschaften an den Bettelstab zu bringen drohte, eine richterliche Erbteilung beantragen, derzufolge der Mann dann nicht mehr über ihren Besitz verfügen konnte. Diese Regelung berührte die Rechtsstellung im Prinzip aber nicht: Nach Gott und den Geboten blieb die grundsätzliche Ungleichheit der Geschlechter gewahrt. In diesem Sinne ist die Geschichte des niederländischen Eherechts ein, erfreulicherweise, nahezu geschlossenes Kapitel. Denn stets haben sich die Männer – wenn nicht wohl, dann eben übel – des Besitzes ihrer Frauen angenommen, ohne dass diese eine Handhabe dagegen hatten. Auch so wurden Frauen mundtot gemacht.

Doch gelegentlich ließ eine Kassandra ihre Stimme sehr deutlich hören, und zwar so heftig, dass ihre Umgebung sich kaum noch zu helfen wusste. Es war aber stets ein von vornherein verlorener und somit ein tragischer Kampf. Die Frau berief sich auf Rechte, die ihr in der Männergesellschaft, in der sie lebte, gar nicht zustanden. Eine solche Klage wurde nicht gehört, aber in den Prozessakten vermerkt und in staubigen Archiven für die Nachwelt aufbewahrt werden.

Klio, die Muse der Geschichtsschreibung, hat bisweilen Mitleid mit ihren Jüngern. Vor einigen Jahren stieß ich im Archiv der Vereinigten Ostindischen Compagnie hier und da auf Unterlagen über eine Frau niederländisch-japanischer Herkunft, die in Batavia (heute Jakarta) Jahre hindurch die Gemüter erregte, als sie nach einer glücklichen ersten Ehe in die Klauen eines hab-, ja geradezu raffgierigen zweiten Ehemannes geriet. Nachdem ich gelegentlich im Archiv des Hohen Rates von Holland und Zeeland gegraben hatte, stieß ich auf die Akten ihrer Scheidungssache, die sich über fünfzehn Jahre fortschleppte. In einem beinahe epischen Widerstand gegen die Entwendung ihres Eigentums hat die Heldin unserer Geschichte alle Facetten der juristischen und auch der menschlichen Defizite der damaligen Gesellschaft bloßgestellt. Besuchen wir, bevor wir sie selbst kennen lernen, zunächst die koloniale Stadt Batavia, in der ihr Leben vor dreihundert Jahren zu Ende ging.

Die batavische Witwe

Besucher des alten Batavia waren sich in einem einig: Familiäre Kontakte und Geld bestimmten das tägliche Leben im Hauptquartier der Ostindischen Compagnie in Asien. David van Lennep, ein Sohn aus gutem Hause, der auf die schiefe Bahn geraten war und zu Ende des 18. Jahrhunderts aufs Geratewohl in den Osten fuhr, um dort sein Glück zu machen, hat das auch sofort begriffen. Schockiert schrieb er an einen Verwandten in Holland:

> »Auf jede nur mögliche Art Geld zusammenraffen, das ist hier das Prinzip, und zwar so, dass man das ganz offen zugibt; wer es bestreitet, macht sich nur lächerlich. Und sieh mal, wie man sich rechtfertigt: Die Fahrt hierher ist lang und gefährlich, das Klima ist ungesund und zermürbend. Diese Opfer und Gefahren müssen kompensiert werden. Ohne die Gunst der Mächtigen kann man kein Vermögen machen. Man hält es für töricht, mehr Anstand im Verhalten und beim Handel an den Tag zu legen und dadurch das große Ziel, das uns hierher geführt hat, zu verfehlen. Die Praxis entspricht der abscheulichen Theorie.«[8]

Wie van Lennep seinen Schnitt zu machen gedachte, wird deutlich, wenn wir die Eigenarten der batavischen Gesellschaft unter

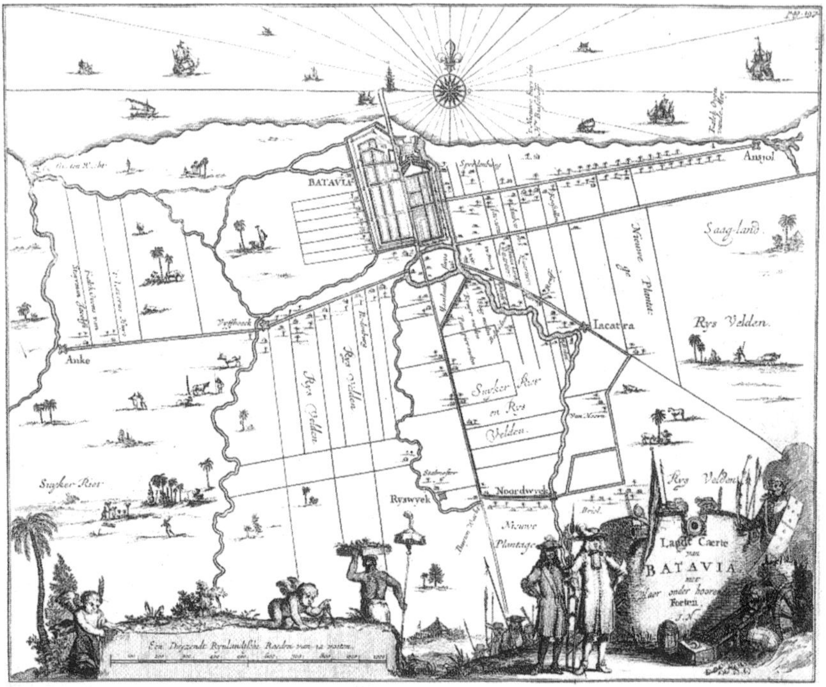

ABBILDUNG 1
Batavia und Umland in der zweiten Hälfte des 17. Jahrhunderts
(Johan Nieuhof, See- und Landreise durch Ost-Indien. Amsterdam 1682)

die Lupe nehmen. In den Niederlanden nahm die Compagnie ausschließlich Männer für die Arbeit im Osten unter Vertrag, mit Ausnahme einer einzigen Hebamme. Als Jan Pieterszoon Coen 1619 Batavia gründete, schrieb er denn auch an die Direktoren der Vereinigten Ostindischen Compagnie (VOC), an die Herren Zeventien, dass er sehr gerne ein paar Schiffsladungen von »heiratsfähigen jungen Töchtern« erwarte: vier- bis fünfhundert zehn- bis zwölfjährige holländische Mädchen in Begleitung einiger älterer Herrschaften. »Ohne Frauen kann das männliche Geschlecht ja nicht bestehen«, schrieb er. Wie auch anders sollten diese Siedlungen Wurzeln schlagen? Es war, als hätte er eine Sendung Gebärmütter bestellt. Ein Zeitgenosse weiß zu berichten, dass die Garnison von Batavia die erste Ladung junger Mädchen an Bord des Ostindienfahrers ›t'Wapen van Hoorn‹ als »gedünstete Pfirsiche« begrüßt habe. Coen machte sich über diese Damen seine eigenen Gedanken. »Das war ein gottloser Haufen, der viel Ärger machte und von denen sich viele schlimmer anstellten als die unvernünftigsten Tiere und die Abscheu und Ärgernis bei vielen Indiern weckten, denn da die Einheimischen keine anderen und besseren Frauen sahen, meinten sie, dass die ganze holländische Nation so gottlos, so unvernünftig und ungesittet sei.«[9] Kurzum, der Oberkaufmann lehnte die Ladung ab. Auch in den nächsten Jahren blieb Coens Nachfolger zufolge die Anlieferung lebender Güter aus Holland, um in der Handelssprache zu reden, quantitativ und qualitativ unter der Norm.

ABBILDUNG 2
Die Herren Zeventien in einer Sitzung (Atlas von Stolk, Rotterdam)

Im Laufe der dreißiger Jahre des 17. Jahrhunderts griffen die Herren Zeventien, der sechzehnköpfige Vorstand der Compagnie, dann zu einer anderen Lösung. Sie beschlossen, dass die indische Kolonie künftig »nach dem Vorbild der Portugiesen« mit Frauen aus den einheimischen Völkern versorgt werden sollte. Im Hinblick auf die Entwicklung einer loyalen Bürgerbevölkerung ermutigte die koloniale Obrigkeit fortan Eheschließungen mit asiatischen Frauen. Es war an der Zeit, die Grenzpfähle neu zu setzen: »Die indische Welt ist für uns zu groß, um sie allein zu besitzen, und das Land hier ist zu klein, um eine so große Menge an Menschen auszusenden, wie sie für die Kolonisation gebraucht werden«, schrieben die Herren mit verdächtiger Bescheidenheit. Sie beschlossen nun also, die Überfahrt holländischer Mädchen zu drosseln – »daraus erwachsen keine haltbaren Früchte« – und dafür zur »Verwendung« eingeborener Frauen zu ermutigen, »aus denen man kluge, robuste Kinder züchten kann, die am Leben bleiben«.[10] Batavia ließ nun heiratsfähige Mädchen aus den verschiedenen Faktoreien in Asien kommen, die meisten waren aber wohl doch Portugiesisch sprechende Sklavinnen von der Koromandel-Küste und aus dem südindischen Malabar. In Batavia angekommen, gingen diese jungen Mädchen erst einmal in die Schule, um den »rechten Glauben« und gute Manieren zu erwerben, bevor sie heirateten. So wurden sie in Indien mit Hilfe von Schule und Katechismus zu Müttern des »Tropenadels« getrimmt. Sie wurden zu den typischen batavischen Matronen, die zu Hause Portugiesisch sprachen und außer Haus ein unbeholfenes Holländisch.

War die Schule nun das böse Ende der neuen Bevölkerungspolitik? Wenn ein Bediensteter der Compagnie, der »eine eingeborene schwarze Frau« geheiratet hatte, nach Ablauf seines Kontraktes nach Hause zurückkehren wollte, dann durften die Frau und die Kinder nicht mit ihm kommen. Die Übernahme der portugiesischen Heiratspraktiken erwies sich so auch als schlauer Schachzug, um die Leute der Compagnie in Indien zu halten. Portugiesen durften ihre asiatische Frau und die Kinder übrigens durchaus – falls sie sich das leisten konnten – mit nach Lissabon nehmen.

Es verwundert kaum, dass Jan Compagnie das Konkubinat vorzog. Wenn er nach Holland zurück wollte, konnte er Verbindlichkeiten gegenüber seiner Konkubine und den gemeinsamen Kindern stets ablösen. Die kirchlichen Autoritäten von Batavia hatten mit diesem funktionalen Konkubinat ja nichts zu tun, es war nicht durch eine christliche Ehe besiegelt. Die Taufe, die Ehe und das Abendmahl waren die Zügel, womit die städtische Bevölkerung im Zaum gehalten werden konnte. Denn wer nicht getauft war, konnte nicht heiraten, und wer nicht getraut war, konnte seine Kinder nicht taufen lassen.

Viel quälender als diese Erfindungen reformierten Scharfsinns waren für Jan Compagnie jedoch das mörderische Klima der Tropen und die eigene ungesunde Lebensweise. Drei von vier Indienfahrern erblickten die holländische Dünenkette nie wieder. Manche blieben aus freiem Willen in Indien, die meisten aber fielen in der Blüte ihres Lebens den zahlreichen Epidemien zum Opfer, die durch Batavia und die anderen kolonialen Niederlassungen ihre Spuren zogen.

Von den freien Bürgern abgesehen, die auf eigene Rechnung arbeiteten, standen alle holländischen Männer im Osten im Dienste der Compagnie. Ihr monatliches Gehalt war freilich bescheiden, weil aber im Kolonialhandel »viel an den Händen kleben« blieb, kamen sie durchweg zu satten Nebenverdiensten, den so genannten *Emolumenten*. Positionen wie die des Hauptkassierers auf dem Kastell Batavia, des kaufmännischen Leiters der Compagniewerft auf der Werftinsel Onrust oder des Leiters der Station auf der Insel Deshima in Japan waren bei den Profitjägern als »Taschenfüller« sehr begehrt.

So erzählt Nicolaus de Graaff, Schiffsarzt und Chronist des Lebens in Batavia, er habe erlebt, wie auf der Reede von Batavia der heimkehrende Leiter von Deshima, Hendrick Cansius, vor dem Generalgouverneur Cornelis Speelman (selber ein Spekulant ohnegleichen) damit groß getan habe, dass in der letzten Saison mit dem streng verbotenen privaten Handel in Japan mehr umgesetzt worden sei als im Handel der Compagnie selbst. Speelman, von dieser Angeberei sichtlich beschämt, rief in aller Öffentlichkeit: »Kerl, sei still! Wer fragt dich denn nach dem Privathandel in Japan?« und kehrte Cansius den Rücken zu. »Als aber«, konnte de Graaff sich nicht verkneifen anzumerken, »die privaten Waren entladen waren, lag das Schiff um dreieinhalb Fuß höher im Wasser.«[11]

Berüchtigt für den Erfolg seiner Privatgeschäfte war auch der VOC-Vorsteher der Insel Onrust, Willem van Hogendorp, der Vater des unbestechlichen Gijsbert Karel van Hogendorp, der die niederländische Verfassung von 1815 schuf. Als Wilhelm van Hogendorp zur Rückkehr in die Niederlande aufbrach, brummte einer, der dem Schiff nachwinkte, vor sich hin, wäre er ein Gott, dann ließe er diesen Mann mit seinem zusammengeraubten Gut das Vaterland nicht erreichen. Und so geschah es auch: Van Hogendorps Schiff ging einige Wochen später im Indischen Ozean mit Mann und Maus unter.

Angestellte der Compagnie legten gewöhnlich in ihrem Testament fest, dass Verwandte in der Heimat die noch ausstehenden Gehälter bei der Kasse der Compagnie einfordern konnten. Die illegal erworbenen Gelder und Besitztümer in Indien vermachten sie meistens ihnen nahe stehenden Freunden vor Ort. Da darf man sich nicht wundern, wenn so manche Witwe in Batavia mit einer stattlichen Summe Geldes aus dem Nachlass des verstorbenen Ehemannes zurückblieb. Frauen, die drei oder vier Ehemänner »verschlissen« hatten, waren keine Seltenheit in Batavia. So kam es zu der seltsamen Erscheinung, dass reife Witwen von heiratswilligen Junggesellen höher geschätzt wurden als junge Mädchen. Nicht so sehr »in praise of elder women«, wie Benjamin Franklin es verordnete – »they are so grateful« –, sondern einfach und allein, weil sie ein viel interessanteres Anlageobjekt darstellten.

Frauen spielten in Batavia nicht nur eine passive Rolle bei der Anhäufung von Vermögen. Häufig waren sie an allen möglichen geschäftlichen Transaktionen beteiligt, auf die sich ihre Ehemänner besser nicht offiziell einließen. Beim privaten Handel von Compagnie-Angestellten in Japan schaute man nicht so genau hin, zumal es unmöglich war zu kontrollieren, was das Personal auf diesem entlegenen Posten für sich herausschlagen mochte. Und allzu strenge Vorschriften hätten bewirkt, dass niemand mehr aus freien Stücken ein ganzes Jahr auf dieser isolierten Insel hätte durchhalten wollen. In Batavia dagegen wurden die Verordnungen gegen den privaten Handel – den »toten Handel« – streng befolgt. Dort waren geschäftstüchtige Ehefrauen sehr willkommen. Die »vornehmen Damen« waren mit Wissen ihrer Männer in den Handel vor Ort direkt einbezogen. Sie vermittelten Sklaven und traten im Immobiliengeschäft und als Geldverleiherinnen für die chinesischen Kaufleute auf. Jean-Baptiste Tavernier, Reisender und Besitzer einer Diamantenschleiferei, sprach denn auch den Herrinnen von Batavia großen Einfluss zu: »Sie wissen zumeist die Vorteile ihrer Männer so gut wahrzunehmen, dass sie anschließend deren Zuneigung dazu missbrauchen, um sie teilweise zu großen Ungesetzlichkeiten anzustiften und mit der Autorität ihrer Männer zweifelhafte Geschäfte zu wagen.«[12]

Wieder heiraten oder nicht?

Die im Osten geborene und aufgewachsene Frau des Hauses führte an der Spitze eines Sklavenhaushalts gewöhnlich ein weniger anstrengendes Leben als ihre Schwestern in Holland. Obwohl das wohl kaum mit exakten Zahlen zu belegen ist, können wir doch annehmen, dass den Frauen in Batavia ein längeres Leben beschert war als ihren Ehemännern. Lediglich während und kurz nach einer Entbindung trugen sie ein größeres Risiko – das waren die kritischen Momente in ihrem Leben. Aus einer Untersuchung über die

Karrieren der »qualifizierten« Mitarbeiter der Compagnie in Asien geht hervor, dass Männer, die durch Verdienst und eiserne Konstitution höhere Stellungen erreicht hatten, nach dem Tod ihrer ersten Ehefrau fast stets die Witwe eines verstorbenen Kollegen geheiratet haben.

Wohlhabende Frauen in Ostindien heirateten mehrmals.[13] Zeitgenössische Quellen bezeugen die zentrale Stellung der Witwen höherer Compagnie-Angestellten in der Gesellschaft Batavias. Fast das ganze »gehobene Bürgertum« des 18. und 19. Jahrhunderts entstammte der zweiten oder dritten Ehe eines höheren Compagnie-Angestellten. Zum Ende des 17. Jahrhunderts entstand im Umland der Stadt Großgrundbesitz. Die Elite von Batavia schlug jetzt erst richtig Wurzeln. Die Partner in der zweiten oder dritten Ehe waren Witwen, die entweder im Osten aufgewachsen waren oder dort schon seit Jahren lebten.

Nach diesen Beobachtungen drängen sich einige Fragen auf. Konnte eine wohlhabende, ältere batavische Witwe in diesem Spiel auftrumpfen, wenn ein Mann ihr den Hof machte? Stellte sie, ermutigt durch ihren finanziellen Status und ihre Geschäftstüchtigkeit, bestimmte Forderungen an ihren künftigen Geliebten? Strebten diese »lustigen Witwen« bewusst eine Ehe mit einem wohlbestallten Compagnieangestellten oder mit einem jungen, rasch aufsteigenden »Stern« an, um so auf der gesellschaftlichen Leiter noch höher zu klettern? Oder mussten sie als Beute von Glücksrittern passiv die Avancen junger Kavaliere erdulden? John Crawfurd, der während der englischen Zwischenherrschaft allerlei Ämter in Ostindien bekleidet hatte, sagte darüber 1820 Folgendes:

> »Sobald eine Frau zur Witwe wird und ihr Mann begraben ist, was im Allgemeinen am Tag nach dem Tode geschieht, hat sie, wenn sie reich ist, sehr bald viele Freier. Eine gewisse Dame, die ihren Mann während meines Aufenthaltes in Batavia verlor, hatte in der vierten Woche ihrer Witwenschaft den vierten Liebhaber, und am Ende des dritten Monats heiratete sie wieder. Sie hätte dies sicher schon eher getan, wenn die Gesetze es ihr erlaubt hätten.«[14]

Wir können diese Geschichte aus dem historischen Kolonialleben Batavias aus rein romantischer Perspektive betrachten, aber wie sahen eigentlich die gesetzlichen Bestimmungen über das Eigentum der Frau in der Gesellschaft Batavias aus? Gestattete das Recht einer freien Witwe, ihren eigenen Weg zu gehen und ihre Handelsaktivitäten ohne die Rückendeckung eines Ehemannes fortzusetzen? Und wenn sie wieder heiratete, konnte sie dann ihre Geschäfte ohne die ausdrückliche Zustimmung ihres Lebensgefährten fortführen? Das war keineswegs der Fall, denn auch für sie galt das niederländische Recht. Grundsätzlich war ihr Mann Eigentümer des gesamten Besitzes, und nur wenn er es ihr ausdrücklich erlaubte, als »öffentliche Kauffrau« aufzutreten – das konnte ja für ihn, wie wir gesehen haben, von Vorteil sein –, hatte sie vor dem Gesetz das Recht, Handel zu treiben.

Wir haben die vermögende Witwe als eine prominente Figur der Gesellschaft Batavias kennen gelernt und uns so nebenbei gefragt, was eine solche Frau wohl selbst über ihre Stellung dachte. Welche Herzensregungen die Freier bewegten, das wissen wir aus weiteren Ergüssen des oben schon genannten David van Lennep. Er war, so bekannte er in seinen Briefen nach Hause, in den Osten gegangen, um »die Folgen, welche die Fehlschläge in meiner Jugend gehabt haben, wieder gutzumachen und meine Schulden abzutragen«. In Batavia angekommen, stellte er diese Absicht in der Gewissheit zurück, dass er hier vor seinen Gläubigern in der Heimat sicher war, dennoch war er von der Geldgier in Niederländisch-Indien so schockiert, dass er nicht länger auf eine lohnende Stellung bei der Regierung aus war und sich mit einem Sitz im Rat der Justiz zufrieden gab. Bald aber zeigte sich, dass er seine Pläne, schnell zu Geld zu kommen, keineswegs aufgegeben hatte.

Der Wolf im Schafspelz richtete nämlich seine Blicke auf eine Witwe, die laut Hörensagen gut 800 000 Gulden wert war. In einem Brief nach Hause rechnete er vor, dass das Vermögen seiner künftigen Ehefrau nach der Hochzeitsfeier automatisch in seine

Verfügungsgewalt gelangen werde. So glaubte er seine Schulden, die sich auf 270 000 Gulden beliefen (einige Millionen nach heutigem Wert), termingerecht tilgen zu können.

»Es ist nicht gut möglich, ein derart großes Vermögen plötzlich zur Tilgung einer so großen Schuld einzusetzen, ohne gezwungen zu sein, viele Werte zu ungünstigen Preisen veräußern zu müssen, und ohne die Frau, deren Vermögen man verprasst, zu verbittern, kurzum: ohne ihr Vertrauen zu verlieren«, räumt er mit Bedauern ein. Doch schloss er großmütig mit den Worten: »Ich bin willens, mich zur Erreichung dieses Ziels selbst aufzuopfern, denn es wäre schlecht, dabei meinen Mitmenschen aufzuopfern, und noch viel schlechter, eine Frau zu betrügen oder ins Verderben zu stürzen, die ihr glänzendes Los bereitwillig mit meinem zu teilen gewillt ist!«

So weit sollte es glücklicherweise nicht kommen. Die in Frage kommende Dame erkundigte sich allenthalben nach van Lenneps früherem Handel und Wandel und ließ ihn, als seine Jugendsünden ans Licht kamen, wie eine heiße Kartoffel fallen. Schon diese Reaktion zeigt, dass eine Witwe in Batavia wusste, was sie wert war. Doch schauen wir, was passieren konnte, wenn eine batavische Witwe der ersten Gesellschaft in die Falle ging. Um zu erfahren, was geschah, wenn sie nach einiger Zeit entdeckte, dass sie einen Schurken geheiratet hatte, der nur auf ihr Vermögen aus war, müssen wir uns auf einen der langwierigsten kolonialen Rechtshändel des 17. Jahrhunderts einlassen: van Nijenroode gegen Bitter. Schließen wir Bekanntschaft mit der Heldin unserer Geschichte. Schauen wir uns zwei Porträts an, ein stummes und ein sprechendes.

KAPITEL 2

Schicksalsschläge

Überwältigt von der großen Zahl von Schiffsmodellen und den Gemälden an den Wänden fühlt sich der Besucher des geräumigen Saals der Vereinigten Ostindischen Compagnie im Rijksmuseum in Amsterdam zuerst ziemlich verloren. Dann aber wird seine Aufmerksamkeit unweigerlich von einem Bild links in der Ecke geweckt: einem mächtigen Porträt einer Familie aus dem Tropenadel Batavias, seit jeher bekannt unter dem Namen ›Cnoll und seine Zitronen‹. Aus wenigstens drei Perspektiven kann man das Porträt des wohlbestallten Compagnie-Kaufmanns Pieter Cnoll, seiner Frau und seiner beiden Töchter mit den asiatischen Mandelaugen betrachten: als Kunstliebhaber, als interessierter Laie und als Historiker.

Tropenadel

Dem Kunstkenner mag wohl zunächst auffallen, dass der Maler Jacob Janszoon Coeman bei der Darstellung der Personen wie der Farbgebung nach im Stil seines Mitbürgers und Zeitgenossen Thomas de Keyser gearbeitet hat. So wie dieser hat er die Porträtierten mit auffallend großen Köpfen und kleinen Händen gemalt. Komposition und Arrangement des 1664 gemalten Bildes wecken auch Assoziationen zu den herrlichen Familienporträts, die Anthonis van Dyck etwa dreißig Jahre zuvor von den prunksüchtigen Reedern der Hafenstadt Genua geschaffen hatte. Oberkaufmann Cnoll,

ABBILDUNG 3
Pieter Cnoll mit Frau und Töchtern (Gemälde von Jacob Coeman. Rijksmuseum Amsterdam)

seine Frau Cornelia und seine Töchter Catharina und Hester sind auf der Terrasse einer von Laubwerk umkränzten Villa verewigt. Im Schatten hinter ihnen nimmt man zwei dunkelhäutige Bedienstete wahr. Vor dem Hintergrund links sind undeutlich die Kauffahrteischiffe zu erkennen, denen die Familie augenscheinlich ihren Wohlstand verdankte. Es gibt keinen Zweifel: Da steht eine ungeheuer reiche Kaufmannsfamilie vor uns, die ihren Reichtum zu schätzen weiß.

Über den Maler Coeman ist nur wenig bekannt. Dem Archiv der Compagnie zufolge ging er 1663 als »Krankentröster« nach Ostindien. Vermutlich war die Anstellung bei der Vereinigten Ostindischen Compagnie ein Vorwand, um den Porträtmaler in ganz anderer Absicht zu den reichen Handelsherren des Kastells Batavia zu lotsen. Ein Krankentröster, auch Krankenbesucher genannt, stand dem Schiffspfarrer bei der Seelsorge und der Krankenbetreuung auf See zur Seite. Er durfte selbst nicht predigen, las aber Texte aus der Heiligen Schrift und aus dem Katechismus vor. Diese meist gebildeten Leute wurden nach der Ankunft in Ostindien häufig in den abgelegeneren Niederlassungen als Lehrer beschäftigt. Coeman jedoch nicht. Er konnte in Batavia bleiben und stieg dort bald zum gefragten Porträtisten der besseren Kreise auf. Die Archive haben wenig über sein weiteres Leben festgehalten. Er erscheint lediglich, wenn auch regelmäßig, als aktives Mitglied in den Protokollen des Kirchenrates von Batavia, bis schließlich für den 9. April 1676 sein Tod verzeichnet wird.

Der Laie erinnert sich vor diesem Familienporträt vielleicht an die vergilbten Familienfotos aus der *tempo doeloe*, dem alten Niederländisch-Indien um die Jahrhundertwende. Und eingedenk des Kommentars von Rob Nieuwenhuys, der großartige Fotobände über das Leben in den Kolonien zusammengestellt hat, werden ihm oder ihr ganz unmittelbar die typisch »ostindischen« Merkmale des Porträts auffallen. So etwa der materielle Wohlstand, der da zur Schau getragen wird: die glänzenden seidenen Gewänder, die Perlen, die Diademe und Fächer der drei abgebildeten Grazien, auch die goldenen Knöpfe, die Schnallen und die prächtige Schärpe des Oberkaufmanns Cnoll, der auch Hauptmann der Bürgerwehr war. Mutter Cornelias Prunkstück, das kunstvoll gearbeitete goldene Kästchen für das *Sirih*-Besteck auf dem Schoß ihrer Tochter Catharina, bildet den Blickfang auf dem Familienbild. Hinter der Familie gewahren wir zwei Haussklaven mit bloßen Füßen. Sie, in einen *Sarong Kebaya* gekleidet, hält einen Korb mit tropischen Früchten am Arm. Er, nonchalant und mit offenem Wams, die Schützenfahne über der rechten Schulter, stiehlt neckisch eine Frucht aus dem Korb. Das kann er sich erlauben, er ist immerhin der Liebling seines Herrn.

Der Historiker, der ja das spätere Schicksal der Porträtierten schon kennt, wird das Bild wiederum mit ganz anderen Augen ansehen. Für ihn hebt es die wichtige Stellung der Porträtierten im öffentlichen Leben der Stadt heraus. Aber außerdem erzählt diese Momentaufnahme eines glücklichen Paars auch etwas über dessen Charaktere. Der Oberkaufmann der befestigten Stadt Batavia – angeblich der reichste Mann des Ortes –, wirkt auf diesem Bild, das kurz vor seinem plötzlichen Tode entstand, etwas zerstreut. Neben ihm, ein wenig in den Vordergrund geschoben, steht seine »indische« Ehefrau Cornelia van Nijenroode. Sie war die jüngere Tochter eines angesehenen Compagnie-Angestellten der ersten Stunde und dessen japanischer Konkubine Surishia aus Hirado.

Die mandeläugige, zierliche Cornelia schaut uns direkt an. Ihre stolze Haltung lässt keinen Zweifel daran aufkommen, wer in diesem Hause das Sagen hat. Davon wusste ganz Batavia zu berichten. Hinter ihr, noch in jungen Jahren und als schalkhafter Sklave dargestellt, steht Untung. Später wird er als Räuberhauptmann Surapati mit seiner Bande entwichener Sklaven zum Schrecken des Umlandes von Batavia werden. Seine letzten Jahre wird er schließlich als Herrscher über ein eigenes Königreich am östlichen Ende der Insel Java beschließen.

Kurzum: Ein stilles Porträt wie dieses enthüllt viel mehr, als man auf den ersten Blick wahrnimmt. Was für ein Glücksfall, dass durch Coeman ein Bild der Heldin unserer Geschichte erhalten geblieben ist! Wir begegnen hier Cornelia als stolzer Herrin; hinter ihrer lebhaften und zierlichen Gestalt schimmert ein willensstarker, unzähmbarer Charakter hindurch.

Es sind noch zwei weitere »Porträts« von Cornelia erhalten, die ein anderes Bild von ihr vermitteln: das kunstvoll geschnittene Bildnis einer jungen Frau auf einem hölzernen Paravent und zwei Briefe, in denen wir sie als ergebene japanische Tochter, als einen Ausbund von Seelenadel kennen lernen. Um diese Bilder zu sehen, müssen wir um die halbe Welt reisen und Cornelias Geburtsort in Japan aufsuchen.

Seelenadel

Der im Halbschlaf dahindämmernden kleinen Insel Hirado vor der Insel Kyushu sieht man heute nicht mehr an, dass sie im Mittelalter ein berüchtigtes Piratennest war. Das imposante hölzerne Landhaus der Familie Matsuura, Teil eines Komplexes von düsteren Gebäuden aus Holz, die mit blauen, im Sonnenlicht glänzenden Dachpfannen bedeckt sind, liegt hoch am Hang. Es verbirgt sich halb in den bewaldeten Hügeln, die den engen Hafeneingang umsäumen. Von diesen *Yashiki* aus konnte der lokale Feudalherr, der *Daimyo*, die Schiffe schon von fern kommen sehen.

Zu Beginn des 17. Jahrhunderts, als Tokugawa Ieyasu ganz Japan unter seine Herrschaft brachte, versetzten die Raubritter von Hirado ihre Schiffe und sagten dem Piratendasein Lebewohl. Alsbald entwickelten sie sich zu Schutzherren eines friedlichen Überseehandels. Die Insel florierte vorübergehend als Stapelplatz für Güter aus China, Südostasien und Europa und wurde häufig von chinesischen, englischen und niederländischen Schiffen angesteuert. Die Engländer hielten es keine zehn Jahre in Hirado aus, die

Holländer blieben dort insgesamt über dreißig Jahre. Am rechten Ufer der Hafeneinfahrt befand sich, wie schon erwähnt, von 1609 bis 1641 die holländische Faktorei. Lediglich ein Brunnen, eine steinerne Treppe, die zum Anlegeplatz der Leichter führte, und ein gepflasterter Pfad, der *oranda ishidatami* (holländischer Pfad), der zu einem Ausguck auf dem Hügel ansteigt, erinnern noch an die einstige Präsenz der Holländer.

Mit einiger Phantasie kann der heutige Besucher sich noch gut ein Bild von Hirado in der »holländischen Zeit« machen. Das blau gedeckte Wohnhaus des früheren feudalen Gebieters der Insel ist erhalten geblieben. In diesem *Yashiki*, einem weitläufigen Pavillon aus Holz, der bereits von Jan Compagnie überheblich als »schlecht gezimmert, mit dünnen Brettern gedeckt« beschrieben wird, ist das Museum des Geschlechts der Matsuura untergebracht. Seidene Gewänder mit kunstvollen Bordüren, Lackarbeiten und Porzellan, blinkende *Katanas* und andere Waffen liegen dort vor einem Hintergrund aus Rollbildern ausgebreitet. Diese zeigen chinesische Dschunken und holländische Ostindienfahrer. Es handelt sich hier um das Museum der *Grossen Tradition*, in dem Gruppen von Touristen, geleitet von schnatternden Führern, auf Pantoffeln über den quietschenden Holzboden dahingleiten.

Aber das ist noch nicht alles. Auf halbem Wege des holländischen Pfades steht ein auffallendes kleines Gebäude. Es beherbergt eine historische Sammlung, die dem alltäglichen Leben der Untertanen der Matsuuras, den einfachen Leute der kleinen Hafenstadt, gewidmet ist. Es ist nicht viel mehr als ein Raritätenkabinett, ein Sammelsurium aus Nachlässen und mottenzerfressenen, ziemlich verstaubten Kuriositäten. In der Vitrine inmitten des kleinen Raumes sind einige unterzeichnete Dokumente einer Kurtisane aus vergangener Zeit mit Namen Surishia ausgelegt. Diese persönlichen Habseligkeiten bilden das Herzstück eines lokalen Verehrungskultes: vor allem zwei Briefe, die in den Jahren 1663 und 1671 aus Batavia von einer Tochter Surishias geschickt wurden. Obgleich sie fünfundzwanzig Jahre zuvor als junges Mädchen ihrer Mutter in Hirado weggenommen worden war, hatte sie »die alte Frau« nicht vergessen und alles Mögliche getan, um sie von Niederländisch-Indien aus zu unterstützen.

Das sind Briefe von Cornelia van Nijenroode an ihre Mutter. Die lokale Überlieferung will es, dass das Bild auf dem hölzernen Miniatur-Standschirm in der Nähe der Briefe Cornelia selbst zeigt. Die auf chinesischem Papier geschriebenen Briefe in japanischer Sprache haben vor 300 Jahren die Menschen in Hirado sehr beeindruckt. Man errichtete dieser dankbaren Tochter, ein Muster an *oya oko*, wie die Japaner die »Ehrfurcht vor den Alten« nennen,

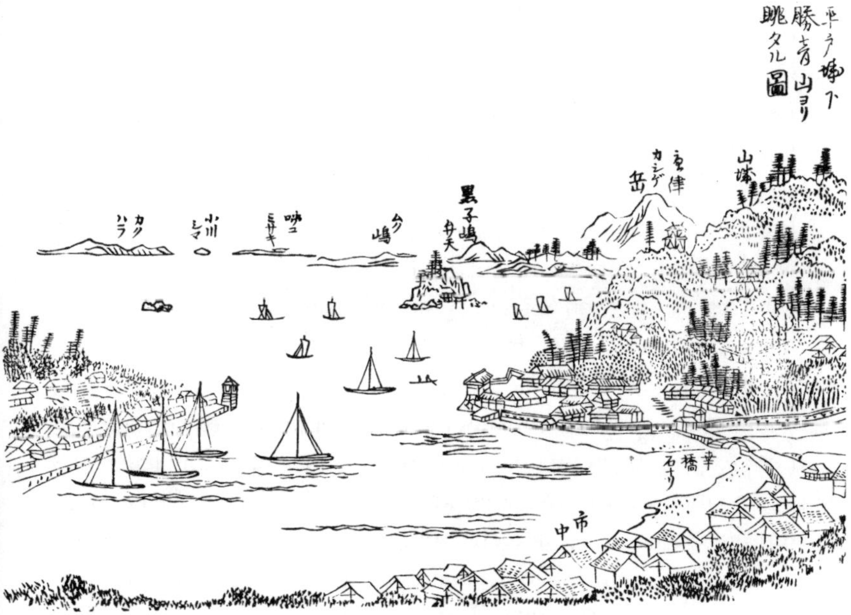

江漢が描いた勝尾岳からみた「平戸城下の図」左にオランダ商館跡や常灯鼻の灯台もみえる。

ABBILDUNG 4

Blick auf Hirado, zum Meer hin. Die holländische Faktorei lag auf der linken Seite der Hafeneinfahrt (Shiba Kokan, Sayu Nikki, 1788)

damals eine steinerne kleine Pagode, die bis zum heutigen Tage Mittelpunkt eines eigenen Kultes ist.

Wir verfügen demnach über zwei Bilder der Cornelia van Nijenroode: eine Miniatur auf einem kleinen Paravent und zwei japanisch geschriebene Briefe, in denen sie sich als liebende Tochter zu Wort meldet. Am anderen Ende der Welt zeigt das große Familienporträt im Rijksmuseum sie als »vornehme Dame« des Kolonial-Establishments. Dank einiger genealogischer Fundstücke im Archiv der Ostindischen Compagnie ist es nun möglich, die beiden so unterschiedlichen Bilder zum Porträt einer Frau zusammenzufügen.

Der Vater, Jan Compagnie

Cornelias Vater, Cornelis van Nijenroode aus Delft, gehörte zur Generation von Jan Pieterszoon Coen, dem Gründer Batavias, und wie dieser starb er nach einer langen Karriere bei der Compagnie fern der Heimat. Aber während Coen im Alter von zwölf Jahren nach Rom kam, um bei der Kaufmannsfamilie Pescatore – wie die holländische Familie Visscher hier hieß – in die Lehre zu gehen, wurde van Nijenroode als junger Bursche im Edelsteinhandel ausgebildet. Als er 1706 bei der Compagnie anheuerte, trat er als Diamantenfachmann auf der Flotte des Admirals Verhoef seinen Dienst an. Van Nijenroode bewies einen wachen Verstand und kümmerte sich schon bald um mehr als nur um die Bewertung von Edelsteinen. Er verfügte über eine rasche Auffassungsgabe und besaß einen schwierigen und kritischen Charakter – Eigenschaften, auf die wir später auch bei seiner Tochter treffen werden.

Niemand war vor der scharfen Zunge des Kaufmanns van Nijenroode sicher. Auch Willem Ijsbrandtszoon Bontekoe aus Hoorn, der Verfasser eines berühmten Reiseberichts, bekam das zu spüren und beklagte sich in einem schmollenden Brief an seinen Mitbürger und Patron Jan P. Coen darüber. Van Nijenroode war als Oberkaufmann und Flottenkommandant während der berüchtigten Chinaexpedition von 1622 bei Bontekoe an Bord. Diese Unternehmung artete in einen wahren Raubzug aus, bei dem sogar Frauen und Kinder vom chinesischen Strand weg für die Bevölkerung von Batavia entführt wurden. Bontekoe hat in seinem Buch fein säuberlich und ausführlich alles festgehalten. Während der Expedition schalt van Nijenroode den braven Bontekoe einen »schlampigen Seemann und eitlen Menschen«, weil er es gewagt hatte, ab und zu anderer Meinung zu sein als er selbst. Das Schiff war wohl einfach zu klein für zwei Kommandanten. Auch mit seinem direkten Vorgesetzten auf dieser Expedition, dem Admiral Cornelis Reijersen, stieß van Nijenroode ständig zusammen. Er wusste stets alles besser und – was noch schlimmer war – behielt meistens auch Recht. Van Nijenroode hatte von Anfang an Bedenken gegen Coens Plan, die Chinesen zu zwingen, ihre Häfen für die Schiffe der Compagnie zu öffnen. Er erinnerte seinen Vorgesetzten daran, dass der große japanische Feldherr Toyotomi Hideyoshi fünfundzwanzig Jahre zuvor mit dem Versuch gescheitert sei, mit einer Armee von immerhin 140 000 Mann über Korea in das Kaiserreich China einzudringen. Das Unternehmen erwies sich als gewaltiger Fehlschlag. Wie wollte dann die Compagnie mit nur einem Dutzend Schiffen und tausend Mann dem mächtigen Kaiserreich seinen Willen aufzwingen? Van Nijenroode jedenfalls dachte mit Grausen daran. Es spricht für Admiral Reijersen, dass er van Nijenroodes Qualitäten trotz dessen Großspurigkeit erkannte. Er sah in diesem entschlossenen Mann seinen Nachfolger. Ihm wollte er den Oberbefehl übergeben, nachdem er beim Angriff auf Macao schwere Verwundungen erlitten hatte.

Das Schicksal wollte es anders. Als van Nijenroode die Insel Hirado anlief, um dort Proviant aufzunehmen, schied Leonard Camps, der Leiter der dortigen Niederlassung, plötzlich aus dem Leben. Van Nijenroode wurde nun aufgrund seines Ranges und seines Alters am 21. November vom Rat der Faktorei zum Leiter gewählt. Er war erleichtert, dass er in Hirado bleiben konnte. Dieser Ort kam ihm eher entgegen als das stets schlingernde Schiff. Von der Wahl des neuen Leiters war auch der japanische Herr über Hirado ungewöhnlich angetan. Denn so lästig van Nijenroode seinen holländischen Gefährten war, so höflich und zuvorkommend war er gegenüber seinem japanischen Gastgeber. Seine Jahre im Osten hatten ihn gelehrt, wie er sich unter den Einheimischen zu verhalten hatte.

Van Nijenroode war im Jahre 1607 an Bord der ›Delft‹ nach Ostindien gekommen. Zwölf Jahre hatte er an verschiedenen Orten im Königreich Siam verbracht. Zunächst zwei Jahre am Hof in der ehemaligen Hauptstadt Ayutthaya, anschließend fünf Jahre in den südlich gelegenen Häfen Singora und Pattani. Dort hatte er, umringt von dienstbeflissenen Konkubinen, ein entspanntes Leben geführt. Schließlich war er nochmals fünf Jahre in Ayutthaya gewesen, diesmal als Leiter der Station. Die diplomatische Erfahrung, die er am prunksüchtigen und von Intrigen durchdrungenen siamesischen Hof gesammelt hatte, gereichten ihm, zumindest ausländischen Kaufleuten gegenüber, im nicht weniger hochmütigen Japan zum Vorteil. Denn dort geriet van Nijenroode, ohne dass er viel dafür konnte, in ein Wespennest.

Das Chinaabenteuer der Ostindischen Compagnie war zum Scheitern verurteilt. Die Holländer bauten auf den Pescadores, nahe der Küste Chinas, ein Fort, wurden jedoch im Sommer 1624 von chinesischen Truppen verjagt. Man beschloss, nun auf dem ein wenig weiter von China entfernten Formosa (Taiwan) eine Handelsniederlassung zu gründen. Kaum hatten die Truppen damit begonnen, am Eingang der von Sanddünen umringten Bucht von Tayouan (Taiwan) einen festen Wall aufzuwerfen, als der eben erst ernannte Gouverneur von Formosa anfing, den japanischen Kaufleuten – die hier seit Jahr und Tag mit den Chinesen Handel trieben – auf jede nur erdenkliche Weise das Leben schwer zu machen. Als van Nijenroode in Hirado von heimkehrenden japanischen

Kaufleuten erfuhr, wie unverschämt man sie auf Formosa behandelt hatte, warnte er die Hohe Regierung in Batavia erneut: Die Compagnie könne im Fernen Osten nicht so gegen die einheimischen Handelsleute vorgehen, wie sie das im indonesischen Archipel gewohnt war. Aber er predigte tauben Ohren.

Drei Jahre später führte sich der Gouverneur von Formosa, der arrogante Seeländer Pieter Nuyts, gegen die japanischen Kaufleute derart anmaßend auf, dass er von ihnen in seinem eigenen Haus als Geisel festgesetzt wurde. Nach langen Verhandlungen wurde Nuyts von seinen Belagerern unter sehr erniedrigenden Bedingungen freigelassen. Damit war die Affäre freilich noch nicht ausgestanden, denn als die zurückgekehrten Japaner in Nagasaki berichteten, was ihnen in Formosa zugestoßen war, sannen die Beamten des Shogun auf Rache. Alle Schiffe der Ostindischen Compagnie in Japan wurden an Ketten gelegt, und die Besatzungen landeten im Gefängnis. Der Shogun selbst erließ ein Handelsembargo, das gelten sollte, bis er die vollständige Genugtuung »für diesen zugefügten Affront« erhalten habe.

Es ist aufschlussreich, dass der Herr über Hirado seinen Freund van Nijenroode und dessen Personal unbehelligt ließ. Wenn die Lagerhäuser auch versiegelt wurden, so durften sich der Kaufmann und seine Mitarbeiter doch frei bewegen. Kurz bevor das Embargo in Kraft trat, hatte van Nijenroode übrigens beim Generalgouverneur in Batavia seine Kündigung eingereicht, da sein Vertrag abgelaufen war. Als nun kein Schiff mehr den Hafen verlassen durfte, verwarf er diese Absicht doch wieder. Er fasste dann den vernünftigen Entschluss, die Compagnie Compagnie sein zu lassen und wandte sich einem vergnüglichen Dasein an der Seite der beiden örtlichen Schönheiten Tokeshio und Surishia zu. Jede der beiden Damen schenkte ihm eine Tochter. Im Sommer 1631 wurde van Nijenroode durch einen Schlaganfall halbseitig gelähmt. Vielleicht hatte ihn die verfahrene Situation, in die seine Compagnie zu Recht geraten war, innerlich doch stark aufgewühlt?

Aber vielleicht waren zwei Geliebte doch zu viel des Guten für einen Mann in mittlerem Alter, der Jahre in den Tropen verbracht hatte?

So kam es, dass Pieter Nuyts, als er im Sommer des folgenden Jahres von der Hohen Regierung in Batavia nach Japan entsandt wurde, um sich für sein hartes Auftreten gegen die japanischen Kaufleute zu rechtfertigen, bei seiner Ankunft in Hirado einen völlig heruntergekommenen alten Mann antraf. Nach Batavia berichtete er: »Nijenroode ist so kraftlos (ich weiß nicht durch welche Krankheit), dass er sein Zimmer seit einem Jahr nicht mehr verlassen hat, er ist zudem von der Hand Gottes geschlagen, so dass er die eine Seite seines Körpers weder fühlen noch gebrauchen kann.« Im Herbst spürte van Nijenroode seine Kräfte so rasch schwinden, dass er die Zeit gekommen sah, um Abschiedsgeschenke an diejenigen zu verteilen, die ihm am teuersten waren. Seine beiden Lieblinge, Hester und ihre etwas jüngere Schwester Cornelia, erhielten eine »große goldene Kette« und einen japanischen *Koban*, eine schwere Goldmünze. Auch seinem Assistenten Coenrad Salomonszoon, seinem japanischen Diener Sansabro wie auch den beiden Konkubinen war einiges zugedacht »für die langen Dienste, die sie dem Edlen Herrn geleistet haben«.

Nachdem Nuyts in Japan vorgesprochen hatte – die lokalen Autoritäten verfügten sofort seinen Hausarrest –, wurde das Embargo aufgehoben. Die Matrosen, die überlebt hatten, wurden aus dem Kerker entlassen und nahmen nun die dringenden Reparaturen an den verrottenden Schiffen in Angriff, die vier Jahre unbenutzt im Hafen gelegen hatten. Selbst bei dem völlig erschöpften Invaliden van Nijenroode kam wieder ein Funken Hoffnung auf; vielleicht würde er ja doch noch nach Hause kommen. Er verteilte, was er nicht mehr brauchte, unter seine japanischen Freunde, und ließ am 19. Januar 1633 den gesamten übrigen Hausrat in neununddreißig Truhen und Kisten an Bord des dreimastigen Frachtschiffes ›Heusden‹ bringen, das segelklar im Hafen lag, um nach Batavia in See zu stechen. Es war eine bunte Ansammlung von allem Möglichen: malaiische Dolche, Tafelsilber, Seide, Atlas, Lackarbeiten, Porzellan, seidene Kimonos, Diamanten – insgesamt dreihundert Stücke. Zwölf Tage später kam noch ein langer Kasten hinzu: der Sarg des Cornelis van Nijenroode. Er war gestorben, kurz bevor man ihn an Bord tragen wollte; »hinfällig und völlig aufgebraucht, voller Krankheiten und Miseren«, wie Nuyts aus seinem Arrest mitteilte.

Sein letzter Wille zeigt, dass van Nijenroode doch nicht mehr genügend Zeit geblieben war, um seine Nachlassangelegenheiten zu ordnen. Es war ein herkömmliches Testament, in dem er für die Bedürfnisse der ihm nahe Stehenden sorgte: Zwei Nichten in Holland hinterließ er 2 000 Gulden und einem Neffen »alle seine Waffen, ohne Ausnahme«. Tokeshio, die Mutter von Hester, erhielt 300 Tael in japanischen Rohsilberbarren, während Surishia, die Mutter Cornelias, 200 Tael bekam. Seinen beiden Töchtern vermachte er »500 Tael und goldene Ketten« sowie »allen anderen kleinen Zierrat, der in seinen Möbeln gefunden werden mochte«. Silberne Wasserkannen, Handbecher und Armleuchter »mit ihren Fratzen« waren für Freunde in Batavia bestimmt. Doch damit war noch nicht die Aufteilung der bereits verpackten Hinterlassenschaften geregelt oder der noch ausstehenden Darlehen.[1]

Bald nach dem Einlaufen der »Heusden« in Batavia entdeckte die Hohe Regierung beim Öffnen der beförderten Kisten, welches Vermögen van Nijenroode während seines Aufenthalts in Japan angehäuft hatte. Man schloss, dass all das nur »durch Veruntreuung oder unerlaubten und privaten Handel« angesammelt worden sein konnte. Der gesamte Nachlass wurde auf Befehl des Rats der Justiz, des obersten Gerichtshofes, eingezogen und öffentlich versteigert. Der Erlös, nicht weniger als 30 000 Gulden, floss in die Kasse der Compagnie; und das alles geschah, weil der Obrigkeit in Batavia zufolge der verstorbene Kaufmann »sich versündigt hat gegen den Tenor der Gesetze, die den privaten Handel verbieten«.

Wie wir gesehen haben, verhielt sich die Obrigkeit dem privaten Handel gegenüber in späteren Jahren, als die Faktorei nach Deshima verlegt worden war, um einiges flexibler.

Die Tochter – Kind der Compagnie

Hätte van Nijenroode all sein Hab und Gut nicht ordentlich einpacken und nach Batavia schicken lassen, komplett und mit ausführlicher Inventarliste, dann hätten die Beamten davon nie etwas erfahren. Nun gereichte die enge Gesetzesauslegung, angewandt gegen die Erben eines Verstorbenen, der keine rechtmäßigen Erben in Ostindien hatte, jedem Angestellten der Compagnie zur Warnung. Die Hohe Regierung konnte es offenbar nur schwer verwinden, dass der unbequeme van Nijenroode während des Handelsembargos in Japan so gut gewirtschaftet hatte. Das Nachsehen hatten natürlich seine Töchter Hester und Cornelia. Es war der letzte Wunsch des Verstorbenen gewesen, dass seine Töchter eine christliche Erziehung erhalten sollten. Der stellvertretende Leiter in Hirado, Pieter van Santen, teilte dann auch dem Generalgouverneur und Rat in Batavia mit, er habe zu diesem Zweck die 1 000 Tael, die sie geerbt hatten, auf die Seite gelegt.[2] Van Santen wusste, was er tat. Er war mit der Tochter des Melchior van Santvoort und dessen japanischer Frau verheiratet. Van Santvoort lebte schon seit Jahr und Tag in Japan, er hatte zur Besatzung der ›Liefde‹ gehört, des ersten holländischen Schiffes, das im Jahre 1600 in Japan erschienen war. Auch die anderen Oberkaufleute und Gehilfen in Hirado, so etwa Carel Hartsinck und François Caron, lebten mit japanischen Frauen zusammen. Es wimmelte im Geviert der holländischen Faktorei geradezu von schwarzhaarigen Kindern. Der Generalgouverneur Hendrick Brouwer wies aber van Santens Vorgehen brüsk ab; es sei »fürwahr impertinent«. Er rechnete vor, dass die Mädchen für jeweils weniger als 20 Tael in einer Pflegefamilie untergebracht werden könnten. 1 000 Tael würden, günstig angelegt, leicht 18 Prozent an Zinsen einbringen, ließ der Generalgouverneur mitteilen. Und er ließ durchblicken, dass van Santen mit anderer Leute Geld vielleicht auch seine eigenen, in Japan gezeugten Bastarde aufziehen wolle. Er hielt van Santen für »zu jung, zu stolz und hochmütig, Eigenschaften, den japanischen Gefühlen ganz entgegengesetzt«, und beorderte ihn nach Batavia zurück. Van Santen verschwand also mitsamt seiner Familie, und damit verschwanden auch Stütze und Schutz und die Spielkameraden der beiden kleinen Mädchen van Nijenroode.

Zum »Präsidenten« der Niederlassung in Hirado wurde nun Nicolaes Couckebacker aus Delft bestellt. Dem neuen Leiter fehlte es nicht an moralischer Unterweisung. Er wurde ermahnt, sich nicht mit den Damen vor Ort einzulassen, denn, so hieß es, »die Zeugung von Bastarden entfernt die Niederländer von ihrem frommen Wesen«. Dies war aber tauben Ohren gepredigt, denn auch Couckebacker hatte bald zwei Töchter von zwei verschiedenen Konkubinen.

Dem neuen Leiter lag der ausdrückliche Befehl schwer im Magen, der ihm in Batavia erteilt worden war. Er sollte die Kinder van Nijenroodes »ihren Müttern wegnehmen und nach Batavia schicken«. Cornelia sei dazu eigentlich noch zu jung, schrieb er. In seinem ersten Schreiben erstattete er Bericht über die Verwendung der besagten 1 000 Tael. Van Santen hatte diesen Betrag tatsächlich bei der Kasse der Faktorei eingezahlt, doch bald darauf hatte er abgezogen, was bis dahin für den Unterhalt der Kinder ausgegeben worden war: ein Betrag von 442 Real, was 1 386 Gulden entsprach. Eine unwahrscheinlich hohe Summe – ein Vollmatrose verdiente zur damaligen Zeit 10 Gulden im Monat! Die Mädchen, schrieb Couckebacker, könne er zu seinem Bedauern nicht schicken. Die Mütter, Toekeshio und Surishia, seien vorläufig nicht bereit, ihre Kinder herzugeben, es sei denn, man zahle ihnen die ihnen zustehenden 200 und 300 Tael aus der Erbschaft aus. Sie glaubten, darauf ein Recht zu haben – was sie gewiss auch hatten, nach all der

Zuwendung und Fürsorge, die sie van Nijenroode während seines Krankenlagers hatten zukommen lassen. Aus den vorgelegten Beweisstücken ging überdies hervor, dass van Santen sich, zweifellos aus Ärger über die Schacherei der Hohen Regierung in Batavia, vor seinem Fortgang für die vollständige Auszahlung des Erbes verbürgt hatte.

In Erwartung weiterere Anweisungen hielt Couckebacker für jedes der Mädchen 30 Tael zurück, so dass er wenigstens für ihren Unterhalt sorgen konnte. Nach dreijährigem Tauziehen beschloss der Rat von Hirado am 24. September 1636, »die ausgesetzten Münzen auszuzahlen, die Kinder den Müttern wegzunehmen und sie noch in diesem Jahr nach Batavia zu schicken«. Aber weil es nicht ganz klar war, ob dazu eine spezielle Erlaubnis der japanischen Behörden nötig war, ging doch noch ein ganzes Jahr vorüber, ehe die beiden Kinder Ende November 1637 auf das Compagnie-Schiff ›Galjas‹ gebracht wurden. Die Compagnie denkt und lenkt zugleich: Zuerst wurde den Mädchen das Erbe ihres Vaters entzogen, nun wurden sie von ihren japanischen Müttern getrennt, um in Batavia als holländische höhere Töchter erzogen zu werden. So waren sie beide zu Recht Kinder der Compagnie – *Anak Kompenie.*[3]

Hester und Cornelia sollten nie mehr an ihren Geburtsort zurückkehren, denn »es begab sich in jenen Tagen«, dass der Shogun verkündete, dass er ein für allemal mit den Christen in seinem Lande abzurechnen gedachte. In den vorangegangenen zwanzig Jahren waren alle in Japan lebenden Christen umgebracht oder von ihrem Glauben abgebracht worden. Viele christliche Japaner waren in überseeische Häfen wie Manila, Hoian (in Vietnam) und Batavia geflüchtet. Alle in fremden Ländern lebenden Japaner, unter ihnen demnach viele Christen, durften nie mehr in ihre Heimat zurückkehren. Ziel dieser Verfügung war, das Land von fremden Einflüssen abzuschirmen. Einige Monate später wurden die in Nagasaki verbliebenen Portugiesen und ihre japanischen Frauen und Kinder eindringlich verwarnt, und wiederum ein Jahr später ließ die Obrigkeit wissen, dass alle japanischen Frauen, die Kinder von niederländischen und englischen Männern hatten, mitsamt ihren Sprösslingen nach Batavia ziehen mussten.[4] Tokeshio und Surishia, die Mütter von Hester und Cornelia, traf das nicht mehr, weil ihre Töchter schon fortgezogen und sie selbst mittlerweile nach der Gewohnheit des Landes mit japanischen Männern verheiratet waren. Ab sofort war es japanischen Frauen untersagt, mit einem Ausländer zusammenzuleben. Für die Behörden war es übrigens nicht schwierig, diese letzte Verordnung durchzusetzen, denn nach ihrem Umzug nach Deshima im Jahre 1641 kamen die Holländer, wie wir gesehen haben, mit dieser vollständigen Abschottung ganz gut zurecht. Lediglich einige Geishas durften sie am Abend besuchen, um »den Tee zu servieren«. Ob diese Vorschrift »dem frommen Wesen« von Jan Compagnie zugute gekommen ist, darf, gelinde gesagt, bezweifelt werden.

KAPITEL 3

Porträt einer Ehe

Wie nemlich Batavia sey ein Paradiess vor die Weiber,
weil dieselben die besten Tage haben.
Elias Hesse[1]

Wer sich in Batavia der beiden Mädchen Hester und Cornelia erbarmte, kann man nicht mehr feststellen. Aber es liegt wohl auf der Hand, dass sie nach ihrer Ankunft zunächst im Waisenhaus der Compagnie untergebracht wurden. Fünf Jahre später, im Jahre 1643, erscheint Hesters Name im Taufregister der portugiesischen Kirche. Dieses Gotteshaus stand dem gemeinen Volk offen, weil dort die *Lingua franca* der Stadt, die portugiesische Sprache gesprochen wurde[2]. Menschen unterschiedlichster Herkunft fühlten sich dort zu Hause: christliche Malaien, getaufte Sklaven, *Mardijkers* oder freie Christen, meist Molukken mit schwungvoll klingenden portugiesischen Namen, die sich mit einer zweifelhaften iberischen Herkunft brüsteten, Mestizen oder Mischlinge, freie holländische Bürger – selbst die Matrosen von der Flotte. Der protestantische Gottesdienst der portugiesischen Kirche war ein nahezu ökumenisches Ereignis für alle Konfessionen, dort scherte man sich wenig darum, ob jemand katholischen, lutherischen oder wie auch immer geprägten Kreisen entstammte. Zu Anfang des 18. Jahrhunderts gehörte es dann zum guten Ton der Elite der Compagnie, die damals neu erbaute portugiesische *Buitenkerk* zu besuchen – übrigens eines der wenigen erhalten gebliebenen Gebäude aus der Zeit der Compagnie in der Unterstadt des heutigen Jakarta. Damit verlor dieses Gotteshaus nach und nach seinen Charakter als Zufluchtsstätte des einfachen Volkes.

Am Taufbecken der *Geredja Portugis* trat Hester zweimal als Patin bei der Taufe von Neugeborenen ihrer Freunde und Freundinnen auf. In beiden Fällen handelte es sich um Kinder, deren Eltern aus Hirado stammten. In der Stadt lebten ungewöhnlich wenige Japaner oder Menschen japanischer Abstammung, insgesamt vielleicht nur drei- bis vierhundert. Von den jungen Leuten dieser Gruppe heirateten weitaus die meisten – im Durchschnitt fünf von sechs – außerhalb der Gruppe, so dass die japanische Gemeinde durch den Mangel an Nachwuchs aus dem Mutterland rasch zusammenschmolz und ihren eigenen Charakter einbüßte.

Über Hesters weiteres Leben ist nur wenig bekannt. Wir wissen, dass sie zweimal verheiratet war: 1644 mit dem englischen Leutnant Michael Tresoir und nach dessen Tod im Jahre 1659 mit dem freien Bürger Abelis Benting, dem sie einen Sohn mit Namen Johan schenkte[3].

Cornelia van Nijenroode kam erst 1652 unter die Haube. Sie war damals 23 Jahre alt. Der Bräutigam, Pieter Cnoll aus Amsterdam, war fünf Jahre zuvor als Assistent mit einem Monatsgehalt von 15 Gulden nach Batavia gekommen. Seine soliden Kenntnisse in der Buchführung hatten ihm nach der Ankunft eine Stellung bei der Kasse der Compagnie im Kastell verschafft. Dass er sich in dieser Funktion gut bewährte, ist nicht allein der Erhöhung des Gehaltes zu entnehmen – als Unterkaufmann verdiente er bereits 45 Gulden, als er Cornelia heiratete –, sondern auch seinem raschen Aufstieg auf der Karriereleiter des Unternehmens. Im Jahre 1657 wurde dieser Rechenmeister »unter besonderer Bindung durch seine unbeweglichen Güter« als Kassier auf dem Kastell angestellt. Die Compagnie war nämlich klug genug, ihre Buchhalter nicht nur persönlich, sondern auch finanziell in die Verantwortung zu nehmen. Vier Jahre später folgte die Beförderung zum Zweiten Oberkaufmann des Kastells Batavia, und nach einem Jahr steuerte er als Erster Oberkaufmann die gesamte Buchhaltung der Compagnie in Asien. Für diese Funktion kamen nur sorgfältig ausgewählte, äußerst hingebungsvolle und vertrauenswürdige Männer in Betracht. Pieter Cnoll mag ein erstklassiger Buchhalter gewesen sein, aber daraus sollten wir wohl nicht den Schluss ziehen, dass er ein typischer Erbsenzähler gewesen ist. Der kräftig gebaute Cnoll scheint ein sehr geselliger Mann gewesen zu sein, dessen Stern auch bei den Kraftmeiern des Schützenvereins, der Bürgerwehr, steil aufstieg: 1658 wurde er zum Fahnenjunker der Compagnie-Angestellten in der Stadt, 1661 zum Leutnant und 1667 zum Hauptmann der Compagnie-Schreiberlinge im Kastell bestellt. In dieser letzten Funktion sehen wir ihn mit der Schützenschärpe auf dem Familienbildnis des Jacob Coeman.

Neun Monate nach der Hochzeit brachte Cornelia, wie es einer jungen Frau geziemte, ihr erstes Kind zur Welt, Catarina. In den folgenden siebzehn Jahren folgten in Abständen von ein bis zwei Jahren noch weitere neun Kinder.[4] Man weiß zur Genüge, dass sich Mutterschaft im 17. Jahrhundert als schmerzlicher Zyklus aus Schwangerschaft, Geburt und Begräbnis darstellte, und Cornelia war keine Ausnahme. Als sie 1671 den zweiten Brief an ihre Mutter Surishia in Hirado schrieb, waren nur noch vier Kinder am Leben: Cornelis, Hester, Martha und Elisabeth Catharina. Allein Cornelis sollte das Erwachsenenalter erreichen, aber auch ihn hat Cornelia schließlich überlebt.

Batavische Gesellschaft

Pieter und Cornelia Cnoll bewegten sich in höheren Kreisen der kolonialen Standesgesellschaft von Batavia als Hester, aber auch ihnen fehlten die »japanischen Verbindungen« nicht. Auskunft hierüber gibt wiederum das Taufregister, diesmal dasjenige der niederländischen Kreuzkirche in der Stadt, wo die Honoratioren des Kastells mit ihren Gemahlinnen die Predigt zu hören pflegten. Anlässlich der Taufe des Sohnes Cornelis wurde Susanna Schemon als Patin verzeichnet. Sie war eine der japanischen Töchter von

Nicolaes Couckebacker, dem ehemaligen Leiter der Faktorei Hirado. Ihr Ehemann, Nicolaes Schemon, war Hauptmann und Oberhaupt der japanischen Bürger von Batavia. Es wäre wenig erhellend, die Paten und Patinnen aller zehn Kinder Revue passieren zu lassen. Verweilen wir aber bei einer Taufe im Jahre 1658, die uns da sehr deutlich zeigt, welche soziale Stellung die Eltern des Säuglings mittlerweile erklommen hatten. Bei der Tauffeier der kleinen Hester traten die Damen Femmetje Frisius-ten Broecke und Sara Hartsinck-de Solemne als Zeugen auf. Cornelia war noch als kleines Mädchen auf den Knien von Saras Mann, Carel Hartsinck, geritten, als er als Kaufmann in Hirado tätig gewesen war. Hartsincks Söhne, Pieter und Willem Carel, hatten ebenfalls eine japanische Konkubine zur Mutter[5]. Diese Herkunft schien keine Hürde zu bilden, denn der älteste, Pieter, sollte es nach dem Erwerb des Doktors der Theologie in Leiden noch zum Staatsrat des Herzogs von Braunschweig bringen. Willem Carel erlangte nach einer ehrenvollen Laufbahn bei der Ostindische Compagnie den Posten des Gouverneurs der Koromandelküste, bevor er sich als wohlhabender Mann auf einen großen Landsitz in den Kennemer Dünen bei Overveen zurückzog.

Die wechselseitigen Beziehungen der Familien Cnoll und Frisius sind nicht weniger aufschlussreich. Andries Frisius hatte als außerordentlicher Gesandter der Compagnie den japanischen Kaiserhof besucht und war 1658 Sekretär des Rates von Indien und Präsident der Kammer für Ehe- und soziale Angelegenheiten. Als Hauptmann der Compagnie-Angestellten außerhalb des Kastells hatte er viel mit Pieter Cnoll zu tun. Auf Fürsprache von Frisius wurde Cnoll im gleichen Jahr zum Fahnenjunker der Schreiberlinge des Kastells gewählt. Der Offiziersrang war zu dieser Zeit wohl nur noch ein Titel und hatte keine wirkliche militärische Bedeutung mehr. Ein Kandidat musste ein gestandenes Mannsbild sein, aber auch gut bei Kasse, um die Mannschaft einmal im Jahr zum Stiftungsfest der Stadt zu einem opulenten Bankett einladen zu können. Unter Anleitung des ältesten Sergeanten, vor dessen Haus sich die Kompanie etwa zum Sonnenaufgang unter Trommelwirbel sammelte, ging es in strammer Marschordnung zur Wohnung des Fahnenjunkers, wo auf der Straße ein kräftiges Frühstück für die Mannschaft angerichtet war. Nach dem Imbiss wurden die Schützen in Rotten eingeteilt, und dann konnte der Umzug unter klingendem Spiel beginnen. Vor den Häusern der angesehensten Beamten der Compagnie hielt die Parade jeweils an und präsentierte die Gewehre. Diese Huldigung wurde mit einem Glas Schnaps vergolten, woraufhin die jungen Helden nach einem Salutschuss zur nächsten Adresse marschierten. Kurz nach Mittag ging es zum Paradeplatz zwischen der Stadt und dem Kastell, wo der Generalgouverneur mit dem Rat von Indien das Defilee abnahm, neue Offiziere einsetzte und diese anschließend einlud, mit ihm ein Glas zu leeren »in Freundschaft und zum Wohle unseres Vaterlandes, der Vereinigten Ostindischen Compagnie und der Stadt Batavia und was man ansonsten noch bedenken mag«. Gegen Sonnenuntergang taumelten die inzwischen stark angetrunkenen Schützen zum Haus ihres Anführers, des Fahnenjunkers, zurück, »wo nach dem Feuern etlicher Salutschüsse das Gewehr abgesetzt und die ganze Nacht mit leiblichen Genüssen und Fröhlichkeit durchgebracht wurde«[6]. Pieter Cnoll muss diese Pflichten mit Begeisterung erfüllt haben, und er hat sicherlich die ganze Familie in die Festivitäten einbezogen. Mitsamt Cornelia und den Kindern nahm er auf dem Bürgersteig vor seinem Haus den Salut entgegen und inspizierte dann seine Männer. Und wie ein Schatten folgte ihm sein treuer Sklave Untung, die Schützenfahne geschultert, auf dem Fuße.

Vater Cnoll mag Scharen von Buchhaltern bei der Arbeit und in der Bürgerwehr geführt haben, aber auch Cornelia setzte sich durch. Sie schwang das Zepter über einem Haushalt von nicht weniger als fünfzig Haussklaven und -sklavinnen. Sklaven als Türwächter, in der Küche, zum Putzen, als Botengänger, *Kebon*-Sklaven für Hof und Garten, Näherinnen, Kindermädchen oder *Babus*; alle bestanden sie stets eifersüchtig auf ihre jeweiligen Privilegien im Haushalt, und es lässt sich denken, dass es eine starke Hand brauchte, um ein solches Heer zu führen. Kleine Verstöße erledigte sie als die Herrin selbst. Einmal sah sie sich, vermutlich, weil die Gerüchteküche ihr keine andere Wahl ließ, gezwungen, eine ernstliche Verfehlung dem Rat der Justiz zu melden. Es war ihr zu Ohren gekommen, dass einer ihrer Sklaven, Jan van Bengalen, »eine unmenschliche Sünde begangen hatte«, worauf der Unglückliche mitsamt dem »Teevehund«, mit dem er Sodomie getrieben hatte, »auf der Reede am Meer erdrosselt wurde«.[7] Wochentags gab Madame Cnoll Einladungen zum Tee, besuchte den Kleiderbasar

ABBILDUNG 5
Die Kreuzkirche in Batavia nach dem sonntäglichen Gottesdienst
(Johan Nieuhof, See- und Landreise durch Ost-Indien. Amsterdam 1682)

oder suchte den chinesischen Porzellanhändler an der Ecke der Teestraße auf, gefolgt von zwei oder drei Sklaven oder Sklavinnen: Einer beschirmte sie mit dem *Pajong* von Pieter Cnoll, einer trug das *Sirih*-Kästchen und ein anderer einen Korb oder vielleicht auch ein *Furoshiki*, in das ein Geschenk oder ein kostbarer Ankauf eingewickelt werden konnte.

Sonntags aber kam der Augenblick, in dem Cornelia in der Öffentlichkeit die Prinzessin spielen konnte. Im Schatten des großen *Pajong*, dem Privileg der Kaufleute vom Kastell, und hinter den Sklavinnen, die den Kirchenstuhl, das *Sirih*-Kästchen und die schwer mit Silber beschlagene Bibel der Herrin vorantrugen, erschien Cornelia am Arm ihres Pieter in der Vorhalle der Kreuzkirche. Dort trennten sich ihre Wege. Der Kaufmann Cnoll nahm Platz inmitten der Kaufleute vom Kastell, seine Frau schritt, in schlichtes Schwarz gehüllt, aber über und über mit kostbaren Juwelen behängt, zu ihrem Betstuhl unter ihresgleichen. Nachdem sie Platz genommen hatte, wies sie ihre Sklavinnen mit einem Klaps ihres Fächers an, sich unter der Predigtkanzel niederzulassen. Dann begann sie ihren Federfächer zur Schau zu stellen und ließ sich von Zeit zu Zeit von einer Sklavin einen Priem *Sirih* reichen.

Ein weiteres Symbol des nunmehr erreichten Standes war die prächtige Karosse, die Cnoll von den Zimmerleuten aus dem Handwerkerviertel für seine Familie hatte bauen lassen. Zu Beginn der dreißiger Jahre hatte der Generalgouverneur Hendrick Brouwer versucht, Prunk und Pomp der Bevölkerung Batavias mit einem generellen Verbot von Karossen in der Stadt zu zügeln. Sein Nachfolger Anthonie van Diemen war jedoch, zweifellos auf Drängen seiner Pracht liebenden Gemahlin Maria und ihrer Freundinnen, wieder etwas großzügiger. In einem Brief an die Herren Zeventien erklärte van Diemen, er wollte den Ehefrauen der Kaufleute auf dem Kastell entgegenkommen, die ihre Eltern und Familienangehörigen entbehren mussten und häufig auch die Beachtung durch ihre Ehemänner, die bei der Arbeit für die Compagnie stark unter Druck ständen. Er ordnete an, die Karossen, die einige Jahre lang nutzlos in einem Lagerhaus gestanden hatten, wieder »einzuspannen und im Dienste der Damen rollen zu lassen«, auf dass »unsere liebenswerten Gefährtinnen in diesem melancholischen Klima … einige Entspannung und Erbauung« genießen können, und darüber hinaus könne »der unerträgliche heiße Sonnenschein für die am Sonntag zur Kirche Kommenden« gemildert werden[8].

Im Jahre 1659 wurde der Frieden mit Bantam geschlossen, diesem lästigen Nachbarn, mit dem die Compagnie seit der Gründung von Batavia fortwährend im Streit gelegen hatte. Das Umland der Stadt galt nun zum ersten Male als sicher genug, um dort Lustgärten mit Lauben und Gartenhäusern anzulegen. Jeder, der etwas auf sich hielt, legte sich nun Pferd und Wagen zu, aber keine andere Kutsche konnte den prachtvollen Wagen mit Viergespann von

ABBILDUNG 6
Ein wohlhabendes Ehepaar aus Batavia in seiner Kutsche
(Johan Nieuhof, See- und Landreise durch Ost-Indien. Amsterdam 1682)

Pieter und Cornelia überbieten. Auf dem Wagenschlag war ganz passend eine goldene Rübe (Knolle) abgebildet. Am alten Weg nach Djakatra erwarb Pieter Cnoll nahe der Küste ein Grundstück, das er nach dem Beispiel seiner Nachbarn Pieter van Hoorn, Abraham Pittavin, François Caron und Isaac de St. Martin urbar machen wollte. Der Amsterdamer Regentensohn van Hoorn hatte, vielleicht von der Trockenlegung des sumpfigen Purmer zu Hause in Holland inspiriert, seine Vorstellung über die Kultivierung der Ländereien um die Kolonialstadt zu Papier gebracht. Er kritisierte darin heftig die »ausschließlich kommerziellen« Absichten der Compagnie, welche die Vorteile einer agrarischen Kolonisation (noch) nicht sehen wollte[9]. Pieter Cnoll sah das anders. Er war ganz einfach mit den Handelsangelegenheiten der Compagnie zu stark beschäftigt, um sich auch noch den Freuden des Landlebens hingeben zu können. Notgedrungen beschloss er deshalb, das ganze Grundstück für 12 Real im Monat (etwa 30 Gulden) zu verpachten, ausgenommen ein Holzhaus mit Treibhäusern und ein Blumengarten, in dem er Rosmarin und andere Blumen züchtete[10]. Dort ließ der zu Wohlstand Gekommene sich mit seiner Familie und mit selbst gezogenen Blumen von Jacob Janszoon Coeman verewigen. Das Resultat konnte sich sehen lassen, und obwohl er selber darauf abgebildet war, ließ der Oberkaufmann die mächtige Leinwand im großen Empfangsraum seines Hauses an der Tijgergracht aufhängen.

Botschaften für den Verständigen

Wie wir schon gesehen haben, wurden im Anschluss an die Portugiesen alle Holländer, die in Japan geheiratet hatten und noch dort geblieben waren, im Jahre 1639 mit ihren Familien des Landes verwiesen. Diesem Beschluss folgte im Oktober 1641 eine ergänzende Vorschrift: Jede Korrespondenz zwischen den Verbannten (und dazu zählten auch die in Batavia lebenden Japaner) und den in

Japan verbliebenen Familienangehörigen wurde aufs strengste verboten. Erst 1656 weichten die japanischen Behörden diese letzte Anordnung auf und ließen den Austausch von familiären Nachrichten wieder zu, die *on-shin* genannt wurden. So konnte Murakami Buzaemon, der »japanische Kapitan« von Batavia, über den niederländischen Leiter von Deshima erstmals wieder dem *Bugyo* von Nagasaki, Kainosho Kizaemon, einen Brief schicken, in dem er den Heimatfamilien vom Wohl und Wehe der Japaner in Batavia berichtete[11].

Die beiden Briefe Cornelias an ihre Mutter Surishia aus den Jahren 1663 und 1671 gehören zu dieser Art von Post. Vor ungefähr 85 Jahren wurden sie im Privatbesitz einer wohlhabenden Familie auf Hirado entdeckt[12]. Surishia hatte kurz nach dem Tod von Cornelis van Nijenroode einen Mann aus dem Ort, Handa Goeimon, geheiratet und durfte deshalb in Japan bleiben. Die neutral gehaltenen Briefe haben dem heutigen Leser weniger zu sagen, als er vielleicht gern hören möchte, aber wer zwischen den Zeilen zu lesen vermag, erfährt doch etwas über Cornelias Handeln und Wandeln. Ihr erster Brief lautet in wörtlicher Übersetzung wie folgt:

»Ich genieße in jedem Jahr die Gunst beider Gouverneure (*Ryomandokoro*) von Nagasaki. Euren Brief vom 21ten des 9ten Monats (1662) mit den Neuigkeiten aus der Familie und den Geschenken habe ich in gutem Zustand erhalten. Ich bin sehr froh, denn nun weiß ich, dass Ihr beide euch guter Gesundheit erfreut. Mit diesem Brief schicke ich Euch die folgenden Geschenke zu:

1. Ein Stück chinesische … für Großmutter.
2. Erstklassigen raffinierten Kampfer aus Borneo, 2 Kin schwer.
3. Drei Stücke gestreiften chinesischen Kattun.
4. Eine Pfeffer-und-Salz-gefärbte Batik (Chintz).

Obige 3 Sachen sind für Handa Goeimon.
1 Gingam für Hesters Mutter.
Ein Pfeffer-und-Salz-farbiger Chintz für meine Amme.[13]

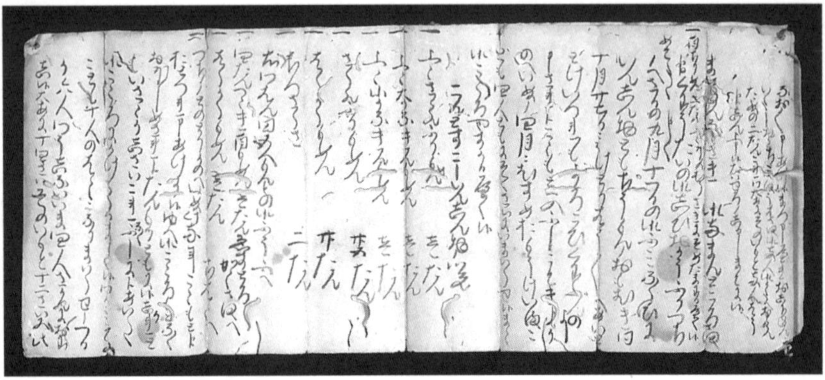

ABBILDUNG 7
Eines der beiden *on-shin*, die Cornelia van Nijenroode ihrer Mutter Surishia in Hirado geschickt hat (Kanko shiryokan, Hirado)

Hamada Sukeeimon und seine Frau sind sehr dankbar für die vielen Briefe und Sachen, die sie (aus Nagasaki) erhalten haben. Sie sind alle gesund. Ich, Cornelia, kann deshalb ohne Sorgen leben. Mein Cnoll ist ein guter Mann, und ich kann immer besser mit ihm auskommen. Es ist zwar nur wenig, aber ich schicke auch ein Tan Chintz an Yoshitsugi Kuzaeimon[14]. Wollt Ihr dafür sorgen, dass er es bekommt? Entschuldigt bitte, aber möchtet Ihr mir sechs lackierte Weihrauchdosen und einen Kamm aus Buchsbaumholz zuschicken? Eure ergebene Tochter, den 21ten des fünften Monats im Jahre 1663.
Cornelia Cnoll.«

Dieser Brief zeigt, dass es sich da um eine regelmäßige Korrespondenz mit Familiennachrichten handelte, mit einigen Geschenken dabei, doch zu wenig, um von einem verschleierten Privathandel sprechen zu können. Vom Leben der Familie Cnoll in Batavia erfahren wir im Übrigen nicht viel.

Der zweite Brief, acht Jahre später an den Stiefvater Handa Goeimon gerichtet, ist fast ganz in der *Hiragana*-Schrift gehalten[15]. Wahrscheinlich gab es aus den dazwischen liegenden Jahren weitere Briefe, es sind jedoch keine erhalten geblieben.

»Jedes Jahr erhalte ich viel (Vergünstigung) vom *Bugyo* von Nagasaki. Euer Brief vom 11ten Tag vom neunten Monat des Jahres 1668, die Wunschliste und die beigefügten Geschenke habe ich am 27ten vom 10ten Monat erhalten. Ich habe sie an alle weitergegeben. Alle haben sich darüber gefreut: sie sagen, es sei zu viel, um es anzunehmen. Hier in Batavia ist alles in Ordnung. Im vierten Monat des vorigen Jahres (1670) bin ich von einem Mädchen entbunden worden. So habe ich jetzt vier Kinder, alle gesund, macht Euch keine Sorgen. Ich schicke die folgenden Geschenke:

Ein Tan *Salempouris*-Kattun, erste Qualität.
Ein Tan *Kanakijn*, erste Qualität.
Ein Tan kleine *Kannekijn*.
25 Tan *Salempouris*.
20 Tan *Parcallen*.
2 Tan Chintz.

Wollt Ihr die obigen Sachen Herrn und Frau Handa übergeben.
Die Rolle mit vier Tan weißen Kattuns in einem Stück ist für die Mutter von Hester.
Das Stück *Parcallen* von einem Tan ist für meine Amme.

Weil in den letzten beiden Jahren, 1669 und 1670, von hier aus nichts nach Japan geschickt werden durfte, vermute ich, dass Ihr Euch zu Recht Sorgen macht. Zum Glück liegt aber nichts vor. Ich bin guter Gesundheit, um mich braucht Ihr Euch nicht zu grämen. Ich habe zehn Kinder geboren, von denen sechs sogleich gestorben sind. Vier sind noch am Leben: das älteste, mein Sohn, ist vierzehn, seine Schwesterchen sind zwölf und sechs Jahre und die jüngste ist erst acht Monate alt. Alle vier sind gesund. Die beiden Ältesten lassen Großmutter und Großvater besonders grüßen. Dass Ihr Euch in noch so guter Gesundheit befindet, macht mich auch jedes Mal wieder glücklich. Aus Eurem Brief habe ich Eure Lebensumstände kennen gelernt, und mit dem Gefühl, ich hätte Euch beide gesehen, wische ich mit dem Ärmel meine Tränen ab.

Herrn und Frau Handa Goeimon lässt Murakami Buzaeimon noch Folgendes ausrichten: Jedes Jahr hat er Eure Briefe mit Dank erhalten. Hier in Batavia befinden sich *Dai-feitor* Cnoll, seine Frau und seine Kinder in guter Gesundheit. Aber weil das Ehepaar zwei Jahre lang keine Briefe mehr geschrieben hat, macht Ihr Euch begreiflicherweise Sorgen. Weil er als Oberkaufmann tätig ist, hat er keine freie Zeit. Auf der einen Seite … (hier fehlt eine Zeile); auf der anderen wurde der Verkauf von Waren (der Compagnie) durch den *Dai-feitor* allein vollzogen. Es ist nicht viel, aber ich schicke Euch ein Tan weißer, mit Figuren verzierter Seide zu.

Die Witwe von Hamada Sukeeimon sagt, sie habe ihren Notizen zufolge jedes Jahr Briefe erhalten. Darüber ist sie sehr glücklich. Die ganze Familie Cnoll, Eltern und Kinder, ist guter Gesundheit. Die (weiteren) Einzelheiten erfahrt Ihr von Murakami Buzaeimondonne[16]; so schreibe ich hier nicht alles auf. Es ist nur wenig, aber ich schicke ein Tan weiße *Parcallen* als Beweis für meine gute Gesundheit. (Ich hörte, dass) Großmutter am 26ten des achten Monats 1668 an einer Krankheit gestorben ist. Ich vertraue darauf, dass sie als ein guter Mensch friedlich entschlafen ist. Euch immer gute Gesundheit wünschend verbleibe ich, am 21ten des 4ten Monats, Eure Cornelia Cnoll.

P.S. Ich vergaß zu schreiben, was ich als Erstes sagen wollte! Für Großvater und Großmutter schicke ich noch zwei Tan holländischen Stoff (Laken). Die kommen vom großen Bruder und seiner Schwester (Cornelis und Hester), beide schenken es Euch als Zeichen ihrer Zuneigung. Wollt Ihr die mitgeschickten zwei Tan weißen Crêpe-Kattun dunkelrot färben lassen?«

Cornelias größte Sorge galt, wie aus diesen Briefen hervorgeht, der Gesundheit ihrer Verwandten. Aber auch die Geschenke, Baumwollwebstoffe aus Indien, spielten eine wichtige Rolle. Man fragt sich, warum sie ausgerechnet Kattun nach Japan schickte. Eine Antwort mag sich teilweise in dem strengen Edikt finden, das der Generalgouverneur Maetsuycker im Jahre 1670 erlassen hat[17]. Die Regenten des japanischen Reiches, so heißt es in diesem Edikt, hatten dem Obmann von Deshima im Jahre 1668 eine Liste von Waren überreicht, die durch Privatpersonen nicht eingeführt werden durften. Um »das Wohlergehen der Compagnie im Allgemeinen und das unserer Angestellten im Besonderen« zu schützen, sah Maetsuycker sich gezwungen, »niemandem, wer immer das auch sein mochte – Kaufleute, Schiffer, Unterkaufleute, Steuerleute oder einige mindere Personen, Offiziere ebenso wie gemeine Matrosen« –, die Ausfuhr verbotener Güter nach Japan zu erlauben. Darauf folgte eine sehr detaillierte Liste von Gütern, die man als »Exotica« (jedenfalls im Blick der japanischen Behörden) bezeichnen kann: wollene Stoffe (d.h. holländische Laken), alle Arten von chinesischer Seide, fremde Tiere, Hunde, Affen und Vögel (ausgenommen die Schiffskatze, die Ratten fangen musste),

Holz zu medizinischen Zwecken, Glas, Musikinstrumente, Spielzeug, »Spanische Fliegen, Rattengift und einige andere Gifte«, chinesisches Werkzeug, medizinische Instrumente, holländisches Geld, Waffen und, nicht zu vergessen, alle Gegenstände, die mit der christlichen Religion zu tun haben, die Bibel nicht ausgenommen.

Die Militärverwaltung von Japan, die *Bakufu*, hatte, als sie diese Verbote erließ, zweierlei im Sinn: Einerseits konnte die Obrigkeit durch die Begrenzung des freien Imports exotischer Güter diese Güter dem Gebrauch der Elite vorbehalten, andererseits suchte sie mit den Importbeschränkungen bestimmte Sektoren der einheimischen Wirtschaft zu fördern, so dass die Abhängigkeit vom Außenhandel gesenkt werden konnte. Die »Abschließung« des Landes im Jahre 1640 geschah stets aus ebenso starken politischen wie ökonomischen Gründen: Die *Bakufu* versuchte in Japan eine autarke Gesellschaft, ein eigenes, in sich geschlossenes Weltsystem zu errichten. Als Folge dieses Katalogs von Maßnahmen wurden Porzellan und Seide, die zuvor noch hauptsächlich aus China eingeführt worden waren, schon bald in solch großen Mengen in Japan selbst produziert, dass das Land noch vor dem Ende des Jahrhunderts seinen Bedarf an diesen Gütern selbst decken konnte. Kattun nach Japan zu schicken war nicht verboten, weil Baumwollsaat bereits hundert Jahre vorher von den Portugiesen und Spaniern wieder eingeführt worden war und Baumwollprodukte nicht mehr als ausländische Erzeugnisse angesehen wurden[18]. Wenn Cornelia also ihren Verwandten Geschenke senden wollte, dann hatte sie keine große Auswahl. Das Verbot umfasste auch »Gemälde oder einzelne Drucke, chinesische Schriften und so weiter«, weshalb Cornelia ihrer Mutter ein Bild von sich in so merkwürdiger Form schickte. Weil die Einfuhr von Drucken und Malereien verboten war, übersandte sie ihr einen Miniaturparavent aus Holz, in den kunstvoll die Figur einer Frau geschnitzt war[19].

Auch Cornelias Beschreibung ihres Mannes und seiner Handelsgeschäfte erwecken unser Interesse, obgleich eine unleserliche

Zeile in dem Brief es unmöglich macht, genau zu erfassen, was sie sagen wollte. Es ist zufällig gerade die Zeile, in der sie von den An- und Verkäufen ihres Mannes spricht. So viel ist sicher: Sie sagte die volle Wahrheit, als sie mitteilte, dass ihr Ehemann, der Oberkaufmann des Kastells Batavia, tagaus, tagein stark beschäftigt war. Verschiedene Anweisungen in dem Leitbuch, das die Pflichten dieses Beamten erläutern soll, lassen das ganz deutlich werden[20]. Offiziell war der Generalgouverneur für die Buchführung des Hauptquartiers in Batavia verantwortlich, aber da er mit umfangreichen Direktionsaufgaben belastet war, delegierte er die gesamte Verwaltung des Unternehmens auf dem Kastell an den Ersten Oberkaufmann. Dieser Beamte musste (wie in den Anweisungen mehrfach betont wird) seine Bürde mit dem Zweiten Oberkaufmann teilen, wobei vereinbart war, dass er die Verantwortung für den Verkauf der Waren übernahm und es seinem Kollegen überließ, die Handelsgüter einzukaufen. Jeder hatte die Buchführung des anderen zu kontrollieren. Der Erste Oberkaufmann trug die größte Verantwortung, er besaß den Schlüssel, »um bei Tag und Nacht, wenn die Gelegenheit es erfordert, im Allgemeinen Zugang zu diesen Packhäusern zu haben«[21].

Cornelias Mann muss ein rastloser Mann gewesen sein. Aber als rechtschaffener Hausvater nahm er sich doch noch die Zeit, dem Kollegium der Kommissare für Eheangelegenheiten vorzusitzen[22]. Pieter Cnoll steuerte geradewegs auf einen Sitz im Rat von Indien zu. Doch bevor er diesen Höhepunkt seiner Karriere erklimmen konnte, ließ ihn seine Gesundheit im Stich.

Das Testament

Am 15. Februar 1672, nach einer Nacht mit höllischen Schmerzen und Fieber, wurde um acht Uhr morgens der Notar Anthonie Huysman an das Krankenbett des Oberkaufmanns Pieter Cnoll gebeten. Der geschwächte Patient teilte dem Notar mit, dass er

»die Gewissheit des Todes bemerke, doch ungewiss sei, wann dieser einträfe«[23]. Da er nicht wisse, wie lange er noch im Besitz seiner geistigen Kräfte sein würde, bat Cnoll den Notar in Anwesenheit seiner Frau und der Kaufleute Pieter Pauw und Constantijn Nobel, zweier Freunde, die an seinem Sterbebett wachten, ein Testament aufzusetzen. Das Testament macht deutlich, dass das Ehepaar den festen Willen hatte, dass der gesamte Nachlass ohne Einmischung von Außenstehenden dem überlebenden Partner zufallen solle. Cornelia, nun bereits in den Vierzigern, durch das koloniale Leben gebeutelt und an Erfahrung reich, ließ sich nicht mit leeren Worten abspeisen: Alles musste sorgfältigst festgelegt werden.

Der Notar hielt fest, dass »alle Güter, bewegliche wie unbewegliche, Aktien, Kredite und ausstehende Schulden, Heuern und dergleichen, ganz gleich, wo sie liegen oder von woher sie kommen mögen, nicht in alle Welt gestreut werden«, sondern dem überlebenden Ehegenossen zukommen sollten. Sie musste die Versorgung der Kinder übernehmen und sie »unterhalten in Essen, Trinken und Kleidung und beschwören, das bis auf ihre mündigen Tage oder ihren Ehestand zu tun«, und sie sollte »sie außerdem lesen und schreiben lehren und ihnen eine anständige Ausbildung geben, mit der sie sich selber die Kost würden verdienen können«. Wenn sie heirateten oder die Volljährigkeit erreichten, soll jedes der Kinder ein Anrecht auf den ansehnlichen Betrag von 40 000 Reichstalern haben, nach heutigem Wert mehr als eine Million Gulden.

Anschließend erhielt der Notar von Cnoll Auskunft über das bedeutende Vermögen der Familie: Es war mehr als ausreichend, um diese Zuwendungen bar leisten zu können. Nachdem der Notar festgestellt hatte, dass das tatsächlich der Fall war, fügte er dem Testament noch eine Klausel hinzu, in der festgehalten wurde, dass weder die Leitung der Waisenbehörde noch irgendjemand anderer sich um die Vollstreckung des Testamentes kümmern dürfe. Cnoll ließ auch ausdrücklich festlegen, dass er jede Überlassung von Listen oder Inventarverzeichnissen verbot[24]. Insbesondere Cornelia wusste aus eigener Erfahrung nur allzu gut, was damals geschehen war, als die Inventarliste ihres Vaters der Obrigkeit in die Hände gefallen war. Sie wurde in diesem Testament beauftragt als der »alleinige und absolute Vormund und die Verwalterin … und dies alles stand nicht einzelnen Prüfungen, Anordnungen der Waisenkammer oder verbrieften Rechten entgegen«[25]. Cnoll allein war nach dem Gesetz für seine Nachkommenschaft verantwortlich, und er nahm die Gelegenheit wahr, um diese Autorität an seine Frau zu delegieren[26]. Cornelia stand es natürlich frei, einen oder mehrere Vormünder um Hilfe zu bitten. Falls eines der Kinder sterben sollte, bevor es sein Erbe angetreten hatte, dann sollte dieses an die verbliebenen Brüder und Schwestern fallen. Sollten alle Kinder vorzeitig sterben, dann würde das Erbe dem Elternteil zufallen, der am längsten lebte – in diesem Falle also Cornelia.

Das waren die wichtigsten Punkte, die der Notar an diesem frühen Februarmorgen festhielt. Huysman bat den Kranken, seine Frau und die anwesenden Zeugen, das Dokument zu unterschreiben, worauf er ein Honorar von zwei Reichstalern kassierte. Als Vergütung für die Fahrt zu Cnolls Haus und die Rückfahrt bekam er noch 20 Stüber ausbezahlt.

Das Testament war keinen Augenblick zu früh gemacht worden. Am Nachmittag stieg das Fieber erneut, und nur zwei Tage später verstarb der Oberkaufmann Pieter Cnoll. Auf den 20. Februar berief der Generalgouverneur den Rat von Indien zu einer Sondersitzung ein, um einen Nachfolger auf die Position des Ersten Oberkaufmanns zu wählen[27]. Man bestellte Gerrit Vrieslandt, den Stellvertreter Cnolls.

Nun war der Moment gekommen, das Testament zu öffnen und zu vollstrecken. Der Inhalt war so eindeutig, wie er nur sein konnte. Da es keine Bestandsliste gab, bedeutete dies unter anderem, dass man nicht genau wusste, was mit den vierzig Sklaven im Haushalt geschehen sollte. Die batavischen Sklavenhalter ließen meistens eine eigene Klausel in ihr Testament rücken, nach der die

Favoriten – die Sklaven, die dem Herrn am nächsten gestanden hatten – freigelassen wurden, während die übrigen einen kleinen Geldbetrag erhielten. Cnolls Versäumnis, diesem Brauch zu folgen, sollte der Gesellschaft Batavias noch übel aufstoßen. Sein Lieblingsdiener und Pajongträger Untung – der Sklave, der auf dem Familienbildnis im Schatten seines Herrn zu sehen ist, wie er schelmisch eine Apfelsine aus dem Fruchtkorb klaubt – wurde Jahre später seinem Sohn Cornelis übereignet, als der volljährig wurde. Untung wurde von seinem neuen Herrn offenbar so schlecht behandelt, dass er fortlief und ins Umland von Batavia entkam. Dort schloss er sich einer Bande entlaufener Sklaven an und wurde bald zu ihrem Anführer gewählt. So entwickelte er sich zum Räuberhauptmann, dem berüchtigten Surapati, der der Compagnie in den achtziger Jahren noch viel Ärger machen sollte[28].

KAPITEL 4

Die Zeiten ändern sich

Im Herbst 1673 trafen sich die Herren Zeventien der Vereinigten Ostindischen Compagnie in Middelburg zu ihrer halbjährlichen Sitzung. Diese Zusammenkunft fand gewöhnlich in Amsterdam statt, aber alle sechs Jahre wurde sie in die Hauptstadt von Zeeland verlegt, weil die Bewohner dieser stolzen Inselprovinz Bedenken äußerten, die Leitung der Compagnie könne zu stark unter rein holländischen Einfluss geraten.[1] Die seeländischen Direktoren mussten zweimal im Jahr mit ihrer Staatsjacht nach Amsterdam segeln, um dort an der Versammlung teilzunehmen. Sie fanden, ihre holländischen Kollegen müssten bereit sein, nach so langer Zeit einmal ihre großen Häuser an der Gracht zu verlassen, um längs der holländischen Küste und den seeländischen Inseln nach Walcheren zu segeln. Während der zwei Monate, die die Herbstsitzung im geräumigen Gebäude der Kammer von Zeeland am Rotterdamer Kai dauerte, wurden wichtige Dinge verhandelt. Denn die junge Republik machte damals schwere Zeiten durch.

Ein Jahr zuvor, im April 1672, hatten England und Frankreich den Vereinigten Niederlanden den Krieg erklärt. Zum Glück war die Flotte des Landes segelklar: In der Solebay vor Southwold versetzte am 25. Mai Michiel de Ruyter mit der Unterstützung seiner schlachterprobten Offiziere – van Ghent, van Rhijn und Banckert – dem Feinde den ersten empfindlichen Schlag. Damit war erst einmal die Gefahr einer Landung von der Seeseite aus gebannt. Doch es gelang den französischen und deutschen Truppen über

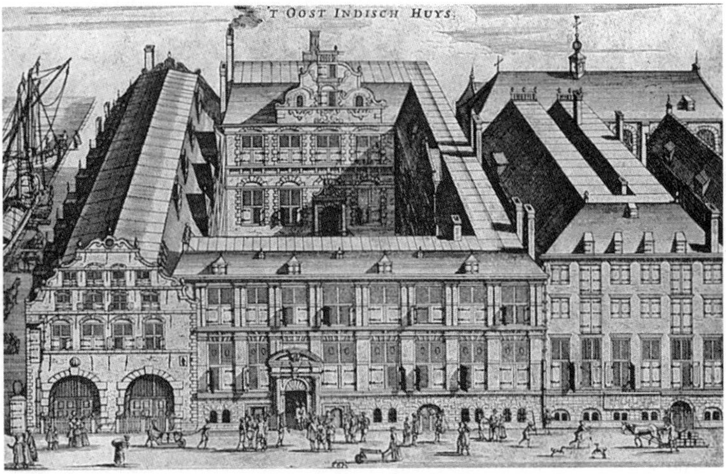

ABBILDUNG 8
Das Ostindische Haus der VOC-Kammer von Amsterdam an der Hoogstraat und dem Kloeveniersburgwal (Anonym)

Bentheim ins Twenter Land einzufallen. Nur wenige Monaten später standen sie vor dem Stift Utrecht. Das Volk wurde unruhig und guter Rat war teuer. Am 2. Juli ernannten die Staaten von Zeeland den Prinzen von Oranien zum Generalstatthalter auf Lebenszeit, zwei Tage später folgte Holland, und bereits am 8. Juli stand der blutjunge Wilhelm III. an der Spitze der Land- und Seestreitkräfte. Am 4. August legte der Ratspensionär Jan de Witt sein Amt nieder. Keine drei Wochen später sollte der Pöbel von Den Haag, angeführt von dem Barbier Tichelaer, de Witt und seinen Bruder Cornelis vor dem Gefängnistor auf bestialische Weise umbringen.

Das Volk war kopflos, die Regierung ratlos, der Staat hilflos. Doch nichts ist wankelmütiger als das Kriegsglück. Die Franzosen versäumten es, ihren Vormarsch fortzusetzen und lagerten auf einem Gelände just an der Flutlinie, hinter der sich der Prinz von Oranien mit seinen Truppen zurückgezogen hatte. Auch als der früh hereinbrechende Frost im Dezember 1672 die Eisdecke stark genug hatte werden lassen, um den Tross tragen zu können, wagte das französische Heer es nicht, die gefrorene Fläche zu überqueren. Und so veränderten sich während der Wintermonate die Kriegschancen. Im folgenden Frühjahr ergriff Wilhelm III. die Initiative. Seine ersten Ausfälle waren nicht viel mehr als Störmanöver, zum Herbst jedoch war der Aufbau des Heeres so weit fortgeschritten, dass der Prinz es sich erlauben konnte, die Nachschubwege des Feindes anzugreifen. Auf dem Meere waren die Chancen noch günstiger. Der Admiral Michiel de Ruyter konnte am 7. und am 14. Juni bei Schoneveldt und am 21. August bei Kijkduin den vereinigten französischen und englischen Flotten wiederholt Niederlagen zufügen. Die Umzingelung war durchbrochen, und die holländischen und seeländischen Tore zum Meer standen wieder für Handelsfahrten offen.

Die Herren Zeventien kamen nun auf dem triumphierenden Walcheren zusammen – war doch die Rettung der jungen Republik einem Bengel aus Vlissingen (de Ruyter) zu verdanken. Sie konnten nun die Bilanz des Schadens ziehen, den das Unternehmen in den voraufgegangenen Jahren erlitten hatte. Anfangs waren einige aus Ostindien zurückkehrende Schiffe bei der Fahrt durch den Ärmelkanal in einen englischen Hinterhalt geraten. Sie wurden wie zappelnde fette Enten vom Feinde erbeutet. Da die Compagnie für die Ausrüstung jeder ausfahrenden Flotte an der Börse Kapital aufnehmen musste und deren Kreditbereitschaft wiederum stark von dem abhing, was aus Ostindien als Dividende und Rückzahlung der geliehenen Gelder zurückfloss, hatte man beträchtliche Verluste hinnehmen müssen. Nachdem nun die Seerouten wieder frei waren, konnten die Herren Zeventien die Ärmel hochkrempeln. Es war höchste Zeit, eine neue Flotte auszuschicken und die Waren zu beschaffen, die man 1675 aus Ostindien in die Republik verschiffen lassen wollte. Nachdem all diese wichtigen Dinge verhandelt und die »Ziele« der Rückfahrt aus dem fernen Osten festgelegt waren, befassten sich die Herren Zeventien an den letzten beiden Tagen der Herbstsitzung schließlich noch mit weniger drängenden Fragen wie der Bestallung des leitenden Personals, der so genannten »Qualifizierten«.

Alle vorgeschlagenen Personen wurden angestellt, mit einer einzigen auffallenden Ausnahme: ein Advokat mittleren Alters, der von der Amsterdamer Kammer vorgestellt worden war. Der Magister der Rechte Joan Bitter hatte sich um einen Sitz im Rat der Justiz in Batavia beworben. Sein Fürsprecher, Gillis Valckenier, prominenter Direktor der Kammer von Amsterdam, der als Parteigänger Oraniens erst jüngst wieder auf dem Vorstandssessel der Stadtverwaltung Platz genommen hatte, hatte sich in Middelburg leider nicht blicken lassen und war in der Stadt am Ij geblieben. Als jede Stimme zählte, war er also nicht da, um die Kandidatur seines Schützlings zu unterstützen. Der einflussreiche Valckenier war bei seinen Mitdirektoren nicht sonderlich beliebt, und so sahen diese Herren – da die Katze aus dem Hause war – den Weg frei, um nicht alles »nach seinem Gutdünken« durchgehen zu lassen. Einer brachte gar Zweifel über die Eignung des Bewerbers vor. Zwei oder drei Jahre zuvor sei ihm das eine oder andere über Bitter zu Ohren gekommen, und deshalb frage er sich, ob der Kandidat wohl der richtige Mann für einen so verantwortungsvollen Posten wäre. Es kam noch dazu, dass der gleichwohl in Middelburg anwesende Amsterdamer Direktor Dirck Tulp sich mit seinem Mitbürger Valckenier überworfen hatte und somit keineswegs gesonnen war, Bitter seine hilfreiche Hand zu reichen. Da die Versammlung nicht zu einer übereinstimmenden Beurteilung kam – man meinte, Valckenier habe diese Kandidatur den übrigen Direktoren nicht schmackhaft genug gemacht –, wies man Bitter an, zur Hauptstadt zurückzukehren und sich dort von neuem bei der Amsterdamer Kammer zu bewerben. Zudem wurde beschlossen, dass die Kammer ihn nur dann in den Dienst der Compagnie nehmen sollte, wenn die Gerüchte über ihn zuvor geprüft worden seien.[2] Die versteckte Botschaft war, dass der Kandidat die Wahl habe, seine Ehre durch einen Rückzieher zu retten. Waren die Herren im Recht, als sie ihre Zweifel an Bitters Eignung für dieses verantwortungsvolle Amt äußerten?

Der junge Herr Doktor

Joan Bitter wurde am 20. September 1638 in Arnheim geboren. Seine Eltern waren Arnolt Bitter und Aaltje Scholten, eine Tochter des dort ansässigen Arztes Caspar Scholten. Vater Bitter, der bei Joans Geburt bereits 74 Jahre alt war, hatte aus einer ersten Ehe nicht weniger als neun Kinder. Er muss ein rüstiger Kerl gewesen sein, denn er hat nach Joan noch zwei weitere Kinder gezeugt und das für diese Zeit ungewöhnlich hohe Alter von 95 Jahren erreicht. Die Ehe, die am 1. August 1660 zwischen dem noch studierenden Joan und dessen Kusine Bartha Eygels in der Universitätsstadt Harderwijk geschlossen wurde, hat er nicht mehr erlebt.[3] Dem jungen Paar brachte sein Tod keinen goldenen Regen, denn die Hinterlassenschaft des Vaters wurde über alle seine Kinder verteilt, und da blieb für den studierenden Sohn nicht viel übrig. Nichtsdestoweniger errang Joan Bitter zwei Jahre darauf im Alter von 24 Jahren an der Alma Mater von Harderwijk das Doktorat der Rechte.[4] Damit war es Zeit, sein Brot selbst zu verdienen, und der frisch gebackene Doktor bestieg mit seiner Familie das Linienschiff nach Amsterdam. Dort wollte er sich im wohlhabenden holländischen Viertel oberhalb der Zuidersee als Rechtsanwalt niederlassen.

In der großen Hafenstadt, in der während dieser Jahre die konzentrischen Grachtenbögen immer weiter gezogen wurden, konnte Bitter seinen Horizont erweitern. Er kam mit den unterschiedlichsten Menschen zusammen und machte sich mit vielen verschiedenen juristischen Problemen vertraut. So lernte er auch bald den enormen Unterschied zwischen Rechtstheorie und alltäglicher Praxis kennen. Obwohl als Jurist nicht ohne Talent, war er offenbar nicht im Stande, wichtige Dinge von unwichtigen zu unterscheiden, die ihn persönlich betrafen. Darin zeigt sich ein vorherrschender Zug seines Charakters, der auch seine künftige Karriere mitbestimmen sollte: Wenn Joan Bitter auch nur geringfügig kritisiert wurde, fühlte er sich in seiner Ehre verletzt und bediente sich ohne zu zögern aller juristischen Mittel, die ihm zur Verfügung standen, um sich zu verteidigen. Dieses hitzköpfige Verhalten sorgte für entsprechenden Ärger in seiner Umgebung, und so war seiner Karriere als Anwalt kein Erfolg beschieden. Seine Ehe verlief schon eher nach Wunsch. Schon bald war Bartha Eygels und Joan Bitter in Harderwijk ein erstes Kind geboren worden, ein Mädchen, das nach der Mutter den Namen Bartha erhielt.[5] In den nächsten zehn Jahren folgten weitere acht Kinder, fast in jedem Jahr eines. Fünf davon starben vorzeitig an Kinderkrankheiten – eine Geschichte, die der der Familie Cnoll in Batavia gleicht.[6] Das Gespenst des frühen Kindstodes wütete nicht nur in den Tropen, es war auch in Europa allgegenwärtig.

Sein Scheitern als Anwalt könnte seine Entscheidung ausgelöst haben, vielleicht aber auch die drückenden finanziellen Lasten des Unterhalts der Familie. Wie auch immer, Bitter beschloss, wie so viele gescheiterte Jünglinge aus gutem Hause vor und nach ihm, sich um ein Amt bei der Löblichen Compagnie zu bemühen und das Glück im Fernen Osten zu suchen.

Der Rat der Justiz in Batavia kann wohl am ehesten als Oberster Gerichtshof der niederländisch-indischen kolonialen Niederlassungen bezeichnet werden. Dieses Institut der Rechtsprechung war erst nach mühsamen Beratungen zustande gekommen. Zu Beginn der Kolonialisierung wurde in Ostindien noch vom obersten Befehlshaber, vom Generalgouverneur und dem Rat von Indien Recht gesprochen und zwar in derselben Weise, wie das vom Kapitän und vom Schiffsrat an Bord eines Ostindienfahrers zu geschehen pflegte. Die Trennung zwischen politischer und richterlicher Gewalt kam erst 1620 zustande, als Jan Pieterszoon Coen »ein Collegium von Commissaren oder Rechtskundigen im Kastell« einsetzte, »von dem alle simplen Fälle, seien sie criminell oder civil, geurteilt werden sollen«. Dieses Gerichtskollegium, das fortan Rat der Justiz genannt wurde, war somit zuständig für alle straf- und zivilrechtlichen Fälle, die von Soldaten und Angestellten der Compagnie anhängig gemacht wurden.[7] Die Rechtsprechung über die freien Bürger und die »Fremden« in der Stadt – dazu wurde den kolonialen Gepflogenheiten folgend auch die einheimische Bevölkerung gezählt – fand vor einem Schöffengericht statt. In einigen Fällen trat der Rat der Justiz im Kastell von Batavia als Berufungsinstanz nach Urteilssprüchen der Schöffenbank auf. Obgleich der Rat der Justiz seit 1620 theoretisch als unabhängiges Gerichtskollegium auftrat, stellte sich die Praxis ganz anders dar. Nicht nur, dass sich die Obrigkeit oft genug in den Ablauf eines Prozesses einmischte, es blieben auch zwischen der Exekutive und der Judikative persönliche Verbindungen bestehen. So musste etwa der Präsident des Rats der Justiz dem Rat von Indien angehören. Historische Untersuchungen über die Praxis der Rechtsprechung in Batavia wimmeln von Hinweisen auf fortwährende Angleichungen und Ergänzungen über viele Jahre hinweg, um die Handlungsfreiheit des Rats der Justiz zu stärken und sicher zu stellen.[8] Die dennoch positive Entwicklung zu einem gut funktionierenden Gerichtskollegium zeigte sich auch im steigenden Niveau der Mitglieder des Rates. Der bestand zwar zu Anfang aus »den ehrwürdigsten bejahrten Ministern, die das Leben gut kennen, das Recht lieben, um die Bösen zu strafen und die Frommen zu schützen«. Aber diese rechtschaffenen Männer wurden, so lesen wir, von einem der ersten akademisch gebildeten Juristen in Ostindien als eine Gruppe von »Idioten und Gesetzesnieten« bezeichnet, angeführt von »Gaunern und Dieben«[9]. Damit musste dieses aufkeimende Rechtskollegium vorläufig leben. Zum Glück nahm die Zahl der Akademiker im Rat der Justiz allmählich zu, und um 1656 besaßen die meisten Mitglieder eine fundierte juristische Ausbildung.

Wie wir gesehen haben, hatten die Herren Zeventien so ihre Bedenken, was den Charakter des Kandidaten Joan Bitter anging. Valckenier war wütend, als er hörte, wie man mit seinem Schützling in Middelburg umgesprungen war. Er fühlte sich durch dieses Misstrauensvotum in seiner Ehre verletzt. Sobald Dirck Tulp wieder in der Hauptstadt war, berief Valckenier eine Sondersitzung der Amsterdamer Kammer ein, um die Angelegenheit zu besprechen.[10] Nachdem einige Nebensächlichkeiten erledigt waren, stellte Valckenier jedem der Anwesenden persönlich die Frage, ob er irgendetwas gegen Bitter vorzubringen habe, das seiner Ernennung im Wege stehen könne. Diesmal wagte es niemand, Einwände zu erheben, und der Kandidat wurde aufgefordert, in den Sitzungssaal zu kommen und sich vorzustellen. Bitter hatte sich gut vorbereitet. Er brachte drei entlastende Erklärungen vor, um die Anschuldigungen gegen ihn zu entkräften.

Der erste Brief, den er vorlegte, war ein Zeugnis, unterschrieben von den sechs ältesten und angesehensten Prokuratoren der Stadt und von zwei Advokaten der Anwaltskammer. Sie ließen wissen, dass Bitter nicht nur »in der Rechtswissenschaft gut beschlagen« sei, sondern dass sie ihn zudem sowohl im Privatleben wie in der Öffentlichkeit als »bescheiden, friedlich und aufrecht« achteten. Kurzum, sie sahen nichts, was der Berufung in das ehrenvolle Amt eines Ratsmitglieds der Justiz im Wege stehen konnte. Die beiden anderen Briefe betrafen die Gerüchte. Bitter war wohl einige Jahre zuvor mit einem Arzt, Hendrick Houtappel, wegen einer Rechnung in Streit geraten, aber diese Sache war schließlich durch die Vermittlung zweier Schöffen, Schaep und Ranst, aus der Welt geschafft worden. Die hatten festgestellt, dass der Streit aus einer Anhäufung von beiderseitigen Irrtümern und wechselseitigen Missverständnissen entstanden war, und so war der Fall mit einem Knall zerplatzt. Der brave Doktor Houtappel war von sich aus bereit, im Beisein eines Notars zu bezeugen, dass alles nur ein grobes Missverständnis gewesen sei, und er fügte noch hinzu, er halte

Bitter für »einen aufrechten und vertrauenswürdigen Anwalt«, gegen den er keinerlei Bedenken hege.

Als das erledigt war, sah Valckenier seine Chance, nun Nägel mit Köpfen zu machen. Er fragte alle Anwesenden, ob sie noch etwas vorzubringen hätten, und konnte es nicht lassen, noch hinzuzufügen: »nachdem man auch insbesondere die Betrachtungen des Herrn Tulp gehört und zur Kenntnis genommen hat«. Niemand hatte etwas zu sagen, und auch der brüskierte Tulp hüllte sich in Schweigen. So wurde dann ohne weitere Umstände beschlossen, Bitter mit einem Monatsgehalt von 100 Gulden in den Rat der Justiz zu berufen.[11] Da nun seine Anstellung bei der Ostindischen Compagnie mit Hilfe der Protektion von Gillis Valckenier durchgesetzt war, machte sich der Anwalt mit seiner Familie auf die lange, gefahrvolle Reise nach Niederländisch-Indien. Gefährlich nicht so sehr, weil unterwegs so viele Schiffe verunglückten, sondern weil es eine riskante Sache war, mit einer schwangeren Frau und kleinen Kindern, die für die so häufig an Bord auftretenden Fieberepidemien anfällig waren, auf die Reise zu gehen.[12]

Das Leben beginnt mit vierzig

Mitte Dezember 1674 trotzten Joan Bitter, seine Frau und fünf Kinder dem strengen Winterwetter und gingen an Bord eines kleinen Ausflugsbootes, das sie zur Reede von Texel brachte. Dort lag eine segelklare Flotte von acht Schiffen vor Anker und wartete auf eine günstige Ostbrise, die sie sicher an den Haaksgründen entlang auf die offene See treiben sollte. Der Advokat und seine Familie gingen an Bord der ›Ceylon‹.[13] Joan Bitter beschloss, über die Seereise ein Tagebuch zu führen, das er passend ›*Breviarium ab inito mari oceano*‹ nannte. Auf die erste Seite dieses Reisebreviers setzte er nach der Offenbarung des Johannes folgendes Motto: »Unser Beginnen geschehe im Namen des Herrn, der Alpha und Omega ist, der Anfang und das Ende.«[14] Bitter hatte sich bereits einige

Kenntnisse der christlichen Seefahrt angeeignet; unter anderem verzeichnete er die angetroffenen Windrichtungen. Ferner notierte er einige nützliche Tipps über Maße und Gewichte und einiges Wissenswerte über Münzen und Edelsteinen sowie das Schießpulver.[15]

Der Krieg mit England war soeben beendet, und nichts schien, wenn ein günstiger Wind half, einer flotten Fahrt durch den Ärmelkanal im Wege zu stehen. Zum Schutz gegen die Piraten von Dünkirchen wurde die Flotte von Konteradmiral Engel de Ruyter, dem Sohn des berühmten Seehelden, begleitet. Doch der erhoffte günstige Wind ließ vorläufig auf sich warten, und erst am 24. Januar 1675 bewegte sich die »sehr wertvolle Flotte nach vielem Zuckeln endlich mit einem östlichen Wind morgens gegen neun Uhr bei heiterem Himmel und erwünschter Brise aus den Gatten und in die See«, worauf die Schiffe, als wäre es ein Zug, in eine schöne Reihenfolge »rangiert« wurden. Auf der Höhe von Petten drehte der Wind nach Westen und flaute später sogar ganz ab. Deshalb mussten die Anker geworfen werden, die Schiffe wären sonst durch die steigende Flut gefährlich nahe an die Küste getragen worden.

So machte die Landratte Bitter erstmals Bekanntschaft mit den Tücken der Seefahrt. Es kam noch mehr: Am gleichen Abend noch geriet – obgleich das Schiff gut beleuchtet vor Anker lag – ein dreimastiges Frachtschiff vor den Bug. Nur weil der Kapitän die Geistesgegenwart besaß, die Ankertrosse kappen zu lassen, trieb die ›Ceylon‹ frei. Der Schaden belief sich auf einige Kratzer auf der Schiffswand und Schäden in den stehenden Wanten. Vom Schreck kaum erholt, warf die Mannschaft den anderen Anker, und schon lag das Schiff wieder am Haken. Doch die Seereise wollte partout nicht vorangehen. Als der Admiral um neun Uhr befahl, wieder Segel zu setzen, wurde der Anker gelichtet, aber das Schiff drehte in die andere Richtung und drohte auf die Sandbänke zu treiben, so dass »aus großer Angst vor den Haaks« der Anker wieder ausgeworfen wurde. Zum Glück stand bei $12\frac{1}{2}$ Faden am

Tiefenlot noch genug Wasser unter dem schwer beladenen Schiff. Am nächsten Tag drehte der Wind nach Norden. Aber nun wurde die Ankertrosse von der vereinten Kraft des Windes und der nach Süden drängenden Flut wie eine Saite straff gespannt, weshalb die Gangspill den Anker nicht länger halten konnte. Am nächsten Morgen gelang es der Mannschaft, den Anker, der schon als »halb verloren« gegolten hatte, einzuholen. Als abends die anderen Schiffe der Flotte wieder in Sicht kamen, waren alle erleichtert.

Die ganze Familie Bitter – mit Ausnahme von Jan Maatje (Arnolt) und Mutter Bartha – hatte in den vergangenen Tagen seekrank in den Kojen gelegen, aber nun regte sich die Esslust wieder. An diesem Abend, schrieb Bitter, »habe ich am Tisch gesessen, aber man musste die Schüsseln festhalten, wenn man essen wollte«. Am 28. Januar kam Calais an der Leeseite in Sicht, aber kaum hatte die Flotte die stolzen Kreidefelsen von Dover passiert, drehte der Wind nach Südwesten, so dass Kurs auf Plymouth genommen wurde. In den anderthalb Wochen, die die Schiffe mit drei anderen holländischen Konvois auf der Reede von Plymouth zubrachten, wurden an Land noch allerlei Dinge mit dem dortigen Vertreter der Compagnie, William Jennings, verhandelt. Ein paar Soldaten und Matrosen nutzten die Gelegenheit, um sich aus dem Staub zu machen. Als die Flotte wieder ausgelaufen war, geriet sie am nächsten Tag in einen so fürchterlichen Sturm, »dass alles herumflog, ja, ich fürchtete, das Schiff würde sich auf den Kopf stellen!« Drei Tage später, als der Sturm vorüber war, und das Kap Finisterre an Backbord in Sicht kam, erschien Admiral Engel de Ruyter noch einmal an Bord der ›Ceylon‹, um sich zu verabschieden. »Einige von der Flotte haben die Flagge an einem Stock befestigt und unter der Schot gehisst, von da an ließen sie die weiße Flagge achtern wehen.« Alle Kapitäne der nunmehr dreizehn Schiffe zählenden Flotte wurden zum Schiffsrat an Bord gebeten, um gemeinsam den Kurs zu den Kapverdischen Inseln zu bestimmen. Im Golf von Biskaya wurde das Schiff in unruhiges Wetter verschlagen. Nach gut einer Woche erkrankten Bitter und seine Frau, und die folgenden Tage mussten beide »siech und krank« in den Kojen bleiben, »sie in einer abgestützten Krippe, und ich auf dem Bett«. Am 3. März wurde Bartha »gegen sechs Uhr in der Hundswacht von einem toten Kind, einem kleinen Sohn, sehr glücklich erlöst«, schrieb der Vater erleichtert, nachdem seine Frau die Seekrankheit, die völlige Erschöpfung und die Niederkunft überlebt hatte.

Doch es hatte nicht sollen sein. Als er seine Feder das nächste Mal ins Tintenfass tauchte, fuhr Bitter fort: »Somit ist (meine Frau) durch die Nachlässigkeit des Obermeisters (Arzt), der die Nachgeburt nicht zu fassen wusste, um drei Uhr in der Mittagswacht sehr traurig verschieden.« Dies alles geschah, derweil Bitter selbst seit mehr als einer Woche in einem »brennend heißen« schweren Fieber gelegen hatte. Er begann dann auch an seiner eigenen Genesung zu zweifeln und setzte am 4. März mit Hilfe des Unterkaufmanns Dirck Steenhoven sein Testament auf, »genötigt durch Sorge um das Wohlergehen meiner fünf lieben Kinder«. Die nächsten Tage hielt das hitzige und brennende Fieber an, und während eines Orkans am 8. März glaubte Bitter, nun habe seine letzte Stunde geschlagen. Unter rasenden Sturmböen rief er Steenhoven wieder zu sich und diktierte ihm einige Abschiedsbriefe an die Direktoren und an seine engsten Freunde in Holland. Noch mehr als eine Woche lag der Patient elend und noch immer schwer krank in der Koje, als sich plötzlich am 17. März seine Gesundung anzukündigen schien. »Ich bin durch eine wunderbare Wandlung aus mir selbst zum Schwitzen gekommen und habe dadurch eine besondere Erleichterung erfahren. … habe nun etwas geschlafen, was ich seit dem 27. Februar nicht mehr konnte«, notiert er in seinem Reisebuch. Drei Tage später verspürt Bitter wahrhaftig wieder etwas Appetit, und als am 23. März morgens früh aus dem Mastkorb das ersehnte »Land in Sicht« ertönte, da stieg er an Deck, um die kapverdische Insel Maio in Augenschein zu nehmen. Wie mit dem Kapitän verabredet, wurde der Leichnam von Bitters Frau sogleich an Land gebracht, als das Schiff vor Anker lag, und am nächsten Tag »gegen vier Uhr der Erde übergeben«. Der kurze Aufenthalt war eine gute Gelegenheit, um einige Briefe nach Hause zu schreiben, die dort gen Norden reisenden Schiffen mitgegeben werden konnten. Bitter stürzte sich mit so viel Energie darauf, dass er schon bald erschöpft ins Bett sank, um wieder zu Kräften zu kommen. Bei der nicht weit entfernten Insel São Tiago wurden nochmals die Anker geworfen, um »frisches Wasser, Erd- und Buschfrüchte« aufzunehmen. Das war jedoch einfacher gesagt als getan. Man gab den Holländern nämlich zu verstehen, dass sie nur dann Wasser bekämen, wenn sie auch Böcke und Kühe kaufen würden und nochmals Ankergeld bezahlten. Bitter fühlte sich nun wieder so elend, dass er glaubte, dem Tode nahe zu sein.[16] Er schleppte sich in seine Kabine zurück und vertraute, da er nicht mehr aus noch ein wusste, seine tiefsten Gefühle dem Papier an, um von Gott dem Herrn Gnade zu erflehen. Er wählte dafür das Latein:

»Tamen aliquid effeci, nempe peccata mea omnia ab ipsa pubertate comissa graviora cum reliquis ad hoc ipsum momentum rememoravi, confessus sum, atque lachrimis ex intimo pectore deploravi: cum tandem me omni gratia indignum agnovissem coram pedibus Dei benigni me projeci, ex intimo corde gratiam, gratiam (sic) et remissionem eorum imploravi, precipue ob Christi Jesu, filii Ejus dilectissimi, Salvatoris mei unici quem fide servatorem meum certum agnosco et denique ut exoratam illam remissionem concessam animo meo per spiritum sanctum innuere velit.«

»Dennoch habe ich immer etwas getan, ich habe alle meine schweren Sünden, die ich von Kindsbeinen an begangen habe, mit allen übrigen Fehltritten bis zu diesem Augenblick mir selbst vorgehalten, sie gebeichtet und unter Tränen aus dem Innersten meiner Seele beweint; schließlich habe ich mich, als ich mich jeglicher Gnade für unwürdig befunden habe, dem barmherzigen Gott zu Füßen geworfen, aus den Tiefen meines Herzens Gnade und Vergebung erfleht, insbesondere von Jesus Christus, Seinem innigst geliebten Sohn, meinem einzigen Seligmacher, den ich durch den Glauben als meinen sicheren Retter ansehe, und schließlich, dass er das Versprechen der Vergebung durch die Vermittlung des Heiligen Geistes meiner Seele erkennbar mache.«

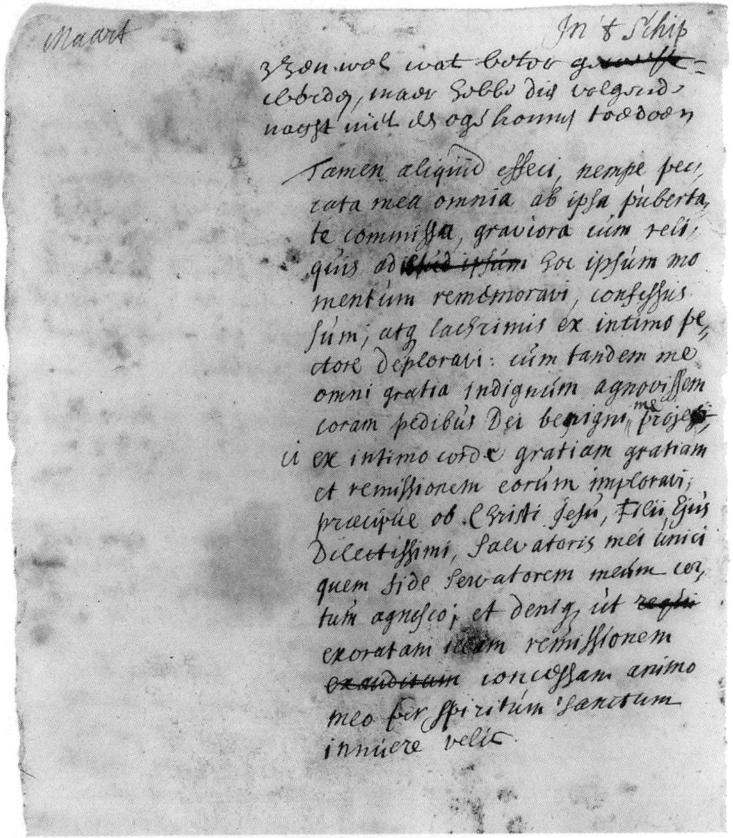
Tamen aliquid effeci, nempe pec-
cata mea omnia ab ipsa puberta-
te commissa, graviora cum reli-
quis ad hoc ipsum mo-
mentum rememoravi, confessus
sum; atq lacrimis ex intimo pe-
ctore deploravi: cum tandem me
omni gratia indignum agnovissem
coram pedibus Dei benigni me proje-
ci ex intimo corde gratiam gratiam
et remissionem eorum imploravi;
praecipue ob Christi Jesu, Filii Ejus
Dilectissimi, Salvatoris mei unici
quem fide Servatorem meum cer-
tum agnosco; et denique ut
exoratam remissionem
concessam animo
meo per Spiritum Sanctum
innuere velit.

ABBILDUNG 9
Die vom todkranken Joan Bitter aufgezeichnete Bußübung in seiner »Apologia pro vita sua« (Niederländisches Schifffahrtsmuseum, Amsterdam)

Joan Bitter holte tief Atem. Es war heraus – und so wie das bei »wiedergeborenen Christen« wohl oft der Fall ist, wurde er von einem tiefen Gefühl der Erleichterung und des Friedens mit sich selbst und mit der Welt um ihn überwältigt. Er löschte die Kerze und schlief dann wie ein Stein. Am nächsten Tag notierte er: »Ich habe die letzte Nacht so gut geschlafen, als wäre es eine Nacht der Erlösung gewesen.«

Was war in der Zwischenzeit aus den Kindern geworden? All die Wochen hindurch, als der Vater krank zu Bett lag, hatte die Tochter Bartha, die gerade vierzehn Jahre alt war, wie eine Glucke für ihre kleinen Brüder und Schwestern gesorgt. Fatalerweise musste, als Meister Bitter sich mühsam aus dem Krankenbett erhob, nun sein Assistent Dirck Steenhoven die Koje hüten. Zwei Wochen darauf, als das Schiff mit schlaffen Segeln ziellos schlingernd in den Rossbreiten lag, tat Steenhoven »gegen zwei Uhr oder vier Gläsern der Wache«, das heißt, etwa um sechs Uhr abends, seinen letzten Atemzug. Bitter, der an seinem Bett gewacht hatte, schloss ihm die Augen für immer.

Das Schiff schlingerte weiter vor sich hin – es war zum Närrischwerden! Zehn Tage lang legte es nicht mehr als 12 bis 20 Seemeilen am Tag zurück. Am 28. April hielt es der Kellermeister Pieter Blom aus Rotterdam – wohl durch einen kräftigen Schluck aus den eigenen Fässern dazu verleitet – nicht mehr aus: Er sprang kurzerhand über Bord, »ohne dass ihm jemand einen Grund oder einen Anlass dazu gegeben hatte«. Ein paar Tage später erhob sich zum Glück der Passatwind, und so erreichte die ›Ceylon‹ nach zwei Monaten, am 22. Juni, die Reede von Kapstadt. Dort wurden frische Lebensmittel für die vom Skorbut geplagte Mannschaft an Bord genommen.

Am 8. Juli wurden die Anker wieder gelichtet. Die folgende, zwei Monate dauernde Überfahrt von Kapstadt nach Batavia muss entsetzlich gewesen sein. Man verlor dreizehn Matrosen und vierzehn Soldaten, und zwei Passagiere mussten ihr Leben lassen.[17] Am 6. September kam der Krakatau in Sicht, und sechs Tage danach erreichte man, an Bantam vorbeisegelnd, die Reede von Batavia. Die Familie Bitter wurde vorläufig in den Gemäuern des Kastells untergebracht. Der achtunddreißigjährige Anwalt – in den Tropen war das etwa das pensionsberechtigende Alter – stand nun am Anfang einer neuen Karriere und eines neuen Lebens im Fernen Osten. Vorläufig war seine älteste Tochter, die kleine Bartha, seine einzige Stütze und sein Trost.

Zur Zeit von Bitters Ankunft bestand der Rat der Justiz aus neun Mitgliedern, einschließlich des Vorsitzenden. Die meisten bekleideten noch eine andere Funktion in der Hierarchie der Compagnie und hatten dadurch ein zusätzliches Einkommen. Mit fünf kleinen Kindern in seiner Obhut hatte Bitter Anlass zur Sorge. Es dauerte denn auch nicht lange, bis der Neuankömmling einsehen musste, dass die 100 Gulden, die er im Monat verdiente, für sich und die Erziehung seiner Kinder hinten und vorne nicht reichen würden. Es muss ein großer Schock für ihn gewesen sein, als er feststellte, dass der Lebensunterhalt in Batavia etwa doppelt so teuer war wie in Holland.[18] Wie wir gesehen haben, verdiente Bitter nicht mehr als 40 Reichstaler. Seine Zukunft hätte zweifellos sehr düster ausgesehen, wenn nicht einer seiner Kollegen ihn auf eine ältere Witwe hingewiesen hätte, mit »einem eigenen Haus, groß und prächtig, gut eingerichtet und mit Silberwerk ausgestattet, mit ungefähr vierzig Sklaven und Sklavinnen im Dienst, außerdem Kutschen und Pferden«. Es ist nicht schwer zu erraten, auf wen sich diese Beschreibung bezieht.[19] Joan Bitter holte also tief Atem und zog die kleine Bartha ins Vertrauen. Er erzählte dem armen Mädchen, dass er es bald von allen Sorgen um die kleinen Geschwister erlösen werde: Er wolle heiraten.

Auf Freiersfüßen

Der Rest der Geschichte ist zu späterer Zeit von Cornelias Anwälten so lebendig beschrieben worden, dass es eine Sünde wäre, nicht daraus zu zitieren:

»Als er dann gesehen hatte, wie gut die Klägerin gestellt war, und begriff, dass ihm bei seinen Bedürfnissen ein großes Vermögen und für seine Stellung eine großbürgerliche Haushaltung ungemein dienlich sein würden, hat er sich in das Vermögen der Klägerin verliebt. Als er mit Hilfe guter Freunde ihre Bekanntschaft gemacht hatte, hat er begonnen, um sie zu freien. Durch schöne Reden wie durch Versprechungen hat er sie so weit zu überreden gewusst, dass die Klägerin sich entschlossen hat, ihn zu heiraten.«[20]

Beschloss die 46 Jahre alte Witwe, die bereits alle ihre Kinder bis auf den einzigen Sohn verloren hatte, einen um acht Jahre jüngeren Mann zu heiraten, weil sie sich verliebt hatte, oder spielten da auch andere Beweggründe mit? Nach den Bedingungen zu schließen, die sie in den Heiratsvertrag aufnehmen ließ, war es ganz entschieden eine Vernunftheirat. Bitters akademischer Hintergrund und seine hohe gesellschaftliche Stellung als Mitglied des Rats der Justiz übten auf Cornelia eine große Anziehung aus. Dieser Mann konnte ihr zu einem guten Status verhelfen. Er mochte so arm sein wie eine Kirchenmaus, doch seine Stellung bot zahlreiche Möglichkeiten, die sie als »allein stehende Frau« nicht hatte. Eine Ehe mit ihm sollte ihr auch wieder die Türen des Empfangssaals auf dem Kastell öffnen. Der wichtigste Grund aber war ohne Zweifel, dass Bitter dem Rat der Justiz angehörte. Dadurch würde Cornelia die dringend benötigte juristische Unterstützung in ihren Handelsgeschäften genießen können. Die Leute würden es sich dann zweimal überlegen, ob es sich lohnte, sie zu betrügen.

Wie handfest diese Annahmen sind, zeigt sich, wenn wir vergleichbare Beispiele aus anderen kolonialen Gesellschaften dieser Zeit betrachten. So standen in Spanisch-Amerika kreolische Damen aus guter Familie Schlange, um Richter zu heiraten. Das erhöhte ihre gesellschaftliche Stellung und »verschaffte vielfältigste Gelegenheit, den Einfluss ihrer Männer zu nutzen«.[21] Die gleiche Entwicklung gab es im portugiesischen Indien, wo die *Ouvidores*, Richter und hohe Beamte, häufig steinreiche eurasische Frauen heirateten, wenngleich das in königlichen Dekreten immer wieder untersagt wurde.[22]

Cornelia nahm ganz bewusst ein Risiko in Kauf, als sie Joan Bitter heiratete. Wenn sie auch wohl nicht alle rechtlichen Konsequenzen im Blick hatte, so muss sie doch gewusst haben, dass sie sich selbst in eine abhängige Situation begab. Wie wir gesehen haben, räumte das holländische Recht dem Ehemann eine umfassende Vormundschaft über seine Frau ein. Cornelia begab sich also unter die Vormundschaft von Joan Bitter, der das vollständige Verfügungsrecht über ihre Person und ihr Eigentum erhielt. Die Verfügungsgewalt über ihr Eigentum, hatte zwei wichtige Aspekte: Einerseits konnte nur der Mann Verträge schließen und rechtskräftige Handlungen vornehmen; andererseits musste er das Vermögen verwalten. Der Ehemann konnte demnach ohne Zustimmung seiner Frau über ihr Vermögen befinden und es so einsetzen, wie er das für gut erachtete. Deshalb war es für eine reiche Frau, die heiraten wollte, keine unvernünftige Idee, einen Heiratsvertrag zu schließen.

Heiratsbedingungen

Eheverträge hatten den Zweck, einer etwaigen Misswirtschaft durch den künftigen Ehepartner vorzubeugen. Sie waren eher ein Mittel der Verteidigung für den schlimmsten Fall. Vereinbarungen in Eheverträgen dürfen somit auch nicht als rechtsverbindliche Erklärungen gesehen werden, die der Frau das Recht zu selbständigem Handeln gegeben hätten. Das war grundsätzlich ausgeschlossen.

Die künftige Braut in mittleren Jahren überließ nichts dem Zufall. Sie bediente sich juristischer Ratgeber, um zu einem wirklich wasserdichten Ehekontrakt zu gelangen:

> »Sie hat erklärt …, dass sie absolut die Vogtin, Herrin und Verwalterin aller ihrer gegenwärtigen und künftigen Mittel und Besitztümer ohne jegliche Ausnahme sein und bleiben wolle, über dieselben frei verhandeln, sie kaufen und verkaufen, sie erweitern, einlösen und veräußern wolle, wie es sie richtig dünke.«[23]

Nun war es freilich so – und Hugo Grotius verweist darauf in seiner ›*Einleitung zur holländische Rechtsgelehrsamkeit*‹[24] –, dass eine Frau »die Mühe zu pflegen und anzurichten«, also ihre Arbeit, wie gewohnt nach der Heirat fortsetzen solle, und dass somit eine verheiratete Frau, die »öffentlich bescheiden einen Handel« triebe, das auch weiterhin tun dürfe, sofern der Mann ihr das zugestehe. Bitter hat dann wohl auch Cornelias Anwälte darauf hingewiesen, dass sie ohne seine ausdrückliche Zustimmung nichts kaufen oder verkaufen dürfe. Die könne er aber erst geben, wenn sie verheiratet seien.[25]

Die Klauseln im Ehevertrag – der vor der Hochzeit unterschrieben werden musste – schränkten die Handlungsfreiheit von Cornelias neuem Ehegatten stark ein. Doch da stand ja das eine dem anderen im Wege! Die Braut versprach ihrem Bräutigam, sollte sie vor ihm sterben, eine Summe von 25 000 Reichstalern. Falls er vor ihr sterben sollte, würden seine Kinder 12 500 Reichstaler erhalten. Dem Mann selbst jedoch stand dem Vertrag zufolge überhaupt nichts zu. Die Rente aus den für Bitter reservierten Geldern, die von Cornelia noch mit einem zusätzlichen Betrag aufgestockt worden waren, sollte dem Lebensunterhalt des Ehepaares und dem Haushalt zukommen. Seinerseits verpflichtete Bitter sich, 5 000 Reichstaler und sein monatliches Einkommen (mit allen Nebenverdiensten) beizusteuern. Sollte sich das als nicht ausreichend erweisen, um die täglichen Ausgaben zu bestreiten, dann sollte Cornelia den Rest aus ihrem Vermögen beisteuern.

Da Cornelia sich noch immer nicht sicher war, ob sie denn nun über ihr eigenes Vermögen uneingeschränkt würde verfügen können, verlangte sie recht gefühlvoll, ihr Bräutigam möge schwören, »dass seine Absicht bei der vorgesehenen Heirat mit der Klägerin keineswegs auf ihr Vermögen blickte, sondern allein ehrlicher und aufrechter Liebe zu ihr entspringe und der Aussicht, aus dem Vermögen die Erziehung seiner Kinder aus erster Ehe zu sichern.«[26]

Am 7. März 1676 war die Sache perfekt: In Anwesenheit des Notars Davidt Disponteyn wurde der Ehevertrag ohne weitere Probleme unterschrieben. Der einzige Misston erwuchs aus dem Umstand, dass der künftige Ehemann lediglich 3 750 Reichtaler anstatt der vereinbarten 5 000 zusammenscharren konnte. Cornelia van Nijenroode und Joan Bitter heirateten dann am 26. März 1676, nur sechs Monate nach Bitters Ankunft in Batavia.[27]

KAPITEL 5

Geben und nehmen

Die Flitterwochen waren noch nicht vorüber, da enthüllte Cornelia einen Plan, 3 000 Reichstaler in den Bau eines Hauses für einen chinesischen Arzt in der Nähe des Neuen Tors zu investieren. Den Bauvertrag wollte sie auf ihren Namen abschließen; dadurch konnte die Miete an sie persönlich gezahlt werden und floss nicht auf das gemeinsame Konto, das sie mit ihrem Mann teilte. Die Schöffenbank, die den Vertrag für rechtsgültig erklären musste, verweigerte aus formalen Gründen ihre Zustimmung, solange Cornelia nicht von ihrem Ehemann die Erlaubnis erhielt, als Kauffrau öffentlich aufzutreten.[1] Einer solchen Erklärung schien eigentlich nichts im Wege zu stehen, doch zur Verwunderung aller verweigerte Bitter jede Mitwirkung an diesem Plan. Er wandte ein, er sei zuvor von seiner Frau über diesen Handel nicht informiert worden. Und er fügte hinzu, auch wenn sie das wohl nicht einsehe, so stünde doch nirgends im Ehekontrakt, dass er Cornelias Vermögen nicht verwalten dürfe. Die einzige Freiheit, die ihr verblieben sei, so führte er listig an, sei die, »in ihrem letzten Willen über ihr Gut zu verfügen, wie es ihr beliebt«, mit anderen Worten, in ihrem Testament zu bestimmen, wer ihren Besitz bekommen solle. Das war für Cornelia ein schwacher Trost, denn sie stand auf der Höhe ihres Lebens und war vorläufig nicht gewillt, das Zeitliche zu segnen. Es lief darauf hinaus, dass ihr neuer Mann sie wissen ließ, er wolle von nun an über ihren gesamten Besitz frei verfügen. Das zog einen hässlichen Strich durch ihre Rechnung! Ihre Meinungsverschiedenheiten beschränkten sich übrigens nicht auf sachliche Angelegenheiten. Bitter war auch sehr angetan von der prächtigen Karosse mit den vier Pferden in Cornelias Stall. Er sah sich selbst schon durch die Straßen der Stadt zur Arbeit fahren. Diese Kutsche wurde bald zum Stein des Anstoßes.

Francois Valentijn, der Autor des großen Werkes ›*Oud en Nieuw Oost-Indien*‹, kam in den achtziger Jahren des 17. Jahrhunderts, als er in Batavia eintraf, folgende Anekdote zu Ohren: Cornelia und Joan waren kaum miteinander verheiratet, als das Paar in einen Streit geriet. Cornelia hatte erfahren, dass Bitter einen ortsansässigen Maler beauftragt hatte, die Knollen, die auf den Wappenschildern der beiden Kutschenverschläge abgebildet waren, zu entfernen und sie durch sein eigenes Wappen zu ersetzen. Das kam nicht in Frage! Dass ihr zweiter Mann gelegentlich ausfahren wollte, dagegen hatte die Frau des Hauses nichts einzuwenden, aber dass er das Andenken an den seligen Pieter Cnoll von »ihrer« Kutsche entfernen wollte, das ging zu weit! »Die *Knolle* stieß ihr sehr *bitter* auf«, merkte Valentijn spitzfindig an.[2]

Cornelia fiel es wie Schuppen von den Augen. Sie begriff allmählich, dass alle Schöntuerei der vergangenen Monate nur ein Ziel hatte und »dass ihre Person nur das Ziel leerer Worte und Versprechungen gewesen sei, aber ihr Vermögen und ihre Effekten dasjenige seiner inneren Absichten«. Jedem, der es hören wollte, klagte sie, dass Bitters »äußerliche Liebkosereien und obligaten Begegnungen abzuflauen begännen, um schon bald gänzlich einzuschlafen«. Schlimmer noch, das mangelnde Interesse an ihr sei in »spärliche und mürrische Begegnungen« umgeschlagen, um schließlich in »harte und unerträgliche Drangsalierung auszubrechen«.[3]

Bitter nahm die Vorwürfe Cornelias nicht hin. Er parierte die Angriffe, indem er jedem, der seine Geschichte hören wollte, erzählte, seine neue Ehefrau könne kein Maß halten. Ihm zufolge lud sie als die sprichwörtliche böse Stiefmutter ihre Enttäuschung auf seine Kinder ab, die mit ihm zu Cornelia gezogen waren. In diesem Vorwurf steckte wohl einige Wahrheit. Cornelia hatte bis auf ihren Sohn Cornelis alle ihre Kinder verloren und vermochte wahrscheinlich deshalb die kleinen Kinder ihres zweiten Mannes nicht zu ertragen. Vor allem mit Bartha, die für ihre Brüder und Schwestern aufkam, geriet sie häufig aneinander. Der Zustand wurde unhaltbar, als die kleine Johanna starb. Joan Bitter sah sich danach gezwungen, die ihm verbliebene Nachkommenschaft in einer anderen Familie unterzubringen.[4] Das war ein hässlicher Strich durch Bitters Rechnung, denn zu den persönlichen Gründen, die ihn zu seiner zweiten Ehe bewogen hatten, zählte die Hoffnung, Cornelia würde seinen Kindern eine gute Erziehung geben.

Der schreckliche Streit zwischen dem frisch vermählten Paar war bald nicht mehr hinter den Hauswänden zu verbergen. Jeder war entrüstet über das Gekeife und Gepolter, das, von den hohen Mauern widerhallend, an den Tropenabenden die Grillen übertönte und bald die gesamte Nachbarschaft in Bann schlug. Keine sechs Monate nach der prachtvollen Einsegnung sah sich der Kirchenrat veranlasst, Näheres über diesen Ehezwist in Erfahrung zu bringen. Es wurde beschlossen, dass Cornelis Speelman und Constantijn Ranst, zwei Kollegen Bitters im Rat der Justiz, zwischen den Kampfhähnen vermitteln sollten. Die Intervention führte tatsächlich zu einer neuen Übereinkunft, und die Angelegenheit schien bereinigt zu sein. Man hatte diese beiden Schiedsrichter sehr klug ausgewählt. Ranst, entfernt verwandt mit Bitters Gönner Gillis Valckenier, war mit Hester Hartsinck verheiratet. Sie hatte wie Cornelia eine japanische Mutter und war in Hirado geboren. Das machte Ranst ohne Zweifel zu der Art von vertrautem Ratgeber, dem Cornelia willig zuhören würde. Cornelis Speelman war seit langem ein guter Freund Cornelias, weil er Cnolls Vorgänger auf dem Kastell war und bei ihr ein und aus ging.

Die beiden Berater erkannten rasch, dass Cornelia ihren neuen Ehemann finanziell an der kurzen Leine hielt. So erreichten sie, indem sie Cornelias »Unlust, zu verdummen und zu ersticken«

anführten, dass sie Bitter auf einen Schlag – bar und in Schuldbriefen – den ganzen Betrag von 25 000 Reichstalern gab, der ihm nach dem Ehevertrag zum Teil zukommen sollte, wenn sie vor ihm stürbe. »Gib dem armen Teufel doch einen ordentlichen Batzen, damit er nicht für jede Ausgabe zu dir betteln kommen muss« – so ähnlich werden die Ratschläge gelautet haben. So wurde es also beschlossen, und obwohl der Notar noch festlegte, dass, falls Bitter noch vor seiner Frau sterben sollte, seine Kinder die Hälfte des Geldes zurückzahlen müssten, konnte Bitter sich doch mit dieser Regelung abfinden. Für ihn war sie wenigstens ein Schritt in die richtige Richtung.[5]

So erhielt Joan Bitter das freie Verfügungsrecht über jene erhebliche Summe Geldes, die ihm vor der Hochzeit vor die Nase gehalten worden war wie einem Hund die Wurst. Allerdings wurde noch festgehalten, dass Cornelia nun ihr sonstiges Vermögen nach ihrem Gutdünken »erhalten, regieren, administrieren, auf ihren Namen anlegen und einlösen« dürfe, es also selbst verwalten und zudem investieren und auf eigenen Namen kaufen und verkaufen könne. Bitters vier Kinder wurden außer Haus »zu ehrlichen Leuten« in die Kost gegeben, und die nicht geringen Mittel dafür sollten aus der gemeinsamen Haushaltskasse kommen. Damit konnte Cornelia gut leben: Lieber etwas mehr Geld ausgeben, als diese lauten Gören im Haus! Gut sechs Monate nach dem Abschluss des Heiratsvertrages wurde dieser neue »Gesellschaftskontrakt« von den Eheleuten unterschrieben.[6] Um sicher zu gehen, dass keiner von beiden sich dieser Übereinkunft später entziehe, wurde bei der Unterzeichnung noch eine Klausel aufgenommen, laut der »dies alles in Liebe und Freundschaft zur Förderung ihrer Eintracht und zur Vermeidung von allen absehbaren Unruhen aufgesetzt und beschlossen« worden sei.[7]

Innerhalb einer Woche wurden 13 000 Reichstaler in versiegelten Beuteln und noch einmal 12 000 Reichstaler in Wechseln auf das Konto Joan Bitters bei der Compagnie übertragen. Er stand sich nun plötzlich gut und zeigte sich mit der Abmachung sehr zufrieden. Cornelia glaubte denn auch, dass der Friede wieder hergestellt sei, und vertraute darauf, fortan mit Bitter »in Ruhe leben zu können«. Und danach sah es auch aus. Bitter schrieb übermütige Briefe an seine Freunde in Holland und teilte ihnen mit, dass er nach dem Verlust seiner Frau auf der Fahrt nach Ostindien in Batavia »wieder geheiratet habe und sich in guten Verhältnissen befinde; dass er eine sehr reiche Frau gefreit habe, eine Witwe mit einem Sohn; dass er auch hinreichend Geld, Gut und Status habe; dass er wieder verheiratet sei mit einer mit irdischen Gütern Gesegneten; dass er unter besonderem Segen geheiratet habe und dass seine Freunde das nicht allein aus dem Vorstehenden, sondern auch aus den Briefen von anderen erfahren hätten; dass er in einem prachtvollen Hause wohne, Geld wie Muscheln habe, Pferde wie Eisen und eine Kutsche, in der ein Fürst fahren möchte«.

Als seine Angeberei »neben anderen großspurigen Aussprüchen« später bekannt wurde, vernahm man als Kommentar, diese Art von Geschreibsel »schicke sich keinesfalls für einen Mann von seinen Jahren, der einen solchen Posten bekleide«.[8] Es war in der Tat alles wenig stilvoll für einen Herrn von Welt.[9] Als er einmal darauf angesprochen wurde, bestritt Bitter nicht, dass er das alles geschrieben habe, gab aber schulterzuckend zu verstehen, solche Sachen kämen in den besten Familien vor und auch »die allervornehmsten Männer hätten *literas iocosas* oder scherzhafte Briefe geschrieben«. Bitter hat in seinen Briefen wohl nicht erwähnt, dass er als Hochzeitsgeschenk von seiner Braut ein Rapier und einen Spazierstock mit goldenem Handgriff bekommen hatte. Es waren symbolische Geschenke, die er bei passender wie unpassender Gelegenheit noch gebrauchen sollte.

Wie auch immer, nachdem nun im Hause Bitter wieder Ruhe eingekehrt war, nahm Cornelia ihre Geschäfte mit neuem Elan wieder auf: Sie übernahm eine Obligation von 500 Reichstalern für einen gewissen Schiffseigner Verbeek und gewährte dem schon erwähnten chinesischen Arzt eine Hypothek von 3 000 Reichstalern, um ihn in die Lage zu versetzen, sein Haus doch noch bauen zu lassen.[10]

Häusliches Leben

Aber der Friedensvertrag war wohl doch nicht mehr als ein bloßer Waffenstillstand. Von neuem brachen in der Ehe heftige Streitereien aus. Es ist nicht leicht, dreihundert Jahre später herauszubekommen, was sich im Haus an der Tijgergracht abgespielt hat, aber so viel jedenfalls steht fest: Bitter brüskierte Cornelias Schwester Hester auf jede erdenkliche Weise. Wenn ihm danach war, schimpfte er auf sie ein und schien selbst Gefallen daran zu finden, ihre Stimme nachzuäffen. Mit dem vor kurzem erhaltenen Rohrstock jagte er seinen Stiefsohn Cornelis aus dem Hause und schrie dabei, er würde ihn mit seinem Degen erstechen, wenn er ihm nicht sofort sein Pferd abtrete. Auch packten ihn regelmäßig Anfälle von Zerstörungswut, und er warf mit Flaschen und Kerzenhaltern um sich. Einmal drohte er gar, »die Karosse« in Stücke zu hacken.

Das alles ist den gerichtlichen Quellen zu entnehmen, die sowohl den Text der Anklage wie den der Verteidigung enthalten.[11] Um das Zeitkolorit kennen zu lernen, wäre es verlockend, die saftigen Darstellungen aus den Prozessakten hier vollständig wiederzugeben. Zitate aus Bitters Einlassungen wortgetreu zu zitieren macht jedoch wenig Sinn, wenn man sie nicht in einen breiteren Rahmen stellen kann. Für sich allein genommen, scheinen die Tiraden Bitters nichts weiter als eine lange Reihe von Verunglimpfungen zu sein. Doch in ihrem Kontext – der multikulturellen kolonialen Gesellschaft mit ihrer hierarchischen Struktur – bieten Bitters Beschimpfungen an die Adresse von Cornelia ein ziemlich entlarvendes Bild der Normen und Werte im damaligen Batavia.

Cornelias Anwalt, der viele Jahre später alle Kränkungen Bitters für den Hof von Holland zusammengestellt hat, tat das natürlich, um zu zeigen, was für eine verwerfliche Person Bitter sei. Doch versuchen wir herauszubekommen, *warum* Bitters Verhalten so beleidigend war und welche Taktik er anwandte.

Cornelia wurde wahrlich schlecht behandelt: Bitter beschimpfte sie täglich »als Hure, Biest, Teufelskopf und was sonst noch garstig ist«, um sich dann plötzlich scheinbar wieder zu beherrschen: »Komm, Mädchen, lass uns Frieden schließen!« Wenn er darauf keine zufrieden stellende Antwort bekam, fing er sofort wieder an, Cornelia zu beschimpfen. Manchmal griff er sogar nach der *Sjambok*, mit der Sklaven geprügelt wurden, um ihr zu drohen. In Raserei und mit den Füßen stampfend rief er in Gegenwart von »fast allen Sklavinnen des Hauses ...: ›Ihr gottvergessenes Biest, Ihr seid nichts als eine Hure!‹« Zur Köchin sagte er dann noch im vertraulichen Ton: »Deine Herrin ist nichts als ein Biest, ich bedaure, dass ich mit ihr verheiratet bin.« Er rief die Sklaven zusammen und befahl ihnen, »nicht auf ihre Herrin zu hören oder ihr zu gehorchen, und sagte dazu: Sie hat nicht das Herz, euch zu schlagen, aber wenn sie das tut, dann kommt zu mir auf das Rathaus oder wo ich auch bin, ich werde euch beschützen.«[12]

Bitters gehässiges Verhalten war gewiss berechnend. Er demütigte seine Frau ganz überlegt im Beisein ihres eigenen Personals. Das Aufhetzen von Haussklaven gegen die eigenen Herren wurde in der kolonialen Gesellschaft als die größtmögliche Demütigung empfunden. Denn welcher Sklave nahm seinen Herrn oder seine Herrin noch ernst, wenn sie durch ihresgleichen lächerlich gemacht wurden? Auch Cornelias Freundinnen wurden von ihrem Mann angegriffen. Als einmal einige von ihnen bei ihr zu Besuch weilten, kam Bitter unversehens mit einem Spiegel in der Hand ins Zimmer, hielt ihn seiner Frau vors Gesicht und höhnte: »Schaut das schöne Juwel an!« Er fügte hinzu, er hätte lieber seinen Arm verloren, als mit ihr verheiratet zu sein.

Bitter nannte seine Frau auch einen »schwarzen Teufelskopf« und meinte damit zweifellos ihre japanischen Gesichtszüge und ihr Haar. Die Bedrohung seiner Frau mit einem *Sjambok*, die Verhöhnung in Gegenwart der Sklaven und seine Aufforderung, ihre Befehle zu missachten, das alles war natürlich eine vernichtende Taktik gegen eine Herrin von vierzig Bediensteten.

Am 29. September – also nur zehn Tage nach der Unterzeichnung der neuen Vereinbarung – entwich Cornelia dieser Hölle auf Erden, die irgendwann einmal ihr eigenes Heim gewesen war.[13] Als sie am darauf folgenden Tag nach Hause zurückkehrte, wurde sie von ihrem Mann, so behauptete sie, so misshandelt, dass ihr ein Arm aus dem Gelenk sprang. Zum Beweis wies sie dem Pastor Pays eine Bescheinigung ihres Arztes vor, eines gewissen Meister Jan. Zwei »unabhängige« Doktoren, die von Bitter eilends herbeigerufen worden waren, stellten allerdings eine davon völlig abweichende Diagnose und behaupteten, sie hätten auf dem Körper Cornelias keinen einzigen blauen Fleck gefunden. Welche der beiden Parteien nun auch die Wahrheit gesagt haben mag – der Skandal war nun erst richtig an die Öffentlichkeit gedrungen.

Schließlich beschloss der Kirchenrat zu handeln. Es war die Aufgabe des Gerichtshofes, Verbrechen zu bestrafen, aber es war die seelsorgerische Pflicht der Kirche, Ehestreitigkeiten beizulegen. Während einer Sitzung des Kirchenrates, die vor dem Heiligen Abendmahl stattfand, berichtete Pastor Pays dem Rat, dass er Joan Bitter aufgrund der Klagen seiner Frau einen Besuch abgestattet habe. Er berichtete, dass sein Bemühen um Vermittlung zwischen den beiden zu nichts geführt habe. Bitter habe jede Einmischung kühl abgelehnt.

Pays hatte noch nicht zu Ende gesprochen, als plötzlich die Tür aufflog und, siehe da!, der Teufel, auf dessen Schwanz man gerade getreten hatte, hereingestürmt kam. Bitter kochte vor Wut. Er lehnte erregt die Zuständigkeit des Pastors für seinen Ehestreit ab und protestierte gegen die kirchlichen Disziplinarmaßnahmen, die gegen ihn geplant waren. Er könne nicht glauben, dass über seine Person auf den Rapport der Herren der Kommission hin verhandelt werde, ohne dass etwas von außen dazu komme und ohne dass er näherhin dazu gehört werde, fauchte er.[14]

Jeden der Anwesenden lud er ein, Kritik an ihm vorzubringen. Darauf ließ sich natürlich niemand ein. Sobald der tobende Ehemann aus dem Konsistorialzimmer verschwunden war, beratschlagten die Kirchenältesten über eine angemessene Antwort auf diese anmaßende Vorstellung. Sie beschlossen, Bitter wie auch seine Frau vom Heiligen Abendmahl auszuschließen. Auch wollte man weitere Provokationen nicht mehr tolerieren. Bitter wurde wieder hereingerufen, und der soeben gefasste Beschluss wurde ihm mitgeteilt. Das machte überhaupt keinen Eindruck auf ihn. Er gab zurück, er fordere alle Mitglieder des Rates vor die »Schranken des himmlischen Gerichts« und verließ voller Zorn den Raum.[15]

Nun, da er dem Kirchenrat den Krieg erklärt hatte, zog Bitter alle Register seines juristischen Wissens und suchte unverhohlen den Streit. In Gegenwart anderer sprach er »sehr unverschämte und viele Worte« gegen seine Frau und schnitt »allerlei Grimassen: er verzog sein Gesicht, streckte die Zunge heraus und schielte«. Er wühlte in Cornelias Vergangenheit. In den Archiven des Sekretariats des Rates von Indien fand er, was sein Herz begehrte. Mit den entdeckten Dokumenten herumfuchtelnd, erzählte er jedem, der ihm zuhören wollte, dass Cornelia van Nijenroode »die von Gott abtrünnige Seele ihres Vaters dem Teufel ausgeliefert habe« und dass dessen Besitztümer beschlagnahmt worden waren.

Im Hause selbst fühlte er sich ganz offensichtlich nicht mehr sicher. Er verbarrikadierte sein Zimmer und bewaffnete sich mit »einem schweren Straßenstampfer, auch mit einem Reisstampfer und einem großen hölzernen Hammer«. Anfang Oktober, als Cornelia wieder nach Hause zurückgekehrt war, heuerte er einen Wachmann an, der sogar mit ihm zu Tisch saß, wahrscheinlich, um sein Essen vorzukosten. Mit frischer Energie fuhr er fort, die sozialen Kontakte seiner Frau zu vergiften. So stürmte er eines Abends in das Schlafzimmer, wo Cornelia sich mit einer Freundin aufhielt. Er war »mit dem Oberleib im Hemd, hatte eine Unterhose an und war barfuß, ohne Schuhe oder Pantoffeln, und hatte in der Hand einen blutigen Degen«. Er hatte geglaubt, seine Frau habe einen männlichen Besucher.[16]

Schließlich verschloss Bitter das Haus vor allen Besuchern. Eines Nachmittags im November fand Cornelia, die ein paar Freundinnen zum Tee gebeten hatte, Bitter an der Haustür. Er weigerte sich, ihre Gäste einzulassen. »Meine Damen, kommen Sie doch noch herein. Ich habe Sie gebeten, mich nach Hause zu begleiten und habe Sie zu einer Tasse Tee eingeladen«, flehte die Gastgeberin, als sie sah, dass die Damen zögerten. »Euer Haus? Das ist mein Haus, ich habe es verkauft, und ich muss es auch übergeben«, knurrte ihr Ehemann. Daraufhin traten die Damen den Rückzug an.

Schon tief gedemütigt vor ihren Dienern, wurde Cornelia nun auch zum Opfer von Bitters brutalem Auftritt vor ihren Freundinnen. Der findige Bitter hatte nach und nach seine Taktik verfeinert. Er versprach Cornelia nun die Scheidung, wenn sie ihm 50 000 Reichstaler bar zahlen würde. Dann würde er »in sein Vaterland heimkehren, wo er mit diesem Sümmchen mit seinen Kinderchen wie ein Fürst leben würde«.[17] In den letzten Novembertagen hatte sich das Paar so heftig zerstritten, dass Cornelia aufs Neue den Rückzug antreten musste.

Dass sie aus dem Hause floh, hieß allerdings nicht, dass sie sich geschlagen gab. Sie rief Freunde um Hilfe und erwog einen Frontalangriff auf ihren Mann: *reculer pour mieux sauter!* Sie hatte herausgefunden, dass Bitter einen Teil seines neu erworbenen Reichtums in Diamanten angelegt hatte. Diese Steine hatte er dann mit dem Ostindienfahrer ›Europa‹, der Batavia am 11. November verlassen hatte, nach Holland geschickt. Vermutlich von früheren Untergebenen ihres ersten Mannes erfuhr Cornelia außerdem, dass Bitter mit einem Wechsel auf den Namen seines Freundes Jacob Does noch mal 3 000 Reichstaler nach Holland gesandt hatte. Damit bestätigten sich ihre schlimmsten Vermutungen: Bitter war dabei, ihr Vermögen nach Holland zu schleusen. Zum Glück war sie informiert worden, bevor das letzte Schiff die Anker gelichtet hatte. So konnte sie diesem noch rasch einen Brief an einen Bekannten in Holland mitgeben, in dem sie darum bat, die Direktoren der Compagnie von dem Diamantenschmuggel in Kenntnis zu setzen.

Am 15. Februar wandte sich die wütende Frau an den Rat der Justiz. Sie beschuldigte ihren Mann des Diebstahls und der Misshandlung. Der Generalgouverneur und der Rat von Indien hatten ihr bereits am 22. Dezember zugestanden, ihren Mann vorzuladen.[18] Sie verlangte die Trennung von Tisch und Bett, die Rückgabe der 25 000 Reichstaler, den Auszug Bitters aus dem Haus und die Rückgabe mehrerer Sklaven, die von ihrem neuen Herrn, gegen den Willen der Herrin, freigelassen worden waren. Doch außerdem bat sie den Gerichtshof, die Vorrechte, die ihr Mann durch den Ehekontrakt erhalten hatte, für nichtig zu erklären.[19]

Bitter begann nun, Beweise zu sammeln, die er vielleicht gegen Cornelia verwenden konnte. Er suchte den Kirchenrat auf und klagte dort, man habe ihn »*in causa divortii* vor den Rat der Justiz« zitiert. Da dies einen Fleck auf seinem Wappen bedeute, bat er den Kirchenrat um »eine Erklärung über sein Verhalten in der Sache seiner Ehefrau«.[20]

Es wurde beschlossen, diesem Ersuchen Folge zu leisten und ihm »konform der kirchlichen Akten einen historischen Bericht über seine Angelegenheiten« zukommen zu lassen. Im Sitzungsprotokoll vom 1. März ist der vollständige Text der von Bitter erbetenen *Attestatio* zu lesen. Aus dem Inhalt der Erklärung geht hervor, warum Bitter darum gebeten hatte. Seit die Ehe zu scheitern drohte, hatte er sorgfältig darauf geachtet, dass er selbst innerhalb der Grenzen des Gesetzes blieb, während seine frustrierte Frau ihren Gefühlen freien Lauf gelassen hatte.

Das Zeugnis legte dar, Bitter habe sich nach der Ermahnung durch den Kirchenrat als »gehorsam und zur Versöhnung bereit«, seine Hausfrau sich »dagegen als unversöhnlich« erwiesen. Bitter selbst hatte die Deputierten ernstlich gebeten, seine Frau noch ein letztes Mal zu besuchen, um sie zu beschwören, sich doch mit ihm zu versöhnen. Dem Zeugnis nach hatte am zweiten Weihnachtstag Pastor Zas mit einem Kollegen und einem Kirchenältesten einen letzten Versuch unternommen, im Hause Bitter Frieden zu stiften und dem Ehepaar »ein Wohlgefallen zu bringen«. Am 2. Januar jedoch berichtete Zas mit Bedauern, seine Friedensmission sei zum wiederholten Male missglückt, und alle seine Vorschläge seien von Bitters Frau »nach allen ernstlichen und vielfältigen Versuchen, angewandt zur Besänftigung ihres Gemütes, mit unbeugsamer Unversöhnlichkeit verworfen« worden.[21]

Ausgerüstet mit diesem kirchlichen Attest fühlte Bitter sich stark genug, um zum Gegenangriff überzugehen. Er bat den Rat der Justiz, Cornelia anzuweisen, »zu ihrem Mann zu gehen und in Frieden und Gottesfurcht zu leben«.[22] Er führte an, dass er, abgesehen von dem Ehekontrakt, gesetzlich das Recht auf die Vormundschaft und die Verwaltung von Cornelias Vermögen besitze. Überdies machte er einen Anspruch auf die Hälfte des Einkommens, auf die Renten und die Nutznießung ihres Vermögens geltend.

Kräftemessen mit dem Kirchenrat

Trotz seiner im juristischen Sinne stichhaltigen Behauptungen machte Bitter kaum Fortschritte, weil er ein so großer Hitzkopf war. Am 1. April – ein vielsagendes Datum – wies Pastor Zas den achtbaren Kirchenrat auf einen beschämenden Vorfall hin. Sieben Tage zuvor hatten einige Mitglieder des Rats der Justiz zusammen mit dem Sekretär des Rats von Indien, dem Türhüter sowie einer gewissen *Njonja* Judith Cornelia und selbst Bitter eine Vorladung überreicht. Angesichts der Zusammenstellung dieser Gesellschaft muss Cornelia wohl beschlossen haben, sich ein Herz zu fassen und dem Haus einen Besuch abzustatten, um einige ihrer Sachen zu holen. Bei diesem Besuch hörten die Anwesenden Bitter deutlich sagen, »dass Pastor Zas nicht würdig sei, die Kanzel zu betreten, und er gebrauchte noch weitere Schimpfworte«. Pastor Zas nahm diese Beleidigungen sehr persönlich. Meinte Bitter etwa, dass er als Vermittler in dem Ehestreit sich aus unschicklichen Gründen auf die Seite von Cornelia gestellt habe? Das ließ Zas nicht auf sich sitzen. Seinen Glaubensbrüdern gab er zu verstehen, diese Beleidigung treffe nicht allein ihn, vielmehr den gesamten Kirchenrat. Dagegen müsse sofort etwas unternommen werden. Die Mitglieder des Kirchenrates beschlossen, eine Untersuchung einzuleiten. Diese nahm dann bald operettenhafte Formen an und zog sich über nahezu ein Jahr hin. Ganz Batavia muss sich darüber mehr als köstlich amüsiert haben. Zur Bestürzung von Pastor Zas zeigte sich jedoch, dass keiner, der am *Locus delicti* dabei gewesen war, nun bereit war, gegen Bitter auszusagen.

Es ist natürlich möglich, dass Bitter lediglich eine spaßige Bemerkung gemacht und dass niemand seine Worte ernst genommen hatte. Doch nach einer heftigen Debatte sollte einer der dabei Gewesenen, Gualter Sleeman, doch einräumen, dass das im Sitzungsprotokoll vom 1. April zum Verhalten von Bitter Niedergelegte im Wesentlichen richtig sei. Daraufhin wurde Bitter vom Kirchenrat aufgerufen. Er erklärte, dass er erst »die Beschuldigungen wohl einmal in specie anhören wolle und dann wohl bereit sei, Rede und Antwort zu stehen«. Er bekam eine Frist von acht Tagen, um eine schriftliche Erklärung zu verfassen. Der schlaue Fuchs hoffte erkennbar, Zeit zu gewinnen.[23]

In der darauf folgenden Woche muss man sich Zas als einen aufgebrachten Mann vorstellen, der sich mit aller Macht anstrengte, seine Kollegen zu bewegen, etwas gegen Bitter zu unternehmen. Immerhin zweieinhalb Monate später erschien Bitter dann vor dem Rat. Gefragt, warum er nicht, wie versprochen, nach einer

Woche mit einer Erklärung zur Stelle gewesen sei, entschuldigte er sich mit der Bemerkung, er habe noch keinen angemessenen Beweis finden können. Er wolle noch einen Versuch machen.[24] Es war nun offensichtlich, dass Bitter die Forderung des Kirchenrats nicht länger zurückweisen konnte. Deshalb dachte er sich eine neue List aus. Er wandte sich in einem Brief an den Generalgouverneur Johan Maetsuijcker und beklagte sich über die Art und Weise, in der er vom Kirchenrat belästigt, ja sogar verfolgt werde. Seine Beschwerdeschrift machte Eindruck. Wir erfahren, dass am 21. Juni ein Brief des Generalgouverneurs an den Kirchenrat verlesen wurde, in dem Maetsuijcker den gottesfürchtigen Herren riet, »dieses Werk nicht zu überhasten und nicht auf zwei oder drei Wochen zu sehen«. Bitter war ihm zufolge mit den laufenden Geschäften im Rat der Justiz arg beschäftigt, und man solle ihm doch nicht unnötigerweise Knüppel zwischen die Beine werfen.

Der Rat kapitulierte und gab Bitter nochmals acht Tage Zeit, um Beweise vorzulegen. Da er nun keinen anderen Ausweg mehr sah, übergab dieser eine Woche später eine Aufstellung des Notars Keysers, in denen einige Handelstätigkeiten erwähnt waren, in die Zas verwickelt war. Bitter zufolge bewies dieses Dokument, dass Zas mit Cornelia verschworen war. Als man den Notar fragte, ob das stimme, wies er die Beschuldigung zurück. Ein drittes Mal erhielt Bitter nun acht Tage Zeit, um wirklich schlüssige Beweise auf den Tisch zu legen. Der Kirchenrat verlor nun wirklich die Geduld und beschloss, der Sache endgültig ein Ende zu machen.

Wenn die Herren aber geglaubt hatten, Bitters Trickkiste sei nun erschöpft, dann irrten sie gründlich. Eine Woche später erschien er im Konsistorialzimmer mit leeren Händen und behauptete, er könne zu seinem Bedauern die ihm zur Verfügung stehenden schriftlichen Beweise nicht vorlegen, weil er sie inzwischen dem Rat der Justiz überlassen habe. Er habe nämlich gerichtliche Schritte gegen den Notar Keysers eingeleitet. Darauf fasste der Kirchenrat einen endgültigen Beschluss. Bitter bekam eine kräftige

Strafe aufgebrummt. Zuallererst musste er sich beim Kirchenrat für sein arrogantes Benehmen entschuldigen. Dann musste er den ehrwürdigen Herrn Zas um Verzeihung bitten. Künftig sollten sich die beiden Herren gegenseitig Ehre und Respekt erweisen. Bitter blieb, bis er diese Strafbedingungen erfüllt hatte, vom Heiligen Abendmahl ausgeschlossen.[25]

Als er am 1. Juli über diese Entscheidung informiert wurde, zuckte Bitter nur mit den Schultern. Pastor Pays hatte Bitter zusammen mit einem der Kirchenältesten besucht. Er erzählte, dieser habe eingeräumt, seine Herausforderung »eines Gottesurteils gegen den Kirchenrat habe er in eilfertiger Hast gemacht, er bedaure das und wolle den Rat dafür um Entschuldigung bitten«. Er war jedoch nicht bereit, den Pastor Zas um Verzeihung zu bitten. Der Kirchenrat ließ sich nicht hinters Licht führen und fand »überhaupt kein Genügen in seiner Antwort«.

Am 1. November erkundigte sich Theophilus Bredius, der Vorsitzende des Kirchenrats, ob die Entscheidung, die der Rat der Justiz in Bitters Streit mit Zas gefällt habe, auch in Verbindung mit dem schwebenden Verfahren gegen Magister Bitter stehe. Die Antwort lautete: Nein![26] Es wurde beschlossen, den Vorsitzenden und einen der Ältesten mit einer Vorladung zu Bitters Haus zu entsenden, um ihm deutlich zu machen, dass der Kirchenrat noch immer auf seine Entschuldigung warte.

Am 8. November berichteten die Abgesandten, Bitter habe auf die Vorladung kurz und knapp schriftlich wie folgt geantwortet: »Von den Edlen Herren Bredius und van Dam auf den kommenden Montag vorgeladen, um der kirchlichen Resolution zu genügen, gebe ich als Antwort, dass ich bei der Antwort, gegeben am 25., bleibe, danke den ehrbaren Herren für die aufgewandten Mühen und empfehle mich dem E. Kirchenrat für seine Weisheit und seine Umsicht. Batavia, den 6. November 1677, unterzeichnet J. Bitter.«[27]

Da die frommen Herren noch immer nicht glauben konnten und wollten – die Wege des Herrn sind unerforschlich –, dass dies

Bitters letztes Wort zur Sache sei, ersuchten sie den Küster, ihn noch einmal einzuladen. Am 25. November berichtete der jedoch, Bitter habe nichts mehr zu sagen. Danach ließ der Rat alle Hoffnung fahren und erklärte ihn zum *Contumax*, zum Widerspenstigen. Von nun an sollte Bitter jede Möglichkeit, sich vor dem Kirchenrat zu verteidigen, verwehrt sein. Das war ein weit reichender Schritt, aber welche unmittelbaren Konsequenzen hatte er für diese widersetzliche Person? Darauf wusste niemand eine Antwort. Man schlug die Augen zum Himmel auf, aber auch von dort kam keine Antwort. Es kam nicht einmal ein sanfter Segen, das heißt kein freundlicher Sonnenschein, sondern die brennende Tropensonne, kein milder Regen, sondern hin und wieder eine tropische Sturzflut. Am 29. November beschloss der Kirchenrat, sich die Sache Bitter noch eine Weile lang anzusehen und mit dem Beschuldigten gelegentlich zu sprechen und ihn »mit Vorhaltungen der Schwierigkeiten, die über seinem Haupte schwebten« zu ermahnen. Der Kirchenälteste van Dam war bereit, als »Bote der schlechten Nachricht« aufzutreten. Am 6. Dezember berichtete er, er habe mit Bitter gesprochen, und der habe versprochen, alsbald eine schriftliche Antwort zu geben. Und siehe da: Am 13. Dezember traf tatsächlich ein schmuddeliger, »fleckiger« Brief ein. Mit seinem Inhalt war der Kirchenrat nicht zufrieden, »da nicht die Absicht der ihm gesandten Botschaft treffend«. So wurde dann ein weiteres Mal beschlossen, die Sache weiterhin wie gehabt zu betrachten, und Bitter, wenn sich die Gelegenheit dazu böte, hin und wieder darauf anzusprechen.[28]

Am 3. Januar 1678 war immer noch nichts geschehen. Pastor Zas, der nun schon über ein Jahr schlecht geschlafen hatte, konnte das nicht länger mit ansehen. Die ganze Stadt begann zu schmunzeln, wenn der ehrwürdige Pastor sich auf der Straße blicken ließ. Denn wie ungehörig es auch klingen mochte: Was gab es Lustigeres als einen Lümmel, der ein ganzes Jahr lang einen Pastor und einen Kirchenvorstand an der Nase herumführte? Pastor Theodorus Zas forderte schließlich »eine Akte der Rechtfertigung«. Diese kirchliche Akte wurde zwei Wochen darauf, am 17. Januar, dem Rat vorgelesen. Weil wir nun allmählich zur Genüge wissen, was da vor sich ging, lassen wir die Akte ruhig Akte sein.[29]

Betrachten wir die Taktik näher, die Bitter verfolgte, um die kirchlichen Autoritäten hinzuhalten: Er bluffte und machte vage Versprechungen. Zum Schluss setzte er ein paralleles Verfahren beim Rat der Justiz in Gang, denn er meinte, die Kirche könne unmöglich die Kirchenzucht anwenden, solange der Rat der Justiz sein Urteil in derselben Sache noch nicht gesprochen hatte.[30] Es hat ganz den Anschein, als hätte diese aufgeblähte Farce schließlich dem Pastor Zas und dem Kirchenvorstand mehr Kummer gemacht als dem Beklagten; das lassen jedenfalls die letzten Zeilen der Rechtfertigungsakte vermuten:

»Und so hat der erwähnte Herr Bitter sich bis zum heutigen Tage, obgleich von diesem Kirchenrat immer wieder dazu ermahnt, nicht in unser Urteil und unsere Meinung schicken wollen. Also gegeben und approbiert in der Sitzung des Kirchenrats dieser Stadt. Batavia, den 17. Januar 1678.«

Das kümmerte Bitter offensichtlich wenig. Einige Monate später versuchte er, als ob nichts geschehen wäre, vom Kirchenrat eine Bestätigung dafür zu bekommen, dass seine Frau vor dem Kirchenrat, als sie ermahnt wurde, wieder nach Hause zu gehen, »Er wird mich umbringen« gerufen habe. Verständlich, dass diese Bitte ignoriert wurde; auf eine Antwort konnte nun er seinerseits lange warten.[31]

Der Leser wird sich fragen, was ein derart eingehender Bericht über diesen Sturm im Wasserglas eigentlich beabsichtigt. Hätte es nicht vollkommen gereicht, die eben erzählte Geschichte mit einigen wenigen Zeilen zu erledigen? Das meine ich nicht, und zwar aus folgenden Gründen. Die Streitigkeiten zwischen Zas und Bitter verraten viel von dem, was sich auf dem Hintergrund des Ehezwistes abspielte. Wir gewinnen zudem durch diese Ereignisse eine tiefere Einsicht in Bitters Taktik. Er war fortwährend damit beschäftigt, Beweismaterial zu sammeln: zu seiner Verteidigung oder um seine Gegner anzugreifen. Für diesen detailbesessenen Mann war ein Gerichtsverfahren wie ein ständiger Boxwettkampf mit kurzen schmerzhaften Schlägen vornehmlich unter der Gürtellinie. Als er sich in die Ecke getrieben sah, zögerte er nicht, um Hilfe zu rufen. Er manipulierte und verzögerte die Verhandlungen in einer Weise, dass seine Gegner schließlich der Mut verließ.

Soziale Kontrolle durch Kirchenzucht war ein Eckstein der niederländischen Gesellschaft im Lande selbst wie in Übersee. Die Macht eines Kirchenrats in Ostindien war aber nur ein schwaches Abbild derartiger Institutionen in der Heimat. Im Fernen Osten war sie den besonderen Umständen des kolonialen Lebens angepasst und verändert worden. Dort schien der Kirchenrat dem Generalgouverneur untergeordnet zu sein, der, wenn es ihm gerade passte, einen Brief schrieb, um die frommen Brüder zur Besinnung zu bringen. Ein Angestellter der Compagnie konnte offensichtlich eine Disziplinierung durch den Kirchenrat in den Wind schlagen, da seine Vorgesetzten ihm deutlich den Rücken stärkten. Das ist auch der Grund, weshalb Bitter nahezu unbeschadet aus diesem langwierigen Streit mit den kirchlichen Autoritäten hervorging. Die einzige Strafe, die ihm wirkliche Angst einjagen konnte, war ein disziplinäres Eingreifen seiner direkten Obrigkeit, des Rates von Indien.

Der starke Arm der Obrigkeit

Es gab aber etwas, das Joan Bitter von Tag zu Tag mehr verunsicherte: Es war ihm nicht gelungen, auf alle Besitztümer Cornelias seine Hand zu legen, da er nicht über eine Inventarliste verfügte. Noch schlimmer, er hatte den Eindruck, dass sie über alle möglichen verborgenen Kanäle Geld abzweigte. In diesem Verdacht wurde er durch einen besonderen Fall bestärkt. Cornelia war es gelungen, einen guten Freund, Adriaen van Becom, zu bewegen, 3 000 Reichstaler, die früher auf Cornelias Namen bei der Compagnie gelegen hatten, auf dessen Konto zu übertragen. Unter den Einzahlungsbeleg, den der Kassierer der Compagnie ausgestellt hatte, notierte van Becom, das Geld gehöre nicht ihm, sondern der »Frau Cnoll«. Diese Quittung ließ er bei Baukes zurück, der sie an Cornelia weiterreichte.[32] Als Cornelia mit Bitter in Streit geriet, brauchte sie Geld, um eigenständig leben zu können. Deshalb händigte Baukes ihr insgeheim, auf Anweisung des Generaldirektors Rijckloff van Goens, der ein Freund von Pieter Cnoll gewesen war, das Geld aus. Van Becom war übrigens darüber nicht informiert.

Nachdem Bitter auf irgendeinem Wege dahinter gekommen war, dass van Becom 3 000 Reichstaler von Cornelia auf seinem Namen stehen hatte, ließ er dessen Besitz beschlagnahmen. Der Rat der Justiz wies van Becom an, den Betrag an Bitter auszuzahlen und verhängte zudem eine Buße von 50 Reichstalern. Durch dieses Urteil fühlte sich van Becom verständlicherweise verletzt. Er bat den Generalgouverneur und die Ratsmitglieder, die Sache nochmals zu prüfen, so dass er alle bislang unbekannten Aspekte ans Licht bringen könne. »Da ganz klar zu sehen ist, dass man (dieses Urteil) so nicht bestehen lassen kann, weil man eine handgreifliche Ungerechtigkeit in demselben verspüren kann«, suchten einige Mitglieder der Hohen Regierung, van Becom von der Forderung nach einer Revision des Urteils abzubringen. Dafür hatten sie natürlich ihre Gründe. Weil Rijckloff van Goens, der sich nicht an die Vorschriften gehalten hatte, inzwischen zum Generalgouverneur gewählt worden war, zog er es vor, die ganze Sache unter den Teppich zu kehren. Auf der anderen Seite nahm man an, Bitter sei wohl nicht daran gelegen, dass die Öffentlichkeit erfuhr, wie seine Frau ihn überlistet hatte: »Bitter, um seinen Ruf besorgt, wollte sich lieber mit dem bloßen Ruf, triumphiert zu haben, begnügen, als sich dem Hagelschauer einer Revision aussetzen.« Rijckloff van Goens bat deshalb van Becom, den Antrag auf eine Prüfung fallen zu lassen. Zum Ausgleich wolle er das Urteil nicht vollstrecken lassen. Zu guter Letzt lenkte van Becom ein. Er ließ Bitter wissen, er wolle auf die Revision nicht bestehen, wenn ihm eine schriftliche Erklärung ausgehändigt werde, in der stehe, dass das besagte Urteil niemals gegen ihn vollstreckt werde. Es wurde ein Treffpunkt in der Nähe der Malaiischen Kirche vereinbart, und im Beisein eines Angehörigen des Rats von Indien, Willem van Outhoorn, wurde das Dokument übergeben.[33]

Der Kopf hinter dieser Operation war ein anderes Ratsmitglied, Cornelis Speelman, der schon früher zwischen den Eheleuten vermittelt hatte. Dieser alte Bekannte von Cornelia – jahrelang hatte er über Pieter Cnoll in der Buchhaltung gearbeitet – war in seinen Privatgeschäften sicherlich kein Gentleman.[34] Gerade das machte ihn wohl zur geeigneten Person, mit dem durchtriebenen Bitter umzugehen. Der hatte nämlich eine heillose Angst vor Speelman. Das passt gut zu der Charakterisierung dieses Mannes durch François Valentijn: »Er war ein Herr, dem Feuer und Geist aus den Augen blitzten, der ungemein forsch in seinem Urteil war, überaus respektiert und allgemein so gefürchtet, dass alle vor ihm zitterten; doch war er ein großer Förderer seiner Freunde.«[35]

Jahre später, Speelman war inzwischen gestorben, sollte Bitter sich noch nachtragend beklagen: Man habe ihn gezwungen, seine persönlichen Interessen aufzugeben für einen »Sack voll Bohnen, und das aus Furcht vor einem Manne, der weder Qualität noch Macht« besessen habe.[36] Das entspricht nicht der Wahrheit: Speelman bekleidete eine durchaus gediegene Position und besaß Macht. Er wurde van Goens Nachfolger als Generaldirektor. Interessanter ist, dass Bitter nicht erwähnte, dass zu Beginn des Jahres 1679, als der Vergleich mit van Becom getroffen wurde, seine eigene Stellung in Batavia außergewöhnlich instabil geworden war. Die Trumpfkarte, die Cornelia in Holland gegen ihn ausgespielt hatte, begann das Blatt zu wenden.

KAPITEL 6

Der Papagei erzählt

Im Protokollbuch der Amsterdamer Kammer der Vereinigten Ostindischen Compagnie, finden wir unter dem Jahr 1677[1] den ersten Hinweis auf den Beutel mit Diamanten, den Bitter insgeheim nach Holland geschickt hatte. Der Zweite Steuermann der aus Ostindien heimkehrenden ›Europa‹, ein Seebär mit dem malerischen Namen Jan Hay, erschien am Dienstag, dem 29. Juli, morgens vor den Amsterdamer Direktoren und wurde dort von den Herren Tulp, van Loon, Backer und Graaflandt einem Kreuzverhör unterzogen. Der Anwalt der Compagnie, Pieter van Dam, aus Den Haag nach Amsterdam gekommen, war zufällig ebenfalls anwesend.[2] Hay legte ein kleines Tuch auf den Tisch, in dem sich 24 Diamanten befanden, die Joan Bitter ihm in Batavia anvertraut hatte. Ein Notar, der zugegen war, um die Aussagen von Hay zu protokollieren, hielt fest, der Wert dieser Diamanten werde auf 8 000 Gulden geschätzt. Über die Herkunft der Steine wusste Hay im Übrigen nicht viel zu sagen. Gegen das Versprechen, dass ihm nichts zur Last gelegt werde, wenn er bei dieser Untersuchung mithelfe, gab er allerdings noch an, dass es weitere Briefe und ein Konnossement gebe, in denen man wohl weitere Informationen finden könne. Wo diese Briefe waren, das konnte er nicht sagen.[3] Das Rätsel löste sich zwei Wochen später auf, als Isaac Hochepied – jener Direktor, der das »Säckel Diamanten« auf der Reede von Texel konfisziert hatte – der Untersuchungskommission einen persönlichen Brief Bitters zusammen mit einem Stoß von Briefen vorlegte, die an andere Personen gerichtet waren.[4]

Die Herren erwartete eine große Überraschung. Zwischen den Briefen, in denen Bitter über seine Ankunft in Batavia erzählte und mit dem großen Fisch protzte, den er am Angelhaken hatte, fand sich ein Wechsel, der von dem batavianischen Schöffen Jacob Does stammte. Dieser Wechsel war an den Amsterdamer Kaufmann Pieter van Wicquevoort adressiert und gab diesem das Recht, den Betrag von 7000 Reichstalern bei der Kasse der Compagnie einzulösen. Aus dem Briefwechsel ging jedoch hervor, dass das Geld nicht von Does kam, sondern von Bitter. Eine vollständige Auflistung, in der Gewicht, Anzahl und Wert der Diamanten angegeben waren, fand sich in einem Brief, der an einen anderen Amsterdamer Kaufmann adressiert war.[5] Nach dem Protokoll der Sitzung vom 8. September 1677 hat sich herausgestellt, »dass er von diesem (Beutel) und der erwähnten (Nota) eine Rechnung erwartete, doch auf fremden Namen«. Das ist seinen schwer verständlichen Bemerkungen zu entnehmen, die er aus Furcht vor Entdeckung verschlüsselt hatte. Auch ein weiterer Brief, adressiert an Isaacq Staets, ließ wenig Zweifel an Bitters eigentlichen Zielen: Er entschuldigte sich dafür, dass es ihm nicht möglich gewesen sei, die »Raritäten«, um die Staets gebeten hatte, aus Batavia zu schicken.[6]

Die Amsterdamer Direktoren, sehr verärgert darüber, dass ihre anfänglichen Zweifel über Bitters Person sich offenbar bestätigten, erstatteten auf der nächsten allgemeinen Versammlung der Herren Zeventien einen Bericht über diese Befunde. Sie schlugen vor, den Missetäter zurückzurufen, »sonder Qualität und Gage«, ihn also aus seiner Stellung zu entlassen, ohne das Gehalt zu zahlen.[7]

Die Direktoren waren demnach über Bitter erzürnt, aber nicht wegen der Ehescheidungssache oder dem Geld seiner Frau. Sie waren ganz einfach verärgert darüber, dass ein von ihnen selbst ernannter leitender Angestellter der Compagnie, Mitglied gar noch des Rats der Justiz, beim Diamantenschmuggel ertappt worden war. Die Leitung der Compagnie befürchtete, dass große Geldbeträge, die aus dem illegalen privaten Handel stammten, aus Ostindien ohne ihr Wissen in Form von Diamanten nach Holland verbracht worden waren.[8]

Im ›Papagei oder Formular-Buch von allerhand Requesten, Amendementen, Conclusa wie auch anderem in der alltäglichen Praxis dienlich für die jeweiligen Gerichtshöfe in Holland‹ finden wir den Text eines Antrags, den die Leitung der Ostindischen Compagnie 1675 dem Gerichtshof von Holland aufgrund eines eindeutigen Falls von Diamantenschmuggel vorlegte.[9] Diese Schmuggelaffäre war in den Blick der Direktoren der Compagnie geraten, weil jede der an diesem Schwarzhandel beteiligten Parteien den rechtmäßigen Besitz von Edelsteinen abstritt und dumm genug war, den Hof von Holland um Vermittlung zu bitten. Als die Compagnie davon Wind bekommen hatte, zögerte sie nicht, alle Beweisstücke vom Gerichtshof anzufordern. Da die Diamanten illegal eingeführt worden waren, wurde das Gesuch bewilligt.[10] Möglicherweise war Bitter über diese Schmuggelaffäre nicht informiert, denn das Urteil war gesprochen worden, kurz nachdem er Holland verlassen hatte. Aber dieser Präzedenzfall beweist, wie streng die Compagnie darauf achtete, dass das Verbot des Handels mit Diamanten eingehalten wurde.

Anfang 1677 prangte die Schmuggelaffäre Bitters auf der Tagesordnung der allgemeinen Versammlung der Herren Zeventien.[11] Die Amsterdamer Kammer hatte die Sache so gut vorbereitet, dass sie an einem einzigen Vormittag abgehandelt werden konnte. Die Diamanten wurden nach dem Artikel 23 des Dienstvertrags konfisziert, der von allen Angestellten, also auch von Joan Bitter, unterschrieben wurde, bevor sie ihren Dienst antraten. Zugleich wurde beschlossen, den Wechsel über 3000 Reichstaler vorläufig nicht an van Wicqevoort auszuzahlen.[12] Der Gesamtwert der Partie Diamanten und des Wechsels wurde auf 16450 Gulden geschätzt.

Die Herren Zeventien beschlossen auch, dem Generalgouverneur zu schreiben. Er sollte beim Rat der Justiz in Batavia darauf dringen, in diesem Fall besonders streng durchzugreifen. Eine harte Strafe konnte ja vielleicht anderen eine Warnung sein. Alle Briefe Bitters wurden nach Batavia zurückgeschickt, damit sie dort beim Prozess als Beweismaterial dienen konnten. An den Schluss des Schreibens setzten die Direktoren noch eine merkwürdige Fußnote, dass, »wie immer auch die Sache durch das Urteil der Richter ausfallen möge«, der erwähnte Joan Bitter als ein »unnützer Bediensteter nach Hause kommen solle«.[13] Dieses Mal waren sich die Herren Zeventien schnell einig über die Art, wie man mit Bitter umzugehen habe.

Die Strafe

Am 6. Juni 1678 gingen die Ostindienfahrer ›China‹ und ›Land van Schouwen‹ nach einer Fahrt von neun Monaten und neunzehn Tagen an der Reede von Batavia vor Anker. Noch am gleichen Nachmittag wurden im Kastell die Briefe der Herren Zeventien erstmals flüchtig gelesen. Das hatte zur Folge, dass Bitter sogleich aus seinem Kontor im Rathaus herbeigerufen wurde. Im Kastell wurde ihm dann die Anklage auf »Schmuggel« mit Diamanten präsentiert, und er wurde fristlos entlassen.[14] Es ist nicht klar, auf welche Weise er sich in den folgenden Monaten für das, was er getan hatte, verantwortete. Sicher ist aber, dass er nun zwei Verfahren auf dem Buckel hatte, die Schmuggelaffäre und die Ehescheidung, die schon seit einiger Zeit lief. Aus den Unterlagen wissen wir nur, dass Bitter sich einen ziemlichen Batzen Geld leihen musste, alles in allem 4 300 Reichstaler. Vermutlich tat er dies, weil das Gericht ihm verboten hatte, die gemeinsame Haushaltskasse und das Vermögen Cornelias in Anspruch zu nehmen, solange die Scheidungssache anhängig war. Eine Woche vor dem Urteil gelang es ihm jedoch, insgeheim von dem Schöffen Jacob Does – demselben Mann, der für ihn den Wechsel von 3 000 Reichstalern nach Amsterdam überwiesen hatte – eine Hypothek auf das Haus von Cornelia zu bekommen.[15]

Das Ehescheidungsverfahren fand unter merkwürdigen Umständen statt. Einige Mitglieder des Gerichtshofes erklärten sich für nicht willens oder fähig, in dieser Sache ein objektives Urteil zu fällen. Als Freunde und Kollegen seien sie doch zu befangen. Sie suchten sich durch Außenstehende vertreten zu lassen. Auch dieser Entwicklung ist es zu verdanken, dass ein Mitglied des Rats der Justiz, Dirk Blom, dem Gerichtshof zugeteilt wurde, und zwar mit dem speziellen Auftrag, die Behandlung wichtiger Prozesse voranzutreiben, die in die Länge gezogen oder sogar hintertrieben wurden.[16]

Jeder in Batavia wusste inzwischen, dass die Herren Zeventien im Falle Bitter Blut sehen wollten. Davon überzeugt, dass er ein schon angeschossenes Wild war, beschloss das Sondergericht, den *Orang baru*, den Ankömmling, der es so ungeschickt angestellt hatte, einer der eingesessenen Hennen die goldenen Eier zu rauben, streng abzustrafen. Weil »es da überhaupt keinen Anschein hat, dass sie jemals wieder sollten versöhnt und vereinigt werden«, wurde Cornelias Gesuch um Trennung von Tisch und Bett am 4. November 1679 vorläufig stattgegeben.

Zweifellos konnte Cornelia unter diesen Umständen nicht mehr erwarten. Die Trennung von Tisch und Bett war im Prinzip zeitlich begrenzt. Der Richter durfte einer solchen Trennung nur zustimmen, wenn Hoffnung auf eine Versöhnung bestand.[17] Doch das Urteil hatte zum Glück für sie noch andere Aspekte: Dem Beklagten wurden alle Vorteile, die sich für ihn aus dem Ehekontrakt ergaben, entzogen. Er musste die 25 000 Reichstaler zurückgeben und auch das Haus und einige Sklaven, die er inzwischen freigelassen hatte. Zudem musste er noch sämtliche Prozesskosten tragen.[18] Das Urteil des Gerichts war Wasser auf die Mühlen des Kirchenrates. Zwei Tage hernach beschloss dieses Kollegium, Bitter »zu ermahnen, in sich zu gehen und die Christenpflichten zu erfüllen«.[19]

Das Urteil über den Diamantenschmuggel folgte eine Woche später, am 11. November 1679. Bitter wurde für schuldig befunden, seiner Stellung enthoben und angewiesen, nach Holland zurückzukehren: »Nachdem der Prozess zwischen dem Edlen Herrn Joan Bitter, gewesenem Mitglied des achtbaren Rates der Justiz, und dessen Ehefrau Cornelia van Nijenroode vom Rate der Justiz vor wenigen Tagen entschieden wurde und sie von Tisch, Bett und Besitz getrennt sind, so ist es für gut befunden worden, ihn zufolge der Order der Edlen Herren Maiores (der Herren Zeventien) nach dem Vaterland abziehen zu lassen.«[20] Die Einlassung des Angeklagten, »dass er einige Diamanten nach Holland geschickt habe, um daraus für seine Töchter einige Schmuckstücke machen zu lassen«, wurde vom Gerichtshof nicht ernst genommen.[21]

In einem letzten verzweifelten Versuch, der Rachegöttin den Weg zu verlegen, wandte sich Bitter zwei Monate darauf unmittelbar an die Hohe Regierung und bat um eine Revision der Ehescheidungsangelegenheit in Batavia (was natürlich einen Aufschub seiner Rückkehr nach Holland bedeuten würde).[22] Falls ihm die nicht zugestanden werde, möge man seine Frau zwingen, ihn auf seiner Rückreise in die Niederlande zu begleiten. Vor allem dieser zweite Antrag war ein Teufelsstreich, denn was konnte Cornelia, die in Holland keine Menschenseele kannte, dort schon gegen ihren Ehemann in seinem Amsterdamer Klüngel ausrichten? Beide Gesuche wurden abschlägig beschieden, und zwar mit der Bemerkung, Bitter könne sich dann ja in Holland an jedes Gericht wenden, das er wünsche. Bitter lieferte noch weitere Gründe zu seinem Gesuch nach, aber das half alles nichts mehr. Die Autoritäten beharrten auf ihrem Standpunkt und rieten ihm, die knappe Erklärung, die sie ihm am 19. Dezember geschickt hatten, noch einmal sorgfältig zu lesen. Er sei ja von den Herren Zeventien »als ein unnützer Bediensteter express ins Vaterland befohlen … und infolgedessen angewiesen worden, nach der Order der Herren Maiores mit dem letzten Retourschiff der Saison ins Vaterland zurückzukehren, ansonsten dorthin verwiesen, wo er Rat erhält«.[23] Die kirchlichen Autoritäten erwiesen sich als nachgiebiger. Auf seine Bitte hin erhielt er Kopien aller angenommenen Beschlüsse, die seine Ehestreitereien betrafen. Er war klug genug, nicht nach den Unterlagen zu fragen, die sich auf seinen Konflikt mit dem Pfarrer Zas bezogen.

Im letzten Moment vor der Abfahrt trat noch ein anderes Problem auf. Jacob Does und Mattheus Luchtenburgh, die beiden freien Bürger, von denen Bitter sich in den vergangenen Monaten ansehnliche Beträge geliehen hatte, verlangten, dass der vom Rat der Justiz an die Hohe Regierung gesandte Vermögensarrest durchgeführt werde: Joan Bitter müsse festgehalten werden, bis er ihnen seine rückständigen, noch offenen Schulden gezahlt habe. Auch das wurde zurückgewiesen.[24]

Das Tagesjournal von Batavia meldet unter dem 15. März 1680, dass an diesem Morgen bei Tagesanbruch die Retourschiffe ›t'Huis te Merve‹ und ›Ternate‹ von der Reede aus »zu den Häfen unseres geliebten Vaterlandes« segelten. Und »... Gott der Herr möge denselben eine glückliche und erfolgreich verlaufende Reise bescheren ...«[25]

Auf der ›Ternate‹ unter Kapitän Willem Kamp reisten neben 122 Seeleuten und 29 Soldaten drei Frauen, ein Kind und zwei »Nicht-mehr-Engagierte«. Das waren Joan Bitter und sein Diener. Als die Flotte die Segel hisste und abends am Horizont von ihr nur noch Pünktchen zu sehen waren, stieß Cornelia van Nijenroode wohl einen Seufzer der Erleichterung aus. Sie war von ihrem Quälgeist erlöst.

Recht oder Unrecht?

Auf der langen Reise der ›Ternate‹ hatte Joan Bitter ausreichend Zeit, über sein Schicksal nachzudenken. Er grübelte über den Empfang, der ihm von den Herren Zeventien zuteil werden würde und über die Möglichkeiten, die ihm blieben, seine Frau im Nachhinein zu schlagen. Er war davon überzeugt, dass die Direktoren, die schon des öfteren mit Diamantenschmuggel zu tun gehabt hatten, voller Misstrauen auf seine Rechtfertigung reagieren würden. Sie würden kaum glauben, dass er die Diamanten dem Jan Hay mitgegeben habe, um sie in Holland für seine Töchter schleifen zu lassen. Wenn er in dieser Sache gewinnen wollte, dann brauchte er die Protektion von Gillis Valckenier, so wie bei seinem Anstellungsverfahren. Bitter sah ein, dass es diesmal wenig Sinn hatte, sich schlaue Pläne zurechtzulegen. Es war eine Frage des Abwartens und zu sehen, was da passieren würde.

Doch es war eigentlich nicht seine Art, als »unnützer Angestellter« mit verschränkten Armen nur dazusitzen. Nichts sollte ihn davon abhalten, beim Hof von Holland ein Verfahren gegen seine halsstarrige Frau in Gang zu setzen, vorausgesetzt, dieses Gericht war überhaupt befugt, in solchen Angelegenheiten zu entscheiden. Die Sache hatte womöglich einen Haken: Aufgrund der vorläufigen Trennung von Tisch und Bett konnte man davon ausgehen, dass die Beklagte, Cornelia, in Ostindien lebte. Da nun der Hof von Holland dort keine Jurisdiktion besaß, war er nicht befugt, sich mit einer Klage gegen sie zu befassen. Nach langer Grübelei glaubte der Advokat jedoch, er habe seine eigene Lösung dieses Problems gefunden.

Bei seiner Ankunft in Amsterdam erwartete Bitter eine schlechte Nachricht: Sein mächtiger Schirmherr Valckenier war gestorben! Das war ein schlimmer Rückschlag, denn wer sollte sich nun noch um sein Schicksal kümmern? Zum Glück saßen einige der Mitglieder, die ihm nicht übel gesinnt waren – Louis Trip und Dirck Tulp –, noch immer in der Leitung der Kammer von Amsterdam. Man kann annehmen, dass Bitter von ihnen nützliche Ratschläge und einige Unterstützung erhielt.[26]

So wurde ihm berichtet, dass im Umgang der Direktoren mit dem Diamantenhandel womöglich eine Kursänderung zu erwarten sei. Die Herren waren sich klar darüber, dass der »illegale« Handel mit Diamanten ein Übel war, das man jedoch auch mit strengen Strafen nicht ausrotten, aber vielleicht dadurch in den Griff bekommen könnte, wenn man es legalisierte. Man könnte also den Handel unter bestimmten Bedingungen zulassen, übrigens mit einem Produkt, mit dem die Compagnie ja selbst nicht Handel trieb. Über die Art und Weise, in der so etwas in Angriff genommen werden sollte, wurde heftig diskutiert. Für Bitter war das eine überraschende Wende in seinen Kriegschancen. Es schien ihm deshalb vernünftig zu sein, sich still zu verhalten, bis es zu einer politischen Entscheidung gekommen war.

In seinem Verfahren gegen Cornelia beim Hof von Holland wollte Bitter dagegen keine Zeit verlieren. Um dem Gericht in dieser Sache eine Zuständigkeit zu verschaffen, bediente er sich einiger juristischer Kunstgriffe. Er suchte die Kompetenz der Richter nachzuweisen, indem er »ein Request zur Anordnung der Beschlagnahme« vorlegte. Das war ein schriftliches Gesuch an das Gericht, den Vollstreckungsbeamten zu beauftragen, alle Besitztümer der Cornelia van Nijenroode, die bei der Ostindischen Compagnie lagen, zu konfiszieren. Das betraf alle Güter, schriftlichen Vereinbarungen und Papiere, die bei der Amsterdamer Kammer der Compagnie deponiert waren. Durch eine solche Konfiskation wurde die VOC, die unter der Jurisdiktion des Hofes von Holland stand, nolens volens in den Streit zwischen Bitter und Cornelia einbezogen. Die Zuständigkeit des Hofes für Auseinandersetzungen mit der VOC bedeutete nämlich automatisch die Zuständigkeit im Verfahren gegen Cornelia. Und so – wohl im Januar 1681, das genaue Datum ist uns nicht bekannt – legte Bitter dem Hof von Holland einen Antrag auf Beschlagnahme vor. Das war sein Eröffnungszug in einer neuen Partie gegen die »eiserne Butterfly« in Batavia.

Dank Willem van Alphen, der uns in seinem ›Papagei‹ bereits so wertvolles Material über den Diamantenschmuggel überliefert hat, können wir nun auch den weiteren Ablauf der Beschlagnahme rekonstruieren.[27] Dort findet sich nämlich nicht nur der Text dieses Antrags, da sind auch wichtigere Dokumente abgedruckt, die für die formale Seite des Verfahrens relevant sind. Und am Schluss ist dort auch das endgültige Urteil verzeichnet.[28]

Bitters »Request« war ein zweischneidiges Schwert. Es richtete sich nicht nur darauf, eine Beschagnahme zu erreichen, um damit seine Ansprüche an Cornelia zu sichern, es betrieb auch die Eröffnung einer zweiten Runde im Gefecht mit seiner widerborstigen Ehefrau. Eine Zusammenfassung der Hauptpunkte dieses Gesuchs zeigt deutlich, dass der Jurist Bitter sich wieder ganz in seinem Element fühlte.

Er erklärte, er sei, als Witwer, im März 1676 nach Abschluss eines Ehevertrags mit Cornelia van Nijenroode getraut worden, »gebürtig von firando in Japan, damals Witwe von Pieter Cnoll«. Von der Gütergemeinschaft sei er ausgeschlossen gewesen, es seien aber einige Bedingungen vereinbart worden, darunter eine Sonderbehandlung des Ehepartners, der den andern überlebe. Nachdem die Ehe eingesegnet war, habe er sich als »insgesamt frommer, ehrlicher, anständiger und friedliebender Mann« verhalten. Seine Frau habe jedoch, angestiftet von Dritten, einen Streit angezettelt über die Verwaltung ihres Besitzes und die Anlage von »gewissen Pfennigen«. Entgegen dem Gesetz, das ihm das Recht zuweise, diese Dinge zu erledigen, wie er das als Vormund sehr wohl achte, habe er sich darauf eingelassen, eine Übereinkunft, ein Reglement zu unterschreiben, um künftige Zwistigkeiten zu vermeiden und eine Atmosphäre von Zuneigung und Zusammenarbeit zu erzeugen. Er habe sogar zugestimmt, seine Kinder zu einer anderen Familie in Kost zu geben – zu hohen Kosten –, weil die Stiefmutter deren Anwesenheit nicht ertragen konnte. Aber all das habe leider Gottes nicht geholfen. Seine Frau habe bloß wieder neuen Streit entfacht und schließlich das Haus verlassen, wodurch sie sich selbst »aus eigener Autorität von ihrem Mann, von Bett und Tisch separiert« habe. Die Ermahnungen des Kirchenrats, sich mit ihrem

Mann auszusöhnen, habe sie in den Wind geschlagen. Und sie habe ihren Sklaven und dem Hauspersonal aufgetragen, nicht auf ihren Mann zu hören und ihm nicht zu gehorchen. Obendrein habe sie Geld fortgeschafft und Besitztümer aus dem Hause entfernen lassen. Sie habe ihn fälschlich der Misshandlung geziehen – Bitter verweist hier natürlich auf den »Vorfall mit dem ausgerenkten Arm!« –, und nachdem alle diese Strapazen nichts bewirkt hätten, habe sie juristische Schritte gegen ihn eingeleitet. Im Februar 1677 habe sie die Trennung von Tisch und Bett gefordert, und durch das Einschreiten von Mitgliedern – so hob Bitter hervor –, die gar nicht »qualifiziert« waren, Recht zu sprechen, sei der Gerichtshof am 4. November 1679 zu einem bedingten Urteil gelangt, das ganz zu ihrem Vorteil ausgefallen sei: Trennung von Tisch und Bett und, damit gekoppelt, ein striktes Verbot für ihren Mann, ihren Besitz zu verwalten.

Nachdem er diese Fakten präsentiert hatte, kam Bitter auf sein eigentliches Anliegen zu sprechen. Abgesehen von der Tatsache, dass dieser »Urteilsspruch in sich selbst in diverser Hinsicht null und nichtig« sei, wies er mit Nachdruck darauf hin, dass eine Trennung auf Zeit nicht dasselbe sei wie eine endgültige Scheidung. Er beharre darauf, dass die Ehe nicht durch böswilliges Verlassen oder durch einen Ehebruch von seiner Seite gescheitert sei; das eheliche Band bleibe unzerrissen, und so sei es nur eine Trennung auf Zeit. Dann brachte er vor, seine Versuche, seine Frau auf dem gleichen Schiff mit nach Holland zu nehmen – oder auf einem anderen Schiff, falls sie nicht mit ihm zusammen reisen wollte –, seien zielbewusst durchkreuzt worden. Die Behörde in Batavia habe ihn angewiesen, unverzüglich abzureisen und dem nota bene hinzugefügt, er könne doch, wenn er mit dem Gang der Dinge nicht einverstanden sei, nach seiner Rückkehr in die Heimat dort seinen Regressanspruch vorbringen. Nach seiner Auffassung bedeute das, dass die Jurisdiktion des Gerichts sich auf den Wohnort des Klägers gründe und nicht, wie das gemeinhin der Fall sei, auf den des Angeklagten. Kurzum, der Kläger sei dem Rat der Autoritäten in Batavia gefolgt und habe sich im Bereich der Jurisdiktion des Provinzgerichts von Holland niedergelassen.

Um seiner Forderung noch mehr Gewicht zu geben, legte er dar, es sei nicht christlich und könne von einer christlichen Obrigkeit auch nicht hingenommen werden, dass seine Frau auf ihrer Haltung beharre. Und er, der Kläger, sei inzwischen bereit, alles zu tun, um eine Aussöhnung zu erreichen und mit seiner Frau zusammenzuleben. Er könne sich nicht erinnern, sie jemals beleidigt zu haben, ganz im Gegenteil, er wolle sie nur lieben, wie es sich für einen frommen christlichen Ehemann geziemt.

Was die Zuständigkeit des Gerichts betraf – die Achillesferse seines Falls –, so behauptete Bitter, der Wohnsitz seiner Frau dürfe nicht als von seinem eigenen getrennt gesehen werden. Darauf bat Bitter das Gericht inständig, ein Amendement auszustellen, das dem Vollzugsbeamten die Vollmacht gebe, alle Güter, Charters, Wechsel und andere Wertpapiere zu beschlagnahmen, die nachweislich Cornelia van Nijenroode gehörten. Darunter falle auch ihr Eigentum in der Hand anderer Personen. Zum Schluss flehte er das Gericht an, Cornelia anzuweisen, sich mit ihrem Mann zu versöhnen, in den Haushalt zurückzukehren und mit ihrem Mann zusammenzuleben, bis der Tod sie scheide, wie es einer christlichen Frau gezieme. Der Kläger verpflichte sich seinerseits, als christlicher friedliebender Ehemann seiner Frau alle Liebe entgegenzubringen und allen Pflichten nachzukommen; gleichwohl ersuchte er das Gericht, seine Frau zur *malitieuse desertrice* zu erklären, falls sie sich weigere, der Anweisung zu folgen. In diesem Falle solle sie auch alle Nutzungsrechte aus dem Ehevertrag einbüßen. Er, der Kläger, könne sodann die Rechte erhalten, die ihm nach der Übereinkunft beim Tode seiner Frau zustehen sollten.

Bitter unternahm auch einen Versuch, seine bedrohliche finanzielle Situation zu verbessern. Während das Verfahren noch lief, bat er für sich um einen »sortablen Teil der Einkünfte« aus dem beschlagnahmten Besitz.

In einer Entscheidung vom 26. Februar 1681 ordnete das Gericht die Konfiskation tatsächlich an. Cornelia wurde aufgefordert, am ersten Montag im Oktober 1682 persönlich in Den Haag vor Gericht zu erscheinen oder einen Bevollmächtigten zu schicken. Es ist klar, dass das Gericht, als es diesen Termin so spät ansetzte, die Zeit einrechnete, die nötig war, um Cornelia eine Vorladung nach Batavia zu schicken.[29]

Fünf böse Männer

Noch ein anderes Dokument, das mit der Sache in Verbindung steht, wurde von van Alphen im ›Papagei‹ veröffentlicht: eine »Consultatio«, ein angefordertes Rechtsgutachten über den Ehekontrakt des Ehepaars Bitter. Das wurde am 21. Februar 1681 von gelehrten Advokaten erstellt.[30] Das Datum liegt fünf Tage vor dem der Ausfertigung der Beschlagnahmeverfügung. Kann es sein, dass der Hof von Holland, in Verlegenheit gebracht durch Bitters Eingabe, es für notwendig erachtete, ein Gutachten einzuholen, bevor er eine Entscheidung traf? Das ist kaum anzunehmen. Eine Beschlagnahmeanordnung, die eine Forderung sicherstellen sollte, wie in diesem Fall, stellte kein Problem dar, solange die Forderung auf den ersten Blick als gerechtfertigt erschien. Bitters Petition erfüllte diese Voraussetzung. Im Übrigen besagte die Tatsache, dass seiner Bitte stattgegeben wurde, noch nicht, dass die Beschlagnahme selbst gerechtfertigt war. Ein Beschluss von solcher Tragweite wurde stets erst nach reiflicher Überlegung innerhalb des Gerichtshofes gefasst. Deshalb war die Bewilligung einer Konfiskation eine Routinesache, die möglichst beschleunigt wurde, um zu verhindern, dass die zu beschlagnahmenden Güter vorher verschwanden. Es war nur einfach seltsam, dass der Hof von Holland sich in einem so heiklen Dilemma sah, dass er es für notwendig hielt, zunächst die Auffassung von fünf Gutachtern abzuwarten. Es liegt aber wohl auf der Hand, dass auch dieses Dokument den Zweck hatte, Bitters Argumentation zu stärken. Der stets weitsichtige Bitter war immer ungewöhnlich rege, um solche Umstände zu konstruieren und zu liefern.

Zu Beginn der Consultatio lassen die Gutachter die ihnen vorgelegte Akte Revue passieren. Sie erwähnen unter anderem die Voraussetzungen dieser Ehe, das Einvernehmen, »Unruhen zu ersticken«, und die Unterlagen des Rechtsstreits in Batavia mit dem Urteil, das die Trennung von Tisch und Bett zugestand.[31] Sie bewerten Bitter als aufmerksam und fleißig in seinem Amt, gehorsam, von guten Manieren, umgänglich und versöhnungsbereit. Das alles ist dargestellt in krassem Gegensatz zu dem abstoßenden Charakter seiner Frau. Ein solches Dossier konnte nur von Bitter selbst gesammelt worden sein; sein Inhalt verrät den gewitzten Manipulator. Das Gutachten zeigt deutlich, dass die Verfasser mit der von Bitter geäußerten Furcht, in Ostindien sei für ihn keine Gerechtigkeit zu erwarten, wohl vertraut waren.

So ist es keine Überraschung, dass die Gutachter dem Rat der Justiz in Batavia, der Bitter so ungerecht behandelt haben sollte, die Hölle heiß machten: Der Rat habe »merklich abusiviert«, als er behauptete, Bitter besitze kein Recht auf den Ertrag und die Zinsen vom Vermögen seiner Frau und dürfe ebenso wenig dieses Vermögen verwalten, da die Heiratsvereinbarungen eine Gütergemeinschaft ausgeschlossen hätten. Der Rat hätte doch einsehen müssen, dass die Erträge und das Einkommen aus dem Besitz der Ehepartner »gemeinsam sind und bleiben«. Nach dem Gesetz stehe dem Manne nun einmal die Verwaltung aller Besitztümer zu, auch derjenigen Güter, die seine Frau möglicherweise außerhalb der Ehegemeinschaft halte. Die Gutachter hielten die Frage in der Schwebe, ob die Trennung von Tisch und Bett auf einer rechtlichen Grundlage beruhte. Aber sie fanden sehr wohl, dass Bitter durch das Urteil benachteiligt worden war, als er alles an seine Frau zurückgeben und dazu auch noch die hohen Kosten für den Unterhalt seiner Kinder tragen musste, die ja schließlich auf Betreiben seiner Frau außerhalb des Hauses untergebracht worden waren.

Wenn eine Frau den abgeschlossenen Ehevertrag einseitig aufkündige, dann müsse sie ihren Mann auch schadlos halten. Die Ratsmitglieder stellten noch fest, der Rat der Justiz habe es zugelassen, dass eines seiner Mitglieder, das in der gleichen Sache unter Eid ausgesagt habe, an der Beschlussfassung teilgenommen habe. Zudem sei Bitters Bittgesuch, eine Versöhnung herbeizuführen, abgewiesen worden, aber es sei doch die Pflicht eines jeden Richters, eine Aussöhnung *ex officiis* herbeizuführen.[32]

Ihre Kritik am Rat der Justiz in Batavia hielt sich also keinesfalls zurück. Auch die Hohe Regierung von Niederländisch-Indien war Ziel eines vernichtenden Ausfalls. Bitter war durch den Befehl, ohne Frau und Kinder ins Heimatland zurückzukehren, in *summo gradu* entehrt worden, derweil das Verfahren, in dem eine Versöhnung noch durchaus möglich schien, noch gar nicht abgeschlossen war. Ihm selbst war keine Möglichkeit gegeben worden, Einspruch einzulegen. Die gutachtenden Advokaten kümmerte es nicht, dass die Hohe Regierung es getan hatte, weil sie die Forderung der Herren Zeventien, Bitter zurückzuschicken, nicht unbeachtet lassen konnte. So wurde ein Mann »von gutem und verträglichem Umgang, gut und geschickt im Leben«, zum Schlachtopfer eines entgleisten Rechtsverfahrens.

Bis hierhin hielt sich das Gutachten eng an den Inhalt von Bitters Gesuch und bildete obendrein eine willkommene Unterstützung seiner Behauptungen. Auf den ersten Blick hatten die Juristen Recht, wenn sie darlegten, dass Bitter schlecht und ungerecht behandelt worden war. Es überrascht aber, dass sie in ihrer Schlussfolgerung nichts über Bitters Forderung sagen. Sie lassen es offen, ob eine solche Forderung zulässig sei; vielleicht waren sie sich darüber gar nicht im Klaren. Ihr Rat ging dahin, dass Bitter, der in Indien schlecht behandelt worden war, sich an die oberste souveräne Gewalt im Lande – an die Generalstaaten – wenden solle. Diese Körperschaft besaß die Autorität, bei Klagen eines jeden, der sich von der Rechtssprechung in Indien übervorteilt fühlte, zu vermitteln.[33]

Zwischen den Zeilen dieses Gutachtens wusste Bitter zu lesen, dass die gelehrten Herren nur wenig Hoffnung darin setzten, ein direktes Gesuch um eine Revision des Urteils von Batavia werde vom Gerichtshof von Holland angenommen werden. Hat er deshalb in seiner Eingabe das Wort Revision so sorgfältig vermieden?

Die Beschlagnahme

Am 27. Februar 1681 begab sich der »Erste Gerichtsvollzieher« mit dem Stab des Vollzugsbeamten in der Hand zum s'Gravenhagener Platz. Er klopfte an die Tür des Gästehauses der Ostindischen Compagnie, wo die Mitglieder der Haager Besoigne, der Geschäftsleitung der Compagnie, versammelt waren. Auf Ersuchen von Joan Bitter, ehemaligem Mitglied des Rats der Justiz in Indien, sowie im Namen der Obrigkeit nahm der Vollstreckungsbeamte in Anwesenheit der Herren der Besoigne einen Betrag von 34 000 Reichstalern, der von Cornelia van Nijenroode in die Kasse der Compagnie eingezahlt worden war, und ein Kapital von 12 000 Reichstalern, eingezahlt von Bitter, in Beschlag. Darüber hinaus wies er eine Forderung vor für das Geld und alle Besitztümer, die Cornelia bei der Compagnie hinterlegt hatte, sowie die erzielte und noch zu erwartende Rendite. Der Gerichtsvollzieher wies das Geschäftskollegium an, diesen Beschluss zur Beschlagname »zuzulassen und zu dulden«. Er lud Cornelia van Nijenroode auf den ersten Montag im Monat Oktober 1682 vor den Gerichtshof; zugleich übergab er die Kopien des Mandats und seine Beschlagnahmeverfügung.

Pieter van Dam, Anwalt der Compagnie, den wir von seiner meisterhaften ›Beschreibung‹ kennen, empfing den unerwarteten Besucher.[34] Er nahm die Vollstreckungsdokumente entgegen und sagte nur: »Wir werden dem Befehl gehorchen und nehmen das entgegen.« Nachdem dies gesagt war, konnte der Mann sich zurückziehen, so dass die Herren der Besoigne sich kopfschüttelnd wieder mit wichtigeren Dingen beschäftigen konnten: Der alte Fuchs Bitter hatte seine Beute noch nicht aufgegeben. Sie konnten nicht wissen, dass dieses Intermezzo der Anfang war von einer langwierigen, sich hinschleppenden Sache, die schließlich viel von ihrer kostbaren Zeit verschlingen würde.[35]

Auf dieselbe Weise besuchte zwei Wochen später ein Kollege dieses Gerichtsvollziehers zwei andere Bewohner der Hauptstadt, Nicolas de Roy und Gijsbrecht David Strantwijck. Bitter vermutete, dass diese beiden Herren Dokumente, Urkunden und anderen Besitz von Cornelia bewahrten. Bei Strantwijck geriet der Vollzugsbeamte jedoch an die falsche Adresse, denn der sagte kurz und knapp: »Ich habe keine Papiere in Händen.« Aber de Roy antwortete: »Ja, es ist so« und gab zu, Bevollmächtigter von Cornelia zu sein.[36]

Nachdem die Beschlagnahmen soweit wie möglich durchgeführt waren, war es an der Zeit, Cornelia über die Anordnung zu informieren und sie vorzuladen. Da Cornelia in Batavia lebte, tat Versluys das, wiederum auf Ersuchen Bitters, mittels eines am 14. März 1681 in Den Haag ausgefertigten »Edikts«.[37] Zunächst wurde die Glocke des Rathauses von Den Haag geläutet; darauf verlas Versluys die Anordnung »durch öffentliches Edikt« von der Freitreppe des Rathauses aus und empfahl Cornelia, den Konfiskationen zuzustimmen und ihnen nichts in den Weg zu legen. Er trug ihr gleichfalls noch auf, sich zu versöhnen und an die Seite ihres Mannes zurückzukehren. Zum Schluss lud er sie vor den Gerichtshof, persönlich oder vertreten durch einen Bevollmächtigten, auf den ersten Montag des Monats Oktober des kommenden Jahres. Das Edikt steckte er in einen an Cornelia van Nijenroode adressierten Umschlag, ebenfalls die Kopien der Anordnung und das Vorladungsprotokoll, und verschloss den Umschlag. Es war nun die

Sache von Nicolas de Roy, dafür zu sorgen, dass er so schnell wie möglich Cornelia ausgehändigt wurde.

Nachdem er das Räderwerk des Gesetzes in Bewegung gesetzt hatte, konnte Bitter sich nur noch zurücklehnen und über den weiteren Gang der Dinge spekulieren. Mit dem bisher Erreichten konnte er äußerst zufrieden sein. Aber konnte sein Versuch, das Urteil von Batavia zu umschiffen, denn glücken? Und würden Cornelias Aktivitäten ihm die Möglichkeit geben, sie als »böswillige Deserteurin« zu brandmarken, mit all den finanziellen Vorteilen, die ihm aus einer solchen Entwicklung erwachsen würden? Er konnte sich nicht vorstellen, dass sie nicht zurückschlagen würde, und dann war es natürlich die Frage, wo das Eheschiff neuerdings stranden würde. Wenn seine düsterste Aussicht eintreffen sollte und seine Forderung für null und nichtig erklärt würde, dann blieb ihm keine andere Wahl, als einen Revisionsantrag seines Verfahrens in Batavia einzureichen. Eine Rückkehr nach Batavia war aber nur dann möglich, wenn die Anklage wegen des Diamantenschmuggels zurückgezogen würde. Die Entscheidung darüber lag noch im Schoße der Zukunft verborgen.

KAPITEL 7

Das verlorene Schaf

Derweil blieben alle diese Vorgänge um Joan Bitter seiner Frau Cornelia van Nijenroode im fernen Batavia völlig verborgen. Sie hatte die zeitliche Trennung von Tisch und Bett erreicht, und ihr Mann war seines Amtes enthoben und nach Holland zurückgeschickt worden, ohne dass er sie hatte mitschleppen dürfen. Cornelia fühlte sich außerordentlich erleichtert, obgleich sie sich über ein eventuelles juristisches Nachspiel wegen der umfänglichen Anleihen sorgte, die Bitter noch kurz vor seiner Abfahrt aufgenommen hatte.[1] Sie war aber, so schien es, endgültig von ihrem Quälgeist erlöst und sah der Zukunft frohgemut entgegen. Das Recht war ja auf ihrer Seite! Der finanzielle Schaden war nicht unbeträchtlich, aber es war genügend Geld in der Kasse, um weiterhin am kostspieligen gesellschaftlichen Leben in Batavia teilhaben zu können. Letzteres hatte sie in all den Auseinandersetzungen der vergangenen Jahre nur ungern entbehrt. Als die Regenzeit vorüber war, ließ Cornelia die Pferde vor den Wagen spannen, um so wie einst Ausflüge ins Hinterland von Batavia zu unternehmen.

»In dieser Kutsch', besorgt vom geliebten Knollen,
fing Juffer Cornelia wieder an zu rollen.«

Die Freude an diesen Spazierfahrten war aber leider nur von kurzer Dauer. Beunruhigt durch die Genusssucht des städtischen Bürgertums hatten die Behörden schon vor Jahren beschlossen, man müsse dem Luxus, »einer Pest in Batavia und über ganz Indien, mit einem Reglement und mit Befehl zuvorkommen«.[2] Mit eintöniger Regelmäßigkeit wurden daraufhin alle möglichen Verordnungen »gegen Pomp und Prunk« erlassen. Und jetzt wurde auch noch allgemein der Besitz von »Karossen oder überdachten Kaleschen« untersagt.[3] Nur der Generalgouverneur und die ordentlichen und außerordentlichen Räte von Indien durften weiterhin mit einer Karosse fahren. So wurden die Räder von Cornelias Statussymbol angehalten.

Doch bewegte sie sich nach und nach wieder in der alten Umgebung. In den höheren Kreisen des Kastells wurde sie wie eine verlorene Tochter wieder aufgenommen und die Einladungen häuften sich. Durch all das ermutigt, schickte sie Ende Juni 1680 einen Brief an den Kirchenrat und bat darum, wieder am Abendmahl teilnehmen zu dürfen.[4] Die Dekane reagierten nicht abweisend. Sie forderten aber von der Madame Nijenroode, zuerst ihre wahren Gefühle für den abwesenden Ehemann offen zu legen. Der Kirchenrat gab zu verstehen, es wäre hilfreich, wenn sie sich, was ihren Mann beträfe, etwas langmütiger zeige.

Grundsätzlich durfte ein verheiratetes Paar, das in Unfrieden miteinander lebte, nicht zum Heiligen Abendmahl zugelassen werden. Deshalb baten die ehrwürdigen Herren um eine weitere Auskunft über die genauen Bedingungen ihrer Trennung von Tisch und Bett. Doch im Juli konnte Cornelia noch immer nicht an der Abendmahlsfeier teilnehmen. Sie gab sich jedoch keineswegs geschlagen. Vor der bevorstehenden Zusammenkunft, bei der neue Kandidaten für das Abendmahl ausgesucht wurden, suchte sie einen alten Bekannten auf, den ehrwürdigen Theodorus Zas. Sie bat ihn, ein gutes Wort für sie einzulegen. Aber selbst der Pfarrer konnte ihr vorläufig nicht helfen. Sie wurde auch jetzt nicht zugelassen.[5]

Vom Abendmahl ausgeschlossen zu sein hieß für einen Erwachsenen, dass er oder sie nicht als vollwertiges Glied an der christlichen Gemeinschaft teilhaben konnte. Trotzdem musste Cornelia nicht allen wichtigen Ereignissen in der Gesellschaft Batavias fern bleiben. Als Petronella Wonderaer, die Frau des Generaldirektors Cornelis Speelman, starb, war Cornelia zugegen, um im Namen ihres alten Freundes die Beileidsbezeigungen entgegenzunehmen.[6] Am nächsten Tag half sie im Hause Petronellas nach der Beisetzungsfeier beim Empfang der Gäste.

Ein Jahr später wurde endlich das »Keine Bedenken« ausgesprochen. Auf Ersuchen des Kirchenrats hatte Cornelia erklärt, dass einer Versöhnung mit ihrem Mann prinzipiell nichts im Wege stehe, sofern sich dazu eine Gelegenheit böte.[7] Hätte sie gewusst, was ihr Mann in der Zwischenzeit schon unternommen hatte, um eine solche Aussöhnung zu erreichen, dann hätte sie den Abendmahlskelch wohl an sich vorübergehen lassen. In Batavia schien nun alles vergeben und vergessen zu sein. Cornelia, das verlorene Schaf, war in die Herde zurückgekehrt.

Ein Brief aus Holland

Anfang November 1681 rief der Präsident des Rates der Justiz in Batavia, Willem van Outhoorn, die Mitglieder zu einer Sondersitzung zusammen. Nachdem er die Herren begrüßt hatte, teilte er ihnen mit, warum er sie hergebeten hatte. Einige Tage nach dem Einlaufen der Flotte aus Holland war Jan Blieck in seiner Funktion als Bevollmächtigter zu ihm gekommen. Er hatte den Auftrag, den Brief eines Gerichtsvollziehers an Bitters Frau auszuhändigen. Ein Blick auf den Brief hatte genügt, um bei van Outhoorn die Furcht zu wecken, dass da eine Natter im Grase lauere. Das war ein Problem, das in der Vollversammlung diskutiert werden musste! Blieck, der draußen auf dem Gang gewartet hatte, wurde hereingerufen. Er übergab den Brief des Bevollmächtigten, der an Cornelia van Nijenroode gerichtet war, sowie einen kurzen Begleitbrief Bitters. Dieser ersuchte den Rat der Justiz, seiner Frau den Brief ungeöffnet vom örtlichen Vollzugsbeamten in Batavia aushändigen zu lassen. Bitters Gesuch schien vernünftig, doch die Herren des batavischen Gerichtshofes waren nicht geneigt, ihrem ehemaligen Kollegen gefällig zu sein. Sie hatten ganz einfach genug von ihm, und deshalb sagten sie dem Bevollmächtigten, er müsse den Brief Cornelia doch selbst übergeben. Da er sie kannte, war Blieck klar, dass das leichter gesagt als getan war.[8]

Nachdem er mit dem Gerichtsvollzieher gesprochen hatte, erbat Blieck die Hilfe eines einheimischen Notars, Christoffel van Outgers. Der sollte persönlich zu Cornelia van Nijenroode gehen und ihr den Brief aushändigen. Einige Tage danach kam er zurück, ohne den Brief übergeben zu haben. Es war ihm nicht gelungen, bei Cornelia vorgelassen zu werden. Um nicht noch weitere Zeit zu verlieren, bat Blieck den Notar, den Brief einem der Bediensteten im Hause Bitter zu übergeben und den Brief, falls er zurückgewiesen werde, auf der Türschwelle abzulegen. In Holland würde man in einem solchen Fall das Urteil an die Haustüre geheftet haben, aber das Eingangsportal einer batavischen Stadtwohnung legte ein anderes und, wie wir sehen werden, weniger befriedigendes Vorgehen nahe.

Als der unglückliche Notar sich dem Haus an der Tijgergracht näherte, stieß er am Eingang auf dieselbe Sklavin, mit der er schon zuvor gesprochen hatte. Auf seine Frage, ob die Frau des Hauses oder ihr Sohn zu Hause seien, erhielt er dreimal ein bissiges »Nein« zurück. Dann fragte van Outgers das Mädchen, ob sie den Brief, den er bei sich habe, an ihre Herrin weitergeben wolle und legte ihr nochmals dar, worum es ging. »Ich darf keine Papiere annehmen«, entgegnete sie. Da war dem Notar klar, dass ihm nichts anderes übrig blieb, als den Brief auf einem Stuhl auf den Vorstufen zurückzulassen. »Geh, man kann das nicht tun«, schrie das Mädchen, »ich soll die Papiere nach draußen schmeißen!« Van Outgers, an dem eine solche Zurechtweisung abprallte, trat den Rückzug an, doch nicht ohne gegen »die Kosten und den Schaden« zu protestieren. Dann schaute er sich noch einmal um und sah, wie das Mädchen die von ihm zurückgelassenen Papiere mit kräftigem Schwung auf das Straßenpflaster knallte. Der pflichtgetreue Notar berichtete im Detail über das, was ihm widerfahren war; im ›Papagei‹ kann dies nachgelesen werden.[9]

Die Kirchenräte, allezeit auf der Hut, wenn es um das Wohlbefinden und das gute Verhalten ihrer Schäflein ging, ließen sich die Gelegenheit nicht entgehen, als gute Hirten eingreifen zu können. Die Herren brachten ihre Missbilligung des Verhaltens der Frau Cornelia deutlich zum Ausdruck. Sechs Monate zuvor hatte sie noch eine reuevolle Haltung der Kirche und ihrem Ehemann gegenüber an den Tag gelegt und war deswegen wieder zum Abendmahl zugelassen worden. Petrus Wijtens, der eifrige Vizesekretär, wurde gebeten, einen Auszug aus Cornelias schriftlichem Gelöbnis vom vorigen Juli anzufertigen, damit Joan Bitter in Holland das zur Kenntnis nehmen konnte.[10]

So in die Enge getrieben, konnte Cornelia van Nijenroode das Urteil nicht länger unbeachtet lassen. Sie akzeptierte darum formell die Anordnung aus Den Haag zur Beschlagnahme ihres Besitzes. Die Angst ergriff sie: Ein Verfahren in einem ihr ganz unbekannten Land, wo sie, im Gegensatz zu ihrem gerissenen und juristisch beschlagenen Mann, kaum Unterstützung von Freunden erwarten konnte! Schon der Gedanke erschreckte sie, dass ihr Fall vor einem Gericht behandelt werden sollte, dessen Mitglieder mit den örtlichen Umständen in Batavia überhaupt nicht vertraut waren! Sie hatte keine andere Wahl, als einen Anwalt zu Rate zu ziehen. Sie beauftragte, wohl auf Vermittlung von Bekannten in Holland, den Haager Anwalt Adriaen van Sterrevelt, sie vor dem Hof von Holland zu vertreten.

Bitter fordert mehr

Ein knappes Jahr danach kam die Sache in s'Gravenhage tatsächlich zur Verhandlung. Mr. Adriaen van Sterrevelt trat im Namen von Cornelia auf, während Mr. George Roosenbloom Joan Bitter vertrat und Mr. Cornelis Vinck die Compagnie.[11] Die Beklagte, Cornelia, erklärte sich auf Antrag der klagenden Partei bereit, das Urteil des Hofes anzuerkennen. Bitter wollte vermutlich sichergehen, dass sie sich nicht bei einer für ihn ungünstigen Entscheidung herauswinden konnte. Dann hielten beide Parteien ihre Plädoyers.[12]

Wie zu erwarten war, folgte Roosenblooms Plädoyer genau dem Text vom »Request zur Anforderung der Beschlagnahme«. Ein Punkt aber wurde weiter ausgeführt. In der ursprünglichen Forderung war vermerkt, dass man, wenn Cornelia als böswillige Eheflüchtige verurteilt würde, über eine Gemeinsamkeit des Besitzes sprechen müsse. Bitters Anwalt ging nun noch einen Schritt weiter. Der Ehemann solle nicht nur ein Anrecht auf die Hälfte des gemeinsamen Besitzes haben, sondern, als eine Art Buße, auch auf ein Viertel von Cornelias Hälfte.

Die Schlussfolgerung von Cornelias Anwalt van Sterrevelt war kurz und markig und ganz formal: Bitters Forderungen könnten vom Gerichtshof nicht behandelt werden, denn die Sache sei ja bereits durch ein verbindliches Urteil des Rats der Justiz in Batavia entschieden, es gelte also die so genannte »Einrede des abgeschlossenen Falles«.

Vinck erklärte im Namen der Vereinigten Ostindischen Compagnie, es könne vermutlich nicht nachgewiesen werden, dass Cornelia van Nijenroode Gelder oder Besitztümer bei welcher Kammer der Compagnie auch immer in der Republik liegen habe. Und Güter oder Geld, die bei dem einen oder anderen Kontor in Niederländisch-Indien eingezahlt seien, seien für Bitter nicht »konfiskabel«. Das Verfahren nahm dann in gewohnter Weise seinen Lauf. Van Verrevelts Einrede wurde befürwortet und das Gericht zog sich zurück.

Am 22. Dezember wurde das Urteil gefällt. Der Entscheidung wurde zugestimmt, soweit es Bitters Gesuch um Versöhnung betraf. In diesem Punkte wurde Sterrevelts Einrede verworfen. In allen anderen Punkten aber wurden Bitters Forderungen aufgrund der bindenden Kraft des batavischen Urteils für unbegründet und nichtig erklärt.[13] Die Bündigkeit des Urteils und die Bereitschaft, die Einrede zum Teil gelten zu lassen, lassen vermuten, dass die Herren hinter dem grünen Tisch sichtlich keine Lust verspürten, diese Pandorabüchse aus Batavia zu öffnen.

Van Sterrevelt hatte herausgeschlagen, was nur eben möglich war. Seine Klientin konnte zufrieden sein. Cornelias Rechtsvertreter musste wohl eingesehen haben, dass ein seriöser Versuch zur Aussöhnung nicht blockiert werden konnte. Für Bitter war das Urteil ein herber Rückschlag mit erheblichen Folgen. Es war für ihn nun unmöglich, das Urteil aus Batavia zu umgehen und Cornelia in Holland zu bezwingen. Die einzige Chance, die ihm blieb, war somit, die Sache aufs Neue in Batavia aufzurollen.

Konnte dieses Urteil Bitter überraschen? Offensichtlich nicht, denn schon Monate vor dem Verfahren traf er Vorbereitungen, um eine Revision des Urteils des Rats der Justiz in Batavia zu beantragen. Seine Position im Hinblick auf die Herren Zeventien hatte sich nämlich in der Zwischenzeit gründlich verändert. So waren die Wechsel, die er aus Batavia geschickt hatte, inzwischen freigegeben worden. Weil der Kassenverwalter des Kastells von Batavia sie akzeptiert hatte, mussten die Direktoren einräumen, dass es kein rechtliches Argument gab, um die Einlösung der Wechsel in Holland zu blockieren. So fiel Bitter unversehens eine erhebliche Summe Geldes in den Schoß, mit dem er seine Darlehen ablösen konnte. Nun ging es nur noch darum, die Anschuldigungen des Diamantenschmuggels aus der Welt zu schaffen. Die Herren Zeventien stellten fest, dass es nicht leicht war, Bitters Behauptung zu widerlegen, er habe die Steine nach Holland geschickt, um sie dort für seine Töchter schleifen zu lassen.

Am 15. Juni 1682 fand eine tief greifende Diskussion über die möglichen Bedingungen einer Legalisierung des Diamantenschmuggels statt. Dabei wurde vorgeschlagen, dass jeder, der künftig Diamanten aus dem Osten in die Niederlande schicken wolle, eine Rekognitions- oder Anerkennungsgebühr – das heißt, eine

Abgabe von drei Prozent vom geschätzten Verkaufswert – zu entrichten habe. Bei der Ablieferung solle der Beförderer ein Achtel des geschätzten Wertes als Belohnung erhalten. Die Compagnie behielt sich selbst das Recht vor, Diamanten aus den eingeführten Mengen zu einem Preis, der mindestens um 25 Prozent über dem Schätzwert lag, aufzukaufen. Nachdem beschlossen war, diesen Plan als Grundlage für weitere Schritte zu behandeln, brachte einer der Herren einen Brief von Bitter zum Vorschein. Dieser bat die Anwesenden darum, nach Batavia zurückkehren zu dürfen, damit er dort um eine Revision seiner Ehescheidungssache nachsuchen könne.[14] Von dieser unerwarteten Bitte überrascht, beschlossen die Herren, darüber auf einer späteren Sitzung zu entscheiden. Bitter sollte dann die Gelegenheit erhalten, persönlich nähere Auskunft zu geben. In den Beschlüssen der nächstfolgenden Sitzungen ist man aber nie mehr auf den Fall zurückgekommen. Die Herren Zeventien entschieden sich offenbar nachträglich, das Urteil des Hofs von Holland abzuwarten.

Dieses Urteil war für Joan Bitter dann ja alles andere als günstig, aber er gab die Schlacht noch nicht verloren.[15] Es war ihm nun klar, dass er nach Ostindien zurückkehren musste, um seinen juristischen Kampf dort fortzusetzen. Darum wandte er sich nochmals an die Herren Zeventien und bewarb sich um eine »wohldotierte und ehrenvolle Anstellung«. Sein Wunsch wurde erfüllt. Er wurde wieder in den Dienst des Rats der Justiz aufgenommen, als ob nichts geschehen wäre. Einen Tag darauf wurde der Diamantenhandel offiziell freigegeben.[16]

Revision, ein außergewöhnliches Rechtsmittel

Revision bedeutet, dass ein Gerichtsurteil angefochten und eventuell aufgehoben wird. Sie ist »das letzte Rechtsmittel, das dazu dient, Irrtümer – Täuschungen und Fehler – nachzuweisen, die beim richterlichen Urteil begangen wurden«.[17] In Holland kam die

Revision damals selten vor, doch in Ostindien wurde sie häufig eingesetzt.[18] Wenn wir dieses »sparsam angewandte« Rechtsmittel näher betrachten, dann wird schon bald klar, warum Recht und Verwaltung in Ostindien häufig damit belastet waren. Der Generalgouverneur und der Rat überschritten im 17. Jahrhundert häufig die Grenzen ihrer Zuständigkeiten, wenn sie sich mit juristischen Fragen befassten. So wie im Folgenden dargelegt, gab es in Batavia keineswegs eine strikte Trennung von Administration und richterlicher Gewalt.

Es kam vor, dass die leitenden Herren der Kolonie durch ihre Vorgesetzten im Mutterland angewiesen wurden, sich in juristische Auseinandersetzungen einzumischen. Der Fall Bitter versus van Nijenroode ist dafür ein ausgezeichnetes Beispiel. Wir haben gesehen, dass die Herren Zeventien dem Generalgouverneur und dem Rat Order gaben, Joan Bitter wegen des Diamantenschmuggels umgehend zurückzuschicken. Danach fällte der der Compagnie angehörende Rat der Justiz ein Urteil in einem Ehescheidungsfall, das für den betroffenen Bediensteten der Compagnie ersichtlich von Nachteil war. Obschon es wahrscheinlich ist, dass der Rat zu einer solchen Entscheidung kam, weil die Herren den heißen Atem der Direktoren in ihrem Nacken spürten, kann das natürlich nicht bewiesen werden. Der Betroffene, ironischerweise selbst Mitglied des Rats der Justiz, erhielt keine Chance, um vor Ort eine Revision des Urteils zu fordern, weil die Herren Zeventien verfügt hatten, ihn umgehend nach Hause zu schicken. Zum Trost gab man ihm den Rat, in Holland seine Rechtfertigung zu betreiben, falls er Wert darauf lege. Dürfen wir dem entnehmen, dass eine Revision ausschließlich von den Generalstaaten der Sieben Provinzen zu erlangen war, »derweil die Souveränität in Ostindien über die Länder und Orte wie auch über die Eingeborenen«, welchen die Compagnie vorstand, dortselbst verblieb? Oder war es Sache des Generalgouverneurs und der Räte, eine Revision zuzulassen? Pieter van Dam gibt in seiner ›Beschreibung‹ unverzüglich eine Antwort: Er legt dar, dass die Generalstaaten den Personen, die sich vom juristischen System in Ostindien benachteiligt fühlten, den Rat gaben, in den Osten zurückzukehren und in Batavia eine Revision zu fordern. Für eine Verurteilung in Ostindien wurde in der Republik niemals eine Revision gewährt.[19]

Mit van Dams kurzem Kommentar zum Revisionsproblem nicht ganz einverstanden, hat der Rechtshistoriker van Kan eine sehr genaue Analyse der historischen Entwicklung dieser »juristischen Notbremse« in der kolonialen Gesellschaft durchgeführt. Es ist interessant zu sehen, wie auch in seiner Darstellung die Interaktion von Verwaltung und Gerichtshof die Hauptrolle spielt.

Seit den Anfängen der Compagnie, schreibt van Kan, versuchten Personen, die glaubten, das Rechtssystem in Ostindien hätte sie unrechtmäßig behandelt, in Holland in die nächste Berufung zu gehen. Doch eine solche Appellation wurde niemals für zulässig erklärt. Wen konnten sie denn in Ostindien anrufen? Den Rat der Justiz? Nein, sie mussten sich an den Generalgouverneur und die Räte wenden, eine Prozedur, die Johan Maetsuijcker gesetzlich geregelt hatte, als er die Statuten von Batavia aufgestellt hatte.[20] Obschon diesen zufolge die Revision vom Rat der Justiz durchgeführt wurde, wurde die Zulassung eines solchen Verfahrens, die der eigentlichen Verhandlung vorausging, vom Generalgouverneur und den Räten entschieden. Diese Regelung führte nach van Kan regelmäßig dazu, dass die Verwaltungsbehörde sich aktiv in das Verfahren einmischte.[21] Um das Jahr 1662 verabschiedeten die Herren Zeventien dann auch ein eine Verordnung, die dem Generalgouverneur und den Räten die Macht entzog, weiterhin über die Zulassung von Revisionsverfahren zu befinden. Seitdem lag diese Macht formell in der Hand der Judikative. In der Praxis jedoch blieben dem Generalgouverneur und den Räten bis zum Ende des 17. Jahrhunderts, bis die Herren Zeventien intervenierten und der Hohen Regierung dieses Vorrecht nahmen, die »Klage-Fälle« erhalten.

Wie lief nun ein Revisionsverfahren zur Zeit Bitters ab? Innerhalb von zwei Jahren nach einem Urteil konnte man, wenn man ein Urteil anfechten wollte, einen Revisionsantrag beim Generalgouverneur und seinen Räten einreichen. Der Antrag konnte angenommen oder zurückgewiesen werden. Wurde er angenommen, dann wurde eine Ad-hoc-Kommission bestellt, die sich aus dem Rat der Justiz und zusätzlichen Revisionsassistenten zusammensetzte, die von der Verwaltung ernannt wurden. Der Fall wurde dann vor diesem verstärkten Rat der Justiz verhandelt.

Van Kan beschreibt die Art und Weise, in der Bitters Fall durch die richterliche Gewalt und die Herren Zeventien in Holland behandelt wurde. Er stellt fest, dass die Herren nicht wünschten, in eine Diskussion über die Klugheit des batavischen Urteils einbezogen zu werden. Darum ließen sie Bitter auch wissen, er habe kein weiteres Rechtmittel mehr in der Hand als eine Revision in Batavia bei der dortigen Regierung. Dass sie ihn nicht direkt an den Rat der Justiz verwiesen, belegt nach van Kan, dass sie ganz einfach die tatsächliche Situation in Ostindien respektierten. So wurde auch in diesem Falle die Sache an den Generalgouverneur und seine Räte verwiesen.

Wir wissen aber jetzt – van Kan standen noch nicht alle Akten dieses Falles zur Einsicht offen –, dass die Geschichte in Wirklichkeit viel komplexer war. Die Herren Zeventien mussten den Generalgouverneur und seine Ratsherren sehr wohl in diese Angelegenheit einbeziehen. Denn sie selbst hatten bei früherer Gelegenheit die Verwaltung in Ostindien angewiesen, sich um das juristische Verfahren zu kümmern, in das Bitter nun verwickelt war. Sie hatten somit ihre eigenen Vorschriften mit Füßen getreten: Deshalb mussten sie jetzt etwas tun, um die Sache ins Reine zu bringen. Die Rechts- und Verwaltungsorgane in Batavia wurden so in böse Verstrickungen gezogen. Kehren wir zurück in den Unheil verkündenden Herbst des Jahres 1683, als Joan Bitter, »traurig, doch nach wie vor gefasst, seinen heimlichen Schmerz ertragend«, nach Batavia zurückkehrte.

KAPITEL 8

Die »Versöhnung«

Im Sommer 1679, kurz vor Bitters Heimreise, war Nicolaus de Graaff, ein reiselustiger Schiffsarzt und Schriftsteller, von seiner fünfzehnten Seereise zurückgekehrt. Er war nun 57 Jahre alt und fand es an der Zeit, vom unstetig schweifenden Leben Abschied zu nehmen. An seinem Wohnsitz, dem Fischerdorf op Zee, wurde der alte Seebär, der alle Weltmeere befahren hatte, mit großem Respekt willkommen geheißen und zum Polizeihauptmann bestellt.

Gauner fing er mit der linken Hand, aber Tag um Tag auf das Rauschen des schäumenden Meeres lauschen, das wurde ihm schließlich zu viel, und er erlag den Lockrufen: »Er gehörte nicht länger dem Land, sondern wieder dem Wasser.« Der bejahrte Globetrotter beschloss, noch einmal eine Fahrt in den Osten zu unternehmen.

Im Frühjahr 1683 trat de Graaff in Amsterdam in den Dienst der Vereinigten Ostindischen Compagnie und wurde Oberarzt auf dem Schiff ›Ridderschap van Holland‹, einem brandneuen Ostindienfahrer.[1] Jakob Pieterszoon Kool aus Sardam (Zaandam) war der Kapitän. »Aber«, berichtet de Graaff, »wir mit dem Schiff ›Ridderschap‹ führten die Flagge des Admirals am Topmast, und der Herr Joan de Bitter, ein kluger und bescheidener Herr, Rat der Justiz, hatte den Befehl über diese Flotte.« Die Flotte bestand aus fünf Segelschiffen: die ›Ridderschap‹, die ›Cortgene‹, die ›Coeverden‹ und die ›Castricum‹ der Kammer von Amsterdam und das

Flutschiff (Dreimastbarke) ›Huis te Nek‹ aus Hoorn, das schon am ersten Tag außer Sicht geriet. Es war die Aufgabe des Kommandeurs Bitter, die Schiffe auf der ganzen Fahrt zusammenzuhalten, so dass man sich im Notfall gegenseitig helfen konnte.

Wie wichtig das war, zeigt das Schicksal der ›Huis te Nek‹: Das Schiff blieb verschollen. Eine andere Barke, die ›Langewijck‹ aus Enkhuizen, die unter ihrem eigensinnigen Kapitän das Vlie ein paar Tage früher verlassen hatte, wurde unterwegs an die Küste von Angola verschlagen und sollte erst am 8. Juni 1684 – das heißt nach nicht weniger als dreizehn Monaten – in Batavia einlaufen.

In diesem Frühjahr war Bitter erneut zum Mitglied des Rates der Justiz berufen worden, »obschon solches ungern, und er lieber in den politischen Rat gegangen wäre«. Er nahm ausführlichen Abschied von seinen Freunden im neuen und im alten Amster-

ABBILDUNG 10
Der Ostindienfahrer ›Mercurius‹, ein Spiegelschiff mit 40 Geschützen, 1649 (Willem van de Velde d. Ä., Maritim Museum Prinz Hendrik, Rotterdam)

damer Stadtgästehaus. Am 29. April, um acht Uhr morgens, bedankte er sich noch bei den Herren der Amsterdamer Kammer für all die Unterstützung, und am Mittag fuhr er mit einem Ausflugsboot von der »Moskovischen Reede« los. Um sechs Uhr abends ging er an Bord der ›Ridderschap‹. Dort wurde am nächsten Tag sein Gepäck vom Kommandanten Rodenburch inspiziert, und er musste dann »vier Ams Wein und einen Kasten mit Gläsern« hergeben.[2]

Damit hatte Bitter nicht gerechnet, und um unterwegs keine trockene Kehle zu bekommen, fuhr er am nächsten Tag über Land nach Den Helder zurück, um seine beschlagnahmten Sachen wiederzukriegen. Derweil nahm die ›Ridderschap‹ über die Zuidersee Kurs auf die Insel Texel. Nach einer Woche Wartezeit auf der Reede von Texel stach die Flotte am 9. Mai in See. Es blies ein steifer Südwest, und weil es so nicht möglich war, die Meerenge von Calais zu durchfahren, entschied man sich, Kurs auf »Hitland«, die Shetland-Inseln, zu nehmen. Von dort segelte man im großen Bogen um Schottland und Irland herum und dann nach Süden. Am 23. Juni gingen die Schiffe bei São Tiago, einer der »Süßen Inseln« (den Kapverden) vor Anker. Der habgierige Gouverneur, den Bitter auf seiner ersten Reise angetroffen hatte, war offensichtlich inzwischen durch einen »bedächtigen, höflichen Mann« ersetzt worden, der gern bereit war, die Flotte mit allen nötigen Vorräten zu versehen.

Der Aufenthalt in São Tiago rief bei Joan Bitter natürlich wehmütige Erinnerungen an seine erste Frau wach – sicherlich hat er ihr Grab besucht – und an seine wunderbare Genesung. Und siehe, da erschien plötzlich ein »rauer, kahl geschorener bettelnder Mönch« an Deck. Das konnte kein Zufall sein. So war das wohl der rechte Augenblick, um ein Dankopfer zu bringen. Bitter zog seinen Geldbeutel. »Man stelle sich vor! Der Mönch weigerte sich, das von mir gebotene Geld anzunehmen, das ich dann auch behielt.«

Die frischen Lebensmittel waren schnell an Bord verstaut. Die Fahrt konnte jetzt in Richtung auf den Äquator fortgesetzt werden. Das aber war leichter gesagt als getan, denn durch den Wind von Süd-Südwest wurde die Flotte weit nach Osten getrieben. Am 8. Juli kam sogar das Kap Mesurado, das Stille Kap (hinter dem heute Monrovia, die Hauptstadt Liberias, liegt), in Sicht. Normalerweise hätten sich die Schiffe bereits an der anderen Seite des Atlantiks, vor der Küste Brasiliens, befinden müssen. Der Schiffsrat beschloss denn auch, zu wenden und über Steuerbord ein Stück nach Westen zu segeln. Am 28. Juli überquerte die ›Ridderschap‹ mit Hilfe eines »kühlen Lüftchens« den Äquator. Neptun stieg mit seinem Dreizack an Bord und wurde von Joan Bitter, dem Admiral der Flotte, höchst liebenswürdig empfangen. Jeder Reisende, der noch nie den Äquator passiert hatte, wurde kräftig eingeseift, bevor er den Herrn der Sieben Meere mit Handschlag begrüßen durfte. Eines dieser Opfer war der Kommandant der Soldaten an Bord, Dirk Strijker, der Sohn des niederländischen Konsuls in Venedig. Strijker ließ gutmütig alles über sich ergehen, doch während dieses einfältigen Rituals auf dem Deck des Schiffes nahm er sich vor, die Mannschaft auf der weiteren Reise einmal zu echter Schauspielerei anzuleiten. Da konnte er nämlich wirklich mitreden. Als junger Mann hatte er in Venedig die Commedia dell'arte kennen gelernt, und in Amsterdam hatte er zu den treibenden Kräften bei der Gründung der »berühmten Schouwburg zu Amsterdam« gehört.

Im Allgemeinen stand es mit dem Einvernehmen zwischen den im Zwischendeck untergebrachten Soldaten und der Schiffsbesatzung nicht zum Besten. Die Kriegsleute durften sich nur einmal am Tag an Deck eine Lunge voll frischer Luft holen. Dort wurden sie, wenn das Wetter es zuließ, unter den spöttischen Kommentaren von Jan Compagnie gedrillt, doch dann verschwanden die armen Kerle wieder unter Deck. Das änderte sich nun. Strijker nutzte das gute Wetter und engagierte jeden, der mittun wollte, für die Aufführung einiger Theaterstücke. Bald war ein reges Treiben an Bord.

Am 5. August passierte die Flotte die Insel Ascension, und bald darauf kamen die Abrolhos-Inseln, »dicht unter der Küste Brasiliens gelegen«, in Sicht. Und auch dort wurde »nach altem Brauch eine Danksagung auf den Schiffen abgehalten, für das Schiffsvolk wurden zwei Schweine und für die Offiziere wurde ein fettes Schaf geschlachtet«. Ende August erreichten die Schiffe den nautischen Messungen zufolge die Höhe des Kaps der Guten Hoffnung, und daraufhin wurde nach dem Kompass ein Kurs nach Osten eingeschlagen. Zwei Wochen später kam Land in Sicht, und innerhalb von 24 Stunden wurden in der Tafelbucht in der Nähe der ›Cortgene‹ und der ›Castricum‹, die schon drei Tage vorher angekommen waren, die Anker geworfen. Kurz darauf stieß auch die ›Coeverden‹ zur Flotte. Der Kommandant Bitter konnte mit dem Verlauf der Fahrt zufrieden sein und lud zu einem großen Gastmahl ein. Gouverneur van der Stel und die wichtigsten Compagnieangestellten des Kaps waren mit von der Partie. »Beim Trinken auf die Gesundheit«, berichtet Nicolaus de Graaff, »wurden viele Salutschüsse abgefeuert und auch drei Possen auf unserem Schiff aufgeführt.« Dirk Strijker und seine Truppe wurden von allen beglückwünscht, und »als diese Vergnügungen auf allen Schiffen die Runde gemacht hatten und unsere Angelegenheiten am Kap erledigt waren, haben wir, nachdem wir Abschied genommen hatten, am letzten Septembertag gemeinsam die Segel gesetzt«. Die weitere Reise verlief fast problemlos. Ende November 1683 kam die Flotte auf der Reede von Batavia an. »Sie hatte, dem Herrn sei Dank, nur fünf Mann verloren, zwei waren in ihren Kojen gestorben und drei bei Unfällen von Bord gefallen und ertrunken«, wie de Graaff erleichtert schrieb.[3] Die Aufgabe des Schiffsarztes war erledigt, er konnte die Sorge um die Kranken nun den lokalen Ärzte überlassen. Im letzter Stunde starben dann doch noch einige geschätzte Reisegenossen, vermutlich, weil sie nach der Ankunft zu gierig frische Früchte gegessen hatten. Zu ihnen zählte Dirk Strijker, der auf der langen Fahrt das Deck in ein schaukelndes Theater verzaubert hatte.

Und Bitter? Der war bereits am 26. November morgens um acht Uhr im Boot nach Batavia vorausgerudert, wo er, wie er in seinem Tagebuch vermerkt, abends um halb neun ankam. »Ich kam still ins Fort und wurde durch Signeur Luchtenburgh vor der Tür des Herrn Camphuijsen entdeckt. Dort hatten die Freunde an diesem Tage den Herrn Casembroodt als Direktor von Persien vorgestellt und waren noch fröhlich beieinander, so dass ich von denselben aufgehalten wurde. Doch ging von Seiner Hochwohlgeboren, dem Herrn Speelman (dem Generalgouverneur), rasch eine Lockerung aus, der sich über meine Ankunft verwunderte, wie auch der Herr Bort, der an Ungläubigkeit oder Neugier Seine Hochwohlgeboren noch übertraf und mir mit Überraschung zurief: ›Bist du da!‹ Von dort aus bin ich zu meinen Kindern gegangen, doch nicht ohne von Leuten aufgehalten zu werden, die noch auf ihren Haustreppen oder auf der Straße waren.«

Man kann es sich leicht vorstellen, was an diesem Tag so alles vor sich ging. Ein gespannter Bitter, der es nicht länger erwarten konnte, versprach einigen Matrosen ein schnelles Geld, wenn sie bereit wären, ihn so schnell wie möglich nach Batavia zu bringen. Dann rund um die Uhr das Singen der Männer, das rhythmische Schlagen der Ruder auf dem Wasser und schließlich die sengende Tropensonne, die im Westen im Meer verschwand. Bitter, der am Steuer saß, war der einzige, der nach vorn schauen konnte. Er sah dort in der Ferne die nach und nach aufscheinenden Lichter auf dem *Pasar ikan* vor dem Stadttor und über den Mauern des Kastells. Nachdem er in das Kastell selbst vorgedrungen war, geriet er in eine burschikose Herrengesellschaft, die ein Fest feierte. Die verdutzten Gesichter von Bort und Speelman, als sie unversehens aus dem Dunkel den Mann auftauchen sahen, den sie drei Jahre zuvor als »unnütze Person« weggedrängt hatten, die ungläubigen Mienen müssen Bitter eine große Genugtuung gewesen sein. Und dann der vergnügte Bummel durch den schwülen Tropenabend an den Grachten entlang und an den Aufgängen der stattlichen

ABBILDUNG 11
Der Fischmarkt, im Hintergrund das Kastell Batavia
(Tropenmuseum, Amsterdam)

Häuser vorbei, auf denen die batavischen Bürger noch saßen und ein Pfeifchen rauchten. Er war wieder da, und das sollten sie auch wissen.

Alsbald stand Joan Bitter vor der Tür des Hauses seiner geliebten Tochter Bartha, die ihm in den vergangenen Jahren so gefehlt hatte. Sie hatte kurz nach seiner Abreise aus Batavia Constantijn Nobel junior geheiratet.[4] Als Erstes werden die Tochter und der Schwiegersohn dem Papa voller Stolz seine Enkel, die zweieinhalbjährige Aletta und den noch nicht ein Jahr alten Constantijn, präsentiert haben. Darauf, als sich die Gefühle einigermaßen wieder gelegt hatten, haben sie ihm wohl den Abend lang erzählt, was seine widerspenstige Frau in seiner Abwesenheit so alles angestellt hatte.

Noch am gleichen Abend erhielt Cornelia van Nijenroode von einem aufgeregten Sklaven, der ihm auf der Straße begegnet war, die Nachricht, dass Bitter zurückgekehrt sei. In dieser Nacht hat sie vermutlich kein Auge zugetan. Am folgenden Tag wurde ihre

Unruhe noch weiter geschürt: Dass ihr Mann seine alte Position wieder erlangt hatte, war ein schlechtes Zeichen, doch das Gerücht, die Herren Zeventien hätten ihm auch das Recht zugebilligt, eine Revision zu fordern, ängstigte sie am stärksten. Ihr einziger Trost war, dass Cornelis Speelman zur Zeit das Amt des Generalgouverneurs bekleidete[5] und Balthasar Bort ihm im Amt des Generaldirektors gefolgt war: Zwei gute Freund hielten das Ruder in der Hand, und es musste schon dumm kommen, wenn die sie nicht würden schützen können. Vorerst blieb es um das Haus an der Tijgergracht noch ruhig, die Kutsche blieb in der Remise und Cornelia ließ sich nicht blicken.

Anders als von Cornelia erwartet, war es aber nicht Bitter, der drei Wochen später an der Haustür pochte. Es war der Präsident des Kirchenrats, begleitet von einem der Kirchenältesten. Die beiden Herren teilten Cornelia mit, dass ihr aus Holland zurückgekehrter Ehemann darum gebeten habe, vor dem versammelten Kirchenrat zu erscheinen, was ihm auch zugestanden worden sei. Bei seinem Auftritt habe Bitter erzählt, ihm sei zu Ohren gekommen, dass seine Frau in seiner Abwesenheit »unter der Voraussetzung, sich vorher mit ihm versöhnt zu haben«, wieder zum Abendmahl zugelassen worden sei und »dieses hochwürdige Sakrament« empfangen habe. Als die Mitglieder des Kirchenrats das bestätigt hatten, habe Bitter gefragt, ob sie bereit wären, seine Frau noch einmal zu fragen, ob es ihr noch immer ernst sei mit dem, was sie dem Kirchenrat erzählt habe. Wenn ja, wann sie denn dann vorhabe, sich mit ihm auszusöhnen. Nach allem, was vorgefallen war, wolle er nun gern wissen, woran er sei. Der Rat war von dieser unerwarteten Bitte überrascht. Das konnte für das von Tisch und Bett getrennt lebende Paar natürlich weit reichende Folgen haben. Man kam überein, die Angelegenheit erst einmal aufzuschieben, »um bei keinen notwendigeren Sachen behindert zu werden«. Als Bitter wieder gegangen war, wurde bald der Beschluss gefasst, zwei Abgesandte zu Cornelia van Nijenroode zu schicken.[6]

So begaben sich die beiden Herren in die Tijgergracht, um Cornelias Gefühle für Joan Bitter zu ergründen. Da nur noch wenige Tage bis zum Heiligen Abend blieben und Cornelia die Christfeier natürlich nicht missen wollte, suchte sie Zeit zu gewinnen. Sie erzählte, durch die unvermutete Rückkehr ihres Mannes sei sie sehr überrascht und brauche nun noch etwas Zeit, um nachzudenken, »damit sie in aller Ruhe das hochwürdige Sakrament in Empfang nehmen könne«. Die beiden Delegierten waren der Meinung, diese ausweichende Antwort werde wohl keinen Anklang finden. Aber sie waren bereit, sie ihren Glaubensbrüdern zu überbringen.[7]

Wie vorausgesehen, fühlte sich der Kirchenrat, der am 20. Dezember zusammentrat, hingehalten. Die Herren verlangten unverzüglich eine Antwort und ließen Cornelia wissen, dass man von nun an mit ihr nach Recht und Kirchenordnung verfahren werde. Diese harte Reaktion hatte Erfolg. Zwei Tage darauf verlas der Präsident des Kirchenrats vor den Versammelten einen Brief, den er von Cornelia erhalten hatte:

»Als Antwort auf die Abgesandten des Kirchenrates teile ich mit, dass es mir nicht bewusst ist, dass ich vor ungefähr drei Jahren im Zusammenhang mit meiner Zulassung zum Heiligen Abendmahl den damaligen Abgesandten gesagt haben soll, ich hätte mich mit dem Herrn Bitter ausgesöhnt. Falls man das so auslegen will, dass ich geneigt gewesen sei und mich bereit erklärt hätte, mit dem Signeur Bitter wieder in der Gemeinschaft von Tisch und Bett zusammenzuleben, dann kann ich das nicht gesagt haben, weil das damals weder meine Absicht noch meine Meinung gewesen ist und es das jetzt auch nicht ist.

Aber da die ehrwürdigen Herren Abgesandten daran festhalten wollen, dass ich das oben genannte Wort Aussöhnung benutzt habe, stelle ich zum besseren Verständnis und als Erklärung fest, was ich darunter verstehe, mit dem genannten Bitter versöhnt zu sein. Nicht in dem Sinne, dass ich ihn als meinen Ehemann sehe, sondern dass ich ihn als meinen Nächsten und Mitchristen gern habe. Das heißt, alle Streitigkeiten, die ich mit ihm hatte, sind zur Seite gelegt trotz allen Ärgers auf meiner Seite über das Unrecht und die Schmach, die er mir während des Prozesses zugefügt hat. Wie mit allen anderen Christenmenschen will ich mich auch mit ihm gut vertragen und wünsche ihm alles Wohlergehen an Leib und Seele.

Damit will ich nicht verzichten auf das Recht der Trennung von Tisch und Bett, das mir nach so vielen Schwierigkeiten in rechtmäßiger Weise vom obersten Richter des Landes zuerkannt wurde und an das ich mich halten werde, bis es Gott dem Herrn gefällt, meine Seele und mein Herz umzustimmen. Ich glaube, dass ich demnach, ohne mein Gewissen zu belasten, das Recht habe und es behalten werde, am hochwürdigen Abendmahl teilzunehmen, ein Recht, das mir vom ehrwürdigen Kirchenrat in geziemender Weise nicht strittig gemacht werden kann.«

Das war deutlich: Cornelia wollte ihren Joan unter keinen Umständen zurückhaben. So lautete ihre Botschaft an den Kirchenrat und auch an Bitter. Die Kirchenältesten sahen nun, dass sie drei Jahre lang zum Narren gehalten worden waren. Deshalb untersagten sie Cornelia van Nijenroode prompt die künftige Teilnahme am Abendmahl, damit die Gläubigen »nicht an ihren Sünden partizipierten«.[8]

Unnachgiebig wie eine Wespe, erbat – und erhielt – Bitter nun vom Kirchenrat Abschriften von allen ihn betreffenden Beschlüssen der letzten Wochen einschließlich des Briefes von Cornelia. Die Unterlagen brauchte er, um die Hohe Regierung davon zu überzeugen, dass eine Revision notwendig war: Seine Frau weigerte sich noch immer nachzugeben! Inzwischen hielt Cornelia auch nicht still. Aus Furcht, Bitter könne schon bald aufs Neue seine Hand auf ihr Vermögen legen, gelang es ihr, vorsorglich 10 000 Reichstaler abzuzweigen.[9]

Alles und jedermann schien sich nun zu verschwören, Cornelia zu ruinieren. Auch von ihrem namhaftesten Freund konnte sie keine Hilfe mehr erhoffen. Man konnte deutlich sehen, wie es mit Cornelis Speelman abwärts ging. Er litt an immer wiederkehrenden Anfällen von Wassersucht und chronischen Beschwerden von Nierensteinen – schmerzhafte Erinnerungen an die Trinkerei seiner ungestümen jungen Jahre. Seit der letzten Dezemberwoche sah man den Generalgouverneur nicht mehr in der Öffentlichkeit. Als die Mitglieder des Rats von Indien – ohne den Generaldirektor Bort, der ebenfalls krank zu Bett lag – zum Haus von Speelman zogen, um ihm ein gutes neues Jahr zu wünschen und ein Glas auf seine Gesundheit zu leeren, war der »alte Löwe« bereits so schwach, dass er seinen Leuten nicht einmal mehr Rede und Antwort stehen konnte.[10]

Vier Tage darauf diktierte Speelman seinen letzten Willen. Der Generaldirektor Balthasar Bort, Jacob van Dam (sein Sekretär) und Andries Cleyer (sein Leibarzt) wurden zu Nachlassverwaltern seines umfangreichen Besitzes bestellt. Um den Herren bei der Durchsicht der »Haushaltssachen, Truheninhalte und anderem« beizustehen, erbat Speelman die Hilfe dreier seiner besten Freundinnen, zu denen natürlich auch Cornelia van Nijenroode gehörte. Am 11. Januar 1684 starb der Generalgouverneur nach drei Tagen »voller heftiger Schmerzen und unerträglicher Pein an Wassersucht und anderen Gebrechen«. Zwei Stunden später, kurz vor neun Uhr, folgte ihm Balthasar Bort, der ebenfalls nach »einer Krankheit und an Schwäche nun auch den Weg allen Fleisches in die ewige Herrlichkeit gegangen ist; er war 58 Jahre alt«.[11]

Es folgte eine opulente Begräbnisfeier, die nicht weniger als 13 790 Reichstaler verschlang. Valentijn bringt von diesem Ereignis in seinem ›*Oud en Nieuw Oost-Indien*‹ eine ausführliche Beschreibung. So wie bei Petronella Wonderaers Beerdigung nahm Cornelia wieder die Beileidsbezeigungen entgegen, worauf nach

ABBILDUNG 12
Der Rat der Justiz von Batavia in einer Sitzung
(Atlas von Stolk, Rotterdam)

Landessitte die Geladenen zu Speis und Trank gebeten wurden.[12] Das sollte Cornelias letzter Auftritt in der Öffentlichkeit sein. Mit dem Hingang dieser beiden Freunde und Beschützer nahm eine neue Generation von Herren das Heft in die Hand.

Wie sie an Einfluss verloren hatte, das wurde durch das rechtskräftige Urteil deutlich, das der Rat der Justiz am 8. Mai 1684 sprach. Das Urteil über die Trennung von Tisch und Bett von 1679 wurde für unrechtmäßig erklärt. Cornelia wurde angewiesen, das Haus an der Tijgergracht ihrem Manne wieder zu öffnen und in Frieden und Gottesfurcht zu leben. Ihr Mann erhielt wieder das unbeschränkte Verfügungsrecht über die Verwaltung und den Verkauf ihrer Eigentümer und gleichzeitig das Anrecht auf die Hälfte der Erträge und der Rente.[13]

Frieden und Einigkeit

Cornelia van Nijenroode verschanzte sich hinter den Mauern des Hauses an der Tijgergracht und bereitete sich auf das Schlimmste vor. Doch Wunder über Wunder – einige Tage später betrat ein milder und höflicher Bitter das Haus. Er schien keinerlei Groll zu hegen.

Wie alt sie geworden ist, mag er gedacht haben, als er sie nach all den Jahren wieder sah – die macht es nicht mehr lange. Vielleicht sagte er ihr ja, dass er sich früher wohl zu harsch aufgeführt habe. Vergeben und vergessen! Sie seien nun doch zu alt, um sich weiterhin irdischer Genüsse wegen herumzubalgen. Sie sollten aber, da nun ihrer beider Konten ausgeglichen waren, die Vergangenheit hinter sich lassen und nach vorn in die Zukunft blicken zum eigenen Wohlergehen und dem ihrer Kinder. Man kann sich vorstellen, wie heftig Cornelias Herz zu schlagen begann, als sie das Wort »Konto« hörte, aber sie wird sich wohl beherrscht haben.

Zu jedermanns Verwunderung, nicht zuletzt der Eheleute selbst, wurde, zumindest dem äußeren Schein nach, ein *Modus Vivendi* entworfen. Des Sonntags gingen sie gemeinsam zur Kirche: einige Sklaven vorweg, um den Weg zu bahnen, dann Bitter mit seiner Frau am Arm, die Kinder aus seiner ersten Ehe und im Kielwasser dieses Aufzuges ein Sklave mit Cornelias Stuhl und eine Sklavin mit ihrer prächtigen *Sirih*-Garnitur, die sie von ihrem Mann Pieter Cnoll selig bekommen hatte. Kurzum – ein Bild vollendeter Harmonie!

Ende September, nur drei Monate nach dem Beginn ihrer »zweiten Ehe«, suchte das Paar demütig wieder zum Heiligen Abendmahl zugelassen zu werden.[14] Voll erbaulicher Gefühle über diese wundersame Umkehr nahm der Kirchenrat die verlorenen Schafe wieder in die Herde auf. Cornelia war sofort willkommen, doch Bitter bekam, obschon man auch seine Anwesenheit am Tisch des Herrn zu schätzen wusste, zu hören, da gäbe es noch einige Probleme, die erst gelöst werden müssten.

Ein Blick zum finster dreinschauenden Pastor Zas zeigte Bitter, was damit gemeint war. Er machte ein frommes, schuldbewusstes Gesicht und sagte, er wolle sehr gerne um Verzeihung für sein schroffes Verhalten vor sieben Jahren bitten. Sollte der ehrwürdige Prediger Zas seine Entschuldigung akzeptieren, dann wäre er glücklich, ja sehr dankbar. Abermals müssen die frommen Herren einen Seufzer der Erleichterung ausgestoßen und Gott dem guten Hirten gedankt haben. Und so wie Er den Sündern Vergebung gewährt, so vergaben sie auch diesen beiden Büßern.[15] Um den glücklichen Verlauf zu besiegeln, wurden Bitters jüngste Töchter, die noch immer bei der Familie Couper in Kost waren, wieder in das Haus an der Tijgergracht aufgenommen.[16] Cornelis Cnoll, Cornelias Sohn, seine Frau und seine Kinder waren bereits in das Haus nebenan gezogen. Der einzige Misston in diesem insgesamt so harmonischen Chorgesang kam von Bitter, als sich herausstellte, dass er wiederum zu den Geldern seiner Frau gegriffen hatte, um alte, noch ausstehende Schulden zu begleichen. Cornelia aber schien das nicht zu kümmern. Ihr Mann brauchte die Freiheit zu handeln, und die wollte sie ihm nun auch gern lassen, wenn sie als Entgelt dafür wenigstens Frieden hatte. Schulden waren obendrein dem guten Namen der Familie abträglich. So lebten sie in Frieden und Einigkeit oder, wie Bitter es später ausdrückte, »in redlicher Eintracht zusammen«.[17]

Das alles klingt zu schön, um wahr zu sein, und so war es leider auch. Vielleicht hatte das friedliche Zusammenleben dadurch Bestand, dass die Kinder die Suppe nicht versalzten. Kinder, vor allem Schwiegertöchter, sind lästig und haben die unglückselige Neigung, geradeheraus zu sagen, was Erwachsene lediglich denken dürfen und am liebsten unausgesprochen lassen. Das sollte denn auch zum Anlass für den neuerlichen Bruch zwischen den Eheleuten werden. Im August 1685, nach anderthalb Jahren relativer Ruhe, platzte die Bombe.

Einige Tage zuvor hatte Bitter aufgrund seiner mit den Cnollen geübten friedlichen Koexistenz – oder wie man sein Verhalten auch nennen mag – endlich sein Ziel zu erreichen gewusst. Nachdem er herausgefunden hatte, wie viel Geld Cornelia im Tresor der Compagnie bewahrte, überwies er 20000 Reichstaler, die bis dahin auf den Namen des verstorbenen Pieter Cnoll deponiert waren, auf sein eigenes Konto. Als Bitter zur Beschönigung sagte, er mache das, um das Geld so besser verwalten zu können, blickte er nur in ungläubige Gesichter. Der Familie ging allmählich auf, dass Bitter sich lediglich mehr Zeit genommen hatte, um sein ursprüngliches Ziel nach und nach zu erreichen. Die erste, die offen darüber redete, war seine Schwiegertochter Hillegonda Dubbeldecop, die Frau von Cornelis Cnoll.

Neue Scharmützel

Am 25. August mittags saßen Cornelia, zwei Freundinnen und ihre Schwiegertochter bei einer Tasse Tee, als Bitter ins Zimmer trat. Wir wissen nicht, ob er seiner Frau wieder einen Spiegel vorhielt, er führte sich aber so auf, dass Hillegonda der Zorn packte und sie ihn als »Bestie« beschimpfte. Ein Wort gab das andere. Dann begannen die beiden aufeinander loszuschlagen, während Cornelia jammerte: »Meine Tochter, mein Kind!« Das Zimmer wurde im Nu zu einem Schlachtfeld. Mutter und Tochter haben »den Ankläger mit beiden Händen an den Haaren gefasst und tapfer geschlagen, ehe er die beiden bösen Weiber von seinem Leib losmachen konnte« – so sollten Bitters Anwälte später diese Rauferei beschreiben.[18] Es blieb nicht bei diesem einen Zusammenprall. Die Sache eskalierte schnell; Bitter ließ alle seine guten Vorsätze hinter sich und ergriff wieder harte Maßnahmen.

Es begann am 5. Januar 1686 bereits zu dämmern, als drei Segelmacher aus der Stadt zum Uitkijk, dem Anlegeplatz der Schaluppen, zurückkehrten. Auf der Höhe der Tijgergracht wurden sie Zeugen eines befremdlichen Spektakels: Ein Herr in mittleren Jahren lief einer älteren Dame nach, fasste sie dann bei den Haaren und zerrte sie vor den Eingang eines großen Hauses. Die Matrosen warfen sich dazwischen. Als sie die Verletzungen der armen Frau näher betrachteten – sie blutete aus dem Mund –, machte sich der Angreifer aus dem Staube. Eilends wurde nach einem Anwalt geschickt, um diesen gewalttätigen Vorfall zu protokollieren. Die drei Matrosen sagten unter Eid aus, was sie gehört und gesehen hatten: »Du Hure, du Biest, du Hündin, komm nur, ich werde dich zertrampeln, bis dir das Blut aus der Kehle kommt« – so hatte der ins Dunkle entkommene Herr gerufen.[19]

Kaum waren diese Worte notiert, da erschien der Täter und in seinem Gefolge der Polizeimeister und seine Häscher. Bitter gab sich nun als Mitglied des Rats der Justiz zu erkennen und schrie, als er hörte, dass die Matrosen eine Zeugenaussage gemacht hatten: »Ihr ausgekochten Hunde, sagt doch, was sie euch Kerlen dafür gegeben hat«, und fuhr dann fort, »was sie denn mit seiner Frau zu schaffen hätten, er könne sie jeden Tag beschimpfen, das gehe keinen was an«. Als er keine Antwort bekam, gab er dem Polizeimeister einen kurzen Wink und befahl, die Segelmacher festzunehmen.

Wie Ganoven gefesselt, wurden die drei Zeugen zum Büro des Profoses gebracht, wo Bitter sie einem Kreuzverhör unterzog.[20] Nach einiger Zeit beschritt er jedoch einen anderen Weg: »Kommt, Burschen, ändert die Zeugenaussage, ich werde dafür sorgen, dass ihr ohne Schaden davonkommt«, fügte er salbungsvoll hinzu. Als diese Annäherung eiskalt abgewiesen wurde, setzte der Verhörer nach: »Ich werde euch das bezahlen, oder ich bin kein Mann von Ehre.« Er hielt tatsächlich Wort. Die drei Segelmacher wurden in den Kerker geworfen und in Ketten gelegt.[21] Eine Nacht zwischen Kakerlaken und verschimmelten Mauern genügte, um die Meinung der drei Kavaliere zu ändern. Sie zogen ihre Zeugenaussage zurück und machten eine neue, in der die erste für nichtig erklärt wurde. Im Gegenzug erhielten sie ihre Freiheit zurück. Bitter, immer sehr auf Details bedacht, gab jedem einen Viertelgulden – sie hätten ja sicher großen Hunger!

Als den Kollegen Bitters später der wahre Hergang zu Ohren kam, fiel kein gutes Wort über sein anmaßendes Auftreten: Er hatte seine Befugnisse weit überschritten. Disziplinarmaßnahmen blieben jedoch aus. Vielleicht fanden sie noch immer, er sei ein fleißiger Mensch, der seine Arbeit äußerst zuverlässig erledigte und im Grunde kein übler Kerl, solange man eben nicht an sein häusliches Elend rührte.

Cornelia erfuhr bald, welche Position die Obrigkeit einnahm. Sie fand heraus, dass ihr Mann ohne ihr Wissen kürzlich wiederum 12 765 Reichstaler in Wechseln an seine Freunde in Holland überwiesen hatte. Die Schiffe waren schon unterwegs, so konnte sie nichts mehr daran ändern. Das Geld musste wohl als Verlust abgeschrieben werden. Um die 8 000 Reichstaler, die noch immer unter Cnolls Namen bei der Compagnie hinterlegt waren, zu sichern, schickte sie eine Bittschrift an den Generalgouverneur und die Räte. Sie teilte mit, dass Bitter vorhabe, diese Summe auf das Konto des freien Bürgers Frans Gade zu überschreiben. Ihr Antrag, zu verbieten, dass dieses Geld angerührt werde, wurde bewilligt.[22]

Der Präzedenzfall

Lassen wir uns die Beschreibung der Scharmützel unterbrechen, um noch einmal aus der Vogelperspektive zu sehen, wie sich die Angelegenheit entwickelt hatte. Grundsätzlich kann ein Historiker ein Ereignis niemals wiederholen. Er kann bisweilen allerdings einzelne Faktoren während der Analyse eines Prozesses konstant im Blick behalten, so wie die Juristen es tun, wenn sie dafür einen Präzedenzfall haben. Das Drama der Cornelia van Nijenroode vergegenwärtigt jedoch einen der seltsamen Fälle, in denen die *Ceteris-paribus*-Voraussetzung fast vollständig erreicht wurde: Ein zweiter Rechtsfall stand mit genau der gleichen Klage wie beim ersten ins Haus. Eine Anzahl wichtiger Faktoren blieb ziemlich konstant: die beiden Hauptdarsteller und ebenso die übrigen Darsteller in diesem Stück, der Kirchenrat, der Rat der Justiz und der Rat von Indien. »Ziemlich« konstant, denn sowohl die Institutionen wie die Personen, die hier eine Rolle spielten, hatten sich im Laufe der Jahre verändert. Das Schlachtfeld und die Streitpunkte waren jedoch nahezu die Gleichen geblieben. Was sich in der Zwischenzeit allerdings täglich verändert hatte, war die Umwelt, die die Entscheidungsprozesse beeinflusste. Wir haben es hier jedoch im Prinzip mit einem Fall zu tun, in dem zwei Menschen sich zweimal an demselben Stein stoßen: Der Mann entwendet Besitztümer seiner Ehefrau und schlägt sie auch noch. Vor diesem Hintergrund können wir jetzt untersuchen, ob Frauen wirklich kein Verfügungsrecht über ihr eigenes Vermögen hatten oder ob die Gesellschaft in Wirklichkeit nicht doch Ausweichmöglichkeiten bot.

Wenn Juristen von einem Präzedenzfall reden, dann zitieren sie einen Fall, der unter vergleichbaren Umständen in der Vergangenheit stattgefunden hat. Über einen solchen Präzedenzfall kann man nachdenken oder sich auf ihn berufen, um zur Lösung eines verwickelten juristischen Problems zu gelangen. Dieser juristische Präzedenzfall war Cornelias größtes Problem. Der Gerichtshof hatte ihr in erster Instanz die bedingte Scheidung, die sie gefordert hatte, nicht zugestanden. Was konnte sie vom Rat der Justiz, der ihren Besitz gleichsam für vogelfrei erklärt hatte, im Kampf gegen ihren Mann noch erwarten? Es war verlorene Liebesmüh! Infolge der Klausel der Handlungsunmündigkeit von Frauen, die das Gesetz vorschrieb, hatte sie von der Justiz nichts mehr zu erhoffen. Dieser letzte Punkt ist von Bedeutung, weil man ansonsten aus dem Folgenden und aus der Art, in der Cornelia ihre Proteste formulierte, leicht den Eindruck gewinnen könnte, dass ausschließlich die Parteilichkeit der Mitglieder des Rats der Justiz einer endgültigen Lösung des Konflikts im Wege gestanden hätte.

Aber so einfach war die Sache nicht. Wir haben es hier nicht mit einer feministischen Aktivistin zu tun, die ein privates Protestprogramm verkündete.[23] Unter den gegebenen Umständen war es Cornelia einfach nicht möglich, die ungerechte Stellung der Frau an den Pranger zu stellen. Sie konnte allerdings darauf hoffen, dass sie als alte und schwache Frau ein gutes Ende erhoffen könne, wenn sie nur durchhielte und sich die Unredlichkeit der Gegenpartei unzweifelhaft herausstellte. Betrachten wir ihre Strategie einmal näher, um zu sehen, ob sie Recht hatte.

Eine Frage der Politik

Wir haben gesehen, wie durch eine direkte Intervention des Generalgouverneurs und der Räte ein Betrag von 8 000 Reichstalern, die Cornelia gehörten, in der Kasse der Compagnie eingefroren wurden. Durch diesen Eingriff von oben wurde Cornelia ganz offensichtlich in ihrer Meinung bestärkt, dass sie noch nicht ganz allein dastand. Von ihren tiefsten Gefühlen sprach sie in einem zweiten Brief an die Hohe Regierung. Sie bat darum, von ihrem Mann getrennt leben zu dürfen, damit er sie nicht mehr misshandeln könne. Sie ersuchte auch um Garantien, die ihn daran hindern sollten, weiterhin, das heißt während der Genehmigung ihres Bittbriefes, an ihr Vermögen und an ihre Sklaven zu gelangen. Diesem Antrag wurde nicht stattgegeben. Der Rat von Indien fand, eine solche Entscheidung liege außerhalb seiner Befugnisse, und er leitete – Pech für Cornelia – den Antrag an den Rat der Justiz weiter.

Wenn wir das Protokoll der Sitzung vom 1. Mai 1686, in der diese Entscheidung getroffen wurde, zur Hand nehmen, fällt unser Blick auf eine kurze Randnotiz des Generalgouverneurs Joannes Camphuys. Grundsätzlich war er mit der getroffenen Entscheidung einverstanden, aber er merkte an, dass die Regierung unter bestimmten Umständen nicht davor zurückschrecken dürfe, einstweilige »politische« Maßnahmen zu treffen, um die öffentliche Ordnung und Ruhe zu gewährleisten.[24] Mit anderen Worten, die Hohe Regierung dürfe aus nahe liegenden Gründen eingreifen, wenn das dazu führen könne, dass das Recht schließlich seinen Gang nehmen würde. Seine Anmerkungen erreichten Cornelia van Nijenroode wohl nicht mit diesen Worten, doch vermutlich kam ihr das eine oder andere zu Ohren. Es ist möglich, dass der Inhalt ihres ersten Briefes, von dem leider keine Kopie erhalten ist, diesen Kommentar bei Camphuys hervorgerufen hat. Aber wie der Hase auch gelaufen sein mag, ein zweiter Bittbrief von Cornelia ist ja ganz erhalten geblieben, und in diesem Brief greift sie fest nach der ausgestreckten Hand des Generalgouverneurs und strickt nach seinem Muster weiter.

Zunächst bedauert sie in diesem Brief, dass der Generalgouverneur und die Räte ihren Bittbrief an den Rat der Justiz weitergeleitet haben. Angesichts ihres gemäßigten Tons und der Billigkeit ihrer Forderungen habe sie doch erwartet, dass »Euer Hochwohlgeboren die Sache politisch nicht verkompliziert hätten, um sie zur raschen Verhütung von Unheil und weiteren Unruhen zu erledigen«. Darauf legt sie dar, dass sie mit Absicht nicht mehr die Trennung von Tisch und Bett fordere, weil sich daraus Bestimmungen herleiteten, die jeden der Partner zwängen, von den eigenen Mitteln zu leben.[25] Das hätte sie durchaus tun können, wie sie sich mit ihrem Gesuch direkt an den Richter gewandt habe, erklärte sie. Stattdessen bat sie nur um einige (politische) Garantien für ihre persönliche Sicherheit und die ihres Vermögens. Wäre der Rat von Indien darauf eingegangen, hätte niemand das Gefühl gehabt, es seien juristische Schritte unternommen worden oder der Rat habe die Rechte des Rats der Justiz missachtet. In diesem Falle wäre durch ein Eingreifen der Behörde die öffentliche Ordnung wiederhergestellt worden.

Als sie so ihre Überlegungen und ihre Strategie dem Rat von Indien vorgetragen hatte, wagte Cornelia es zu erklären, weshalb sie gerade jetzt lieber keinen Antrag an den Rat der Justiz stellte. Das hatte sie von Anfang an nicht geplant, aber da nun die Obrigkeit ihre Sache an das Gericht weitergeleitet habe, glaube sie, es gäbe da einige Punkte, die noch näher erläutert werden müssten. Das lief über kurz oder lang natürlich darauf hinaus, dass sie den Kollegen von Bitter nicht traute.[26]

Nichtsdestoweniger bat die Bittstellerin nochmals, Verwaltungsmaßnahmen zu treffen, entweder durch Vermittlung oder durch die Ausfertigung eines Befehls.[27] Wenn die Autoritäten das verweigerten, dann wolle sie ihre Zweifel an der Glaubwürdigkeit des Rats der Justiz veröffentlichen und erklären.[28]

Der Rat von Indien geriet in Zweifel: Cornelias Bitte schien nicht unbillig zu sein. Die Auffassung des Generalgouverneurs kennen wir bereits. Der Rat von Indien, Willem van Outhoorn, der gleichzeitig der Präsident des Rats der Justiz war, wollte von der Teilnahme an der Diskussion entbunden werden. Der Beschluss, der am Ende gefasst wurde, war zweideutig. Die Hohe Regierung war der Meinung, die beiden Kampfhähne sollten nochmals versuchen, sich über die Trennung von Tisch und Bett zu einigen. Zwei Mitglieder des Rates von Indien, der Generaldirektor Anthony Hurdt und Gerard de Bevere, wurden beauftragt, in dieser Sache zu vermitteln. Streng genommen lief dieser Beschluss gegen Bitters Versuche, das vollständige Verfügungsrecht über Cornelias Vermögen zu erlangen.

In den darauf folgenden Monaten gab es in dieser Affäre kaum einen Fortschritt. Der nächste Hinweis, auf den wir stoßen, ist ein Antrag von Joan Bitter, der auf der Sitzung des Generalgouverneurs und der Räte vom 20. August 1686 behandelt wurde. Er stellte sich als der Ehemann dar, der »seit seiner Hochzeit von und durch dieselbe Ehegenossin solchermaßen geplagt und gezerrt worden ist, dass jeder Mensch mit demselben ein besonderes Mitleid gehabt hat«. Er erzählte, wie es ihm seit seiner Rückkehr nach Batavia ergangen war. Anfangs bekam er eine ärmliche Hütte als Wohnung zugewiesen. Später konnte er dank des rechtskräftigen Urteils des batavischen Gerichts wieder in sein Haus ziehen, doch leider wurde ihm dort von seiner Frau das Leben immer schwerer gemacht: »Unaufhörlich erhebt sie ihr böses Haupt, beschimpft ihren Mann und jagt seine Kinder aus dem Haus, ja und verleumdet den Antragsteller (also Bitter) derart, als sei er ein sehr lästiger Mann – so ein bösartiges Leben!« Als ein Mann von Ehre bat er die Autoritäten, zwei Herren zu entsenden, die seine Frau ermahnen sollten, ihn nicht länger zu verleumden. Dies vertrage sich schließlich auch nicht mit seiner gesellschaftlichen Stellung als Mitglied des Rates der Justiz.[29]

Zu diesem Brief sah Bitter einen unmittelbaren Anlass. Kurz zuvor hatte das Paar vor der batavischen Gesellschaft wieder einmal ein unappetitliches Spektakel aufgeführt. Ende Juli war eine der nächtliche Fehden zu einem Straßenkampf ausgeartet. Gegen Mitternacht hatten einige Zeugen gesehen, wie das Mitglied des Rats der Justiz seine Frau an den Haaren über das Pflaster zerrte, wobei sie »Mord, Mord!« schrie. Verunsichert wegen eventueller übler Nachrede und Klatsch, die sein barbarisches Verhalten zur Folge haben könnten, klopfte Bitter noch in derselben Nacht bei seinem Nachbarn, dem Pastor Voesmar, an. Als die Tür sich öffnete, rief er klagend: »Schaut, was ich für ein Weib habe, sie hat mir da eine Hand voll Sand ins Gesicht geworfen, fühlt doch mal!« Voesmars Frau, die diese nachbarlichen Kräche schon mehr als satt hatte, hatte darauf schnippisch geantwortet: »Ich habe weder mit Euch noch mit dem Streit mit Eurer Frau etwas zu schaffen.«[30] Obwohl Bitter sich noch über ihren Mangel an Mitgefühl beklagte, begriff er nicht – wie uns das im Nachhinein leicht fällt –, dass dieser Vorfall eines der ersten Anzeichen dafür war, dass die ganze Stadt dieser alle Schicklichkeitsregeln missachtenden ehelichen Streitereien allmählich überdrüssig wurde.

Es ginge wohl zu weit, wollten wir aufgrund der Äußerungen der Frau des Pastors Voesmar schließen, die Kirche habe damit ihren Rückzug von diesem Schlachtfeld angekündigt. Aber es ist schon verwunderlich zu sehen, dass der Kirchenrat sich seit dem Frühjahr 1686 nie mehr mit dem Ehepaar befasst und offenbar jede Hoffnung aufgegeben hatte, die beiden noch einmal zusammenzuführen. Der oben erwähnte Zwischenfall und die Neuigkeit, Bitter habe einen Soldaten zu seiner Frau ins Haus beordert, um sie nicht aus den Augen zu lassen, verbunden mit dem Vorwurf, er schliefe mit Lucretia, einer ihrer Haussklavinnen, wird die Achtung des Generalgouverneurs und des Rates vor ihm nicht gerade erhöht haben.

Am 25. November 1686 erstatteten der Generaldirektor Anthony Hurdt und Gerard de Bevere ihren Bericht über die Vermittlungsversuche. Sie bestätigten, was die Kollegen erwartet hatten: Ihre Mission war vergebens. Nachdem den Ratsherren einige Zeit gelassen worden war, über weitere Schritte nachzudenken, wurde fünf Tage später ein Beschluss gefasst. Cornelias Gesuch, »auf politischem Wege … zuzulassen, separat wohnen zu dürfen«, wurde abgewiesen. Wohl aber erhielt sie die Gelegenheit, vor dem Generalgouverneur und den Räten aufzutreten und offen darzulegen, welche Beschwerden sie gegen den Rat der Justiz habe. Leider wissen wir nicht, wie die Beschwerden schließlich lauteten, aber es liegt auf der Hand, dass sie vorbrachte, ihr Mann stecke mit seinen Kollegen unter einer Decke.

Cornelia fühlte sich im Stich gelassen. Ende 1686 kam sie nicht mehr in ihr eigenes Haus. »Papa, oder Vater, hat uns verboten,

Euch einzulassen«, teilten ihre eigenen Sklaven ihr auf Portugiesisch durch die geschlossene Tür mit.[31] Dass ihre eigenen Sklaven ihr den Zutritt verweigerten – tiefer konnte man in Batavia nicht sinken! Der Konflikt hatte mit der Zeit ein solches Ausmaß erreicht, dass der Generalgouverneur Camphuys nicht länger daran interessiert war, den wahren Schuldigen auszumachen. Er folgerte: »Ohne dass wir recht wissen, was die Ursache ist, möchten wir doch glauben, dass auf die beiden das Sprichwort angewandt werden kann, dass, wo zwei sich streiten, beide Schuld haben.«[32]

Die Weihnachts- und Neujahrsstimmung vermochte die Parteien nicht zum Einlenken zu bewegen. Vergeben und vergessen? Bitter benutzte diese Tage der Einkehr sogar, um alle seine Beschwerden einmal ordentlich auf die Reihe zu bringen. Gleich nach Neujahr erschien er beim Notar van Es und ersuchte ihn, eine Litanei von Anklagen Wort um Wort aufzuzeichnen: Sie sei ihm schon seit dem Hochzeitstag untreu gewesen, sie sei voller »Bösartigkeit und Unmut, von unversöhnlicher Düsternis, voll Arglist und Unwahrhaftigkeit«. Dieser Erklärung wurde eine beeidigte Erklärung des Notars selbst angefügt, der bezeugte, er sei eines Nachts in Cornelias Schlafzimmer getreten, um ihr zu befehlen, sich als gute Ehefrau zu ihrem Mann zu legen, und sie habe diesen Befehl kurzerhand zurückgewiesen. Beide Dokumente wurden dem Rat zugestellt. Als Cornelia vom Inhalt dieser Schreiben in Kenntnis gesetzt worden war, forderte sie ihren Mann augenblicklich auf, diese Anschuldigungen zu beweisen.[33] Daraufhin war die Reihe wieder an Bitter. Er klagte beim Generalgouverneur und den Räten, seine Frau schleppe Tag für Tag heimlich wertvolle Gegenstände aus dem Haus. Darum bat er, ihm zu gestatten, eine Klage gegen seine Frau einzureichen. Er bat zugleich um Kopien aller Briefe, die seine Frau in letzter Zeit an diese Behörde geschrieben hatte.

Das war der Tropfen, der das Fass zum Überlaufen brachte. Der Rat von Indien entschied am 15. Januar 1687, dieses Gezänk müsse nun ein Ende haben und fasste einen ungewöhnlichen Beschluss: Mr. Joan Bitter und dessen rechtmäßige Ehefrau Cornelia van Nijenroode erhielten am 28. Februar die Mitteilung, dass sie, falls nicht noch rasch eine nachhaltige Einigung getroffen würde, mit der Retourflotte im November nach Holland ausreisen müssten.[34] Die Angelegenheit war so bedrohlich für die öffentliche Ordnung und verschlang so viel Zeit, dass die Autoritäten keine andere Lösung des Problems sahen, als das zankende Paar nach Holland zu verschiffen. Um es plastisch auszudrücken: Da keine andere Medizin mehr zu helfen schien, beschloss man, die Geschwulst chirurgisch zu beseitigen.

KAPITEL 9

Die letzte Runde

Der Generalgouverneur Camphuys brauchte in seinem Allgemeinen Bericht über das Jahr 1687 nicht weniger als elf Seiten, um die letzten Ereignisse in Batavias »Stadtgespräch« zu schildern.[1] Für weitere Einzelheiten verwies er auf die 22 (!) Resolutionen, die von ihm und dem Rat von Indien vom 15. Januar 1687 bis zur Abreise des Ehepaars Bitter im Dezember gefasst worden waren. Wie auch immer, die Hohe Regierung hatte sich von der Angelegenheit zurückgezogen und das widerspenstige Gespann anschließend auf das Retourschiff nach Holland gesetzt. »Was da nun weiter zu tun ist, überlassen wir den beiden selbst, und wir sollten diese widerwärtige Materie nicht weiter verfolgen, die uns noch täglich viel zu viel in unseren drängenden Beschäftigungen ermüdet, uns respektvoll beziehen auf die zu ihren Sachen gefassten Resolutionen, in denen alles breit dargelegt ist.«

Camphuys hatte Grund zu klagen. Der Fall hatte ihm in den vergangenen zwölf Monaten arg zugesetzt, wenngleich es auch zum Teil seine eigene Schuld gewesen war. Nachdem die Hohe Regierung vor einem Jahr beschlossen hatte, Bitter und seiner Frau den weiteren Zugang zum Rat der Justiz zu untersagen und ihnen geraten hatte, ihre »Differenzen im Heimatland vor dem Richter auszutragen«, war schon bald deutlich geworden, dass, wo ein Richter fehlt, ein jeder selbst Richter spielt. Darum hatte der Generalgouverneur widerwillig einige Maßnahmen treffen müssen, um Cornelias Position zu sichern. Joan Bitter waren zwar, was seine

Ehe betraf, weitere Rechtswege in Batavia verwehrt, doch in anderen Angelegenheiten hatte er weiterhin Zugang zum Gerichtshof. Die Folge war, dass er bis zum Tag, an dem sein Schiff in See stach, mit seinem juristischen Einblick unaufhörlich auf der Suche nach Lücken im Gesetz war, um so seine Umgebung zu quälen und zu reizen.

Cornelia van Nijenroode zeigte das ganze Jahr hindurch die ihr eigene Beharrlichkeit, doch allmählich war sie mit ihrem Latein am Ende. Sie stützte sich im steigenden Maße auf ihr einziges Kind, den nun 29-jährigen Cornelis. Da der junge Cnoll bislang lediglich im Vorbeigehen erwähnt worden ist – wie er den Sklaven Untung auf einen schlechten Pfad getrieben und als seine aufmüpfige Ehegenossin sich mit Bitter angelegt hatte –, ist es nun an der Zeit, sich diesem jungen Mann einmal zuzuwenden.

Die gesamte Summe von 40000 Reichstalern, die Pieter Cnoll seinen Kindern hinterlassen hatte, war, nachdem alle Schwestern gestorben waren, an Cornelis gefallen. Als er volljährig geworden war – damals mit 24 Jahren –, war Cornelis auf einen Schlag ein reicher Mann und konnte auf eigenen Füßen stehen. Darum ersuchte er die Hohe Regierung um die ehrenvolle Entlassung aus dem Rang eines Sergeanten. Er wollte künftig sein Leben als finanziell unabhängiger freier Bürger führen.[2] Im Übrigen wurde er bereits am 7. Juni in die Ehrenposition eines Fähnrichs der Bürgerwehr der westlichen Stadt gewählt. Als am 30. August die Mannschaften wie üblich mit Trommelwirbel zum Großen Platz marschierten, um dort vor dem Generalgouverneur und seinem Gefolge zu paradieren, stand in dem mit »allerlei Grün und mit Blumen geschmückten« Festzelt inmitten des Rats von Indien und seinen Damen, direkt neben der übrigen vornehmen Damenrunde, auch eine stolze Mutter Cornelia, um das Schauspiel ebenfalls zu genießen. Sie war, nachdem die Kompanien sich vor dem Zelt wohlgeordnet aufgestellt hatten, Zeugin, wie ihr Sohn »vor seinem Volk mit Courage und in bester Haltung« ernannt wurde. »Wie der

Vater, so der Sohn«, mochte sie da gedacht haben. Die alten Zeiten schienen doch wiedergekehrt zu sein.[3]

Es gab noch einen anderen wichtigen Grund, warum Cornelis Cnoll das Leben in der Kaserne hinter sich gelassen hatte: Er wollte die bereits erwähnte Hillegonda Dubbeldecop heiraten. Drei Kinder kamen in den folgenden Jahren in dieser Ehe zur Welt.[4] Von dem schon erwähnten Streit zwischen Cornelis und seinem Stiefvater über die Benutzung seines Pferdes abgesehen, gab es bis 1686 nirgends ein Anzeichen eines offenen Streits zwischen den beiden. Etwa zu dieser Zeit erhielt Cornelis einen Sitz im Kollegium von Heemraden.[5] Er wohnte damals in einem Haus, das hinter dem Hausgarten seiner Eltern lag, wodurch er und seine Frau nachbarlich bequem mit seiner Mutter verkehren konnten.

Das ärgerte Joan Bitter. Er ließ um das Haus ein eisernes Gatter errichten, um seinen Stiefsohn von Grund und Erbe fern zu halten. Der aber ließ sich dadurch nicht aus dem Felde schlagen und brach das Gatter unter den beifälligen Blicken seiner Mutter mit eigener Hand wieder ab. Cornelis wurde daraufhin von seinem Stiefvater vor das Schöffengericht geladen, und dort wurde ihm für sein ungebührliches Verhalten eine Buße von 125 Gulden auferlegt.[6] Der junge Cornelis wollte nicht länger die Rolle eines kleinen *Sinjo* spielen, er war inzwischen ein Mann geworden, bereit, für seine Mutter Gitterstangen zu verbiegen, wenn das nötig war. Cornelia war froh, ihren Sohn an ihrer Seite zu haben. Sie schleuste insgeheim einen Teil ihres Vermögens auf sein Konto. Ihrem misstrauischen Ehemann blieb das aber nicht verborgen, und der unternahm prompt aufs Neue beim Schöffengericht gerichtliche Schritte gegen seinen Stiefsohn. Er wollte ihn dazu zwingen, offen zu legen, was er aus dem Besitz seiner Mutter erhalten hatte.

Als Cornelia am 18. März 1687 in einer umfänglichen Eingabe an den Generalgouverneur und den Rat ihre Beschwerden über den Ausreisebefehl vorbrachte, schickte sie den Sohn als ihren

Sprecher vor. Durch ihn ließ sie die Obrigkeit wissen, sie werde sich dem Beschluss nicht widersetzen.

»Vernommen habend, dass von Euer Edlen Hochachtbaren der Beschluss gefasst wurde, dass sie und ihr Mann Mr. Joan Bitter ins Vaterland zurückkehren müssen, hat sie solches im Hinblick auf ihr Alter und ihre Gebrechlichkeit bei einer so langen Reise mit Betrübnis gehört ... doch so viel die Suppliantin sich ansonsten stets getrösten musste, Schläge, Hohn, Schmach und weitere Misshandlungen zu erleiden, konnte sie es nicht auf sich nehmen, sich in ein so schweres Los zu fügen ... und dann von ihren Sachen das Leichteste auswählen müssend, hat sie sich dasjenige vorgenommen, nach dem Vaterland zu gehen und dort im Lande abzuwarten, wie der Richter in ihrem Fall zu urteilen beliebe.«

In Erwartung der Ausreise bat sie die Autoritäten jedoch, ihr bei einer ganzen Reihe von Wünschen entgegenzukommen:

- dass ihr gestattet sei, in Batavia von Tisch und Bett getrennt zu leben, um so Misshandlungen durch ihren Mann zu entgehen;
- dass sie »zur Vermeidung von Unheil« auf einem anderen Schiff als ihr Mann reisen dürfe;
- dass ihr bis zum Tag der Einschiffung so viele von den dreißig noch vorhandenen Sklaven, wie zu ihrem Dienst nötig, zugestanden würden (zur Zeit dieser Eingabe wurde sie von einem männlichen und vier weiblichen Sklaven bedient, Bitter verfügte über sechzehn männliche und neun weibliche Sklaven);
- dass entschieden werde, wer in dem Haus wohnen dürfe oder ob es sofort verkauft werden solle;
- dass sie aus dem Haus ihre Kleider holen könne, die von ihrem Mann als Pfand gehalten werden, »damit die Bittstellerin mit einem schwarzen (Sarong) *Kebaya* zur Kirche gehen kann«;
- dass eine Inventarliste angelegt werde von allem persönlichen Besitz, dessen Eigentümerin sie war;

- dass der gesamte Erlös aus dem Verkauf des Hauses, der Möbel und der Sklaven auf ihr Konto eingezahlt werde;
- dass das Waisenamt die Verwaltung der 8000 Reichstaler von ihr übernehme, aber in die Kasse der Compagnie lege, sowie auch die 12765 Reichstaler, die ihr Mann nach eigener Angabe noch immer in seinem Besitz hat;[7]
- dass ihrem Mann das Recht entzogen werde, Verträge mit Geld von ihrem Konto zu schließen;
- dass ihr ein täglicher Zuschuss aus dem durch den Sequester in Verwahrung gegebenen Vermögen gezahlt werde;
- dass Erklärungen, die in einer vorherigen Phase der Prozedur gegeben wurden, zum späteren Gebrauch wieder bestätigt würden.[8]

Wie gesagt, ließ Cornelia es sich angelegen sein, den Inhalt dieses Briefes dem Rat von Indien mündlich zu erläutern. In Batavia konnte nur wenig geschehen, was unbemerkt blieb. Drei Tage später, am 18. März, machte Bitter eine Eingabe, in der er die Vermutung äußerte, sein Stiefsohn habe »an Stelle der ruhelosen Mutter« wieder etwas gegen ihn unternommen. Er bat deshalb um eine schriftliche Darlegung alles dessen, was in der Zusammenkunft besprochen worden war. »Nicht nur das natürliche Recht, sondern auch das Recht aller Völker lehrt, dass man auf beiden Seiten Kenntnisse des anderen bekannt machen muss.«[9]

Das Gesuch wurde abschlägig beschieden. Nun tat Bitter einen letzten, verzweifelten Griff in seine Trickkiste: Er beschuldigte seine Frau der schwarzen Magie!

Am 26. März bat Bitter fünf »maurische Priester« zu sich ins Haus und zeigte ihnen einen Krug, der mit einer schwarzen Substanz bedeckt war. Dieses Corpus Delicti war im Hause versteckt gewesen. Es schien doch wahrhaftig so, als wolle jemand dem Herrn des Hauses Schaden zufügen. Die »Zauberer« wurden gebeten, das Objekt näher zu untersuchen. Der Notar van Es war zugegen, um aufzuzeichnen, was dabei herauskam. Zunächst wurde die schwarze Substanz entfernt, dann wurde die Unterseite des Krugs untersucht. Dort war ein viereckiges Stück Papier mit arabischen Schriftzeichen befestigt. Im Krug, auf dessen Boden, fanden die Exorzisten eine kleine Puppe oder eine Abbildung mit teuflischen Zügen. Ihre Schlussfolgerung ließ keinen Zweifel: Dieser Krug war von jemandem aufgestellt worden, der Böses im Sinn hatte. Der Krug habe den Zweck, eine langwierige Krankheit auszulösen. Die Priester räumten jedoch ein, es sei an Hand der Schriftzeichen und der anderen Zeichen schwer zu sagen, gegen wen diese schwarze Magie gerichtet war, wer die Anweisung dazu gegeben hatte und wer die Buchstaben geschrieben haben könnte. Wen das hässliche Püppchen darstellen sollte, das wagten sie nicht zu sagen. Schwarze Magie war in Batavia überall verbreitet, doch schien es weit hergeholt, Cornelia der Zauberei zu bezichtigen. Jedenfalls wurde diese Anschuldigung nicht ernst genommen.

Als auch diese Hexenjagd nichts einbrachte, richtete Bitter seine Pfeile wieder gegen Cornelias Sohn. Cornelis Cnoll war anfangs von der Beschuldigung, er habe zusammen mit Cornelia Geld unterschlagen, freigesprochen worden. Bitter legte Berufung ein, und diesmal fiel das Urteil zu seinen Gunsten aus.[10] Cornelis wurde dazu verurteilt, offen zu legen, welche Mittel seiner Mutter kürzlich in seinen Besitz gelangt waren. Er weigerte sich, diesem Urteil zu folgen. Stattdessen bat er am 15. April den Rat von Indien, eine Revisionsverhandlung zuzulassen. Dem Gesuch wurde stattgegeben. Bitter hat dieser Beschluss nicht sehr beeindruckt, er setzte mit allen Mitteln, über die er verfügte, seinen Stiefsohn weiterhin unter Druck, unter Eid zu erklären, »welche Mittel er unter sich hatte während von ebendiesen ausgefertigten Arrest«.[11] Cornelis trat deshalb von neuem an den Generalgouverneur und die Räte heran und forderte sie auf, Bitter in Erwartung der Revisionsverhandlung zurückzuhalten.

Das war ein kluger Zug. Cornelis Cnoll hatte nämlich vor, die gesamte Zeit von insgesamt zwei Jahren zu nutzen, die der Vorbereitung eines Prozesses zugestanden wurde. Er sagte zugleich, er wolle alle Akten an Rechtsgelehrte in Holland schicken, »indes es hier in Indien üblich ist; und ohne irgendwelche Gutachten kann die Hoffnung, in der Revision zu triumphieren, nicht groß sein, weil die Revision nur selten von Rechtsgelehrten entschieden werde«.

Die Hohe Regierung unterbrach das Verfahren und beschloss, den Generalgouverneur um seine Meinung zu bitten. Doch der war nicht da, als die Bitte einging. Einen Monat später war dieses Kollegium noch immer abwesend. Wütend über diese Verzögerungstaktik forderte Bitter am 22. Juli, Cornelis' Antrag auf Revision müsse klug und aus freier Hand erörtert werden. Das Datum seiner Abreise rückte näher, und ein Aufschub war nicht zu seinem Vorteil.[12] Eine Woche darauf beschloss der Rat von Indien, Cornelis Cnoll die ganze Frist von zwei Jahren zu gewähren, um die er gebeten hatte. Damit hatte Bitter seine letzte Chance vertan, in Batavia nach Cornelias Vermögen zu greifen.

Aber auch Cornelia kam keinen Schritt weiter. Als sie feststellte, dass der Rat von Indien ihren Brief nicht beantwortete, klagte sie am 15. August aufs Neue, dass ihr Argwohn begründet gewesen sei: Bitter hatte sich langsam, aber sicher auch ihres letzten Eigentums bemächtigt. Sie verlangte unverzügliche Maßnahmen. Um ihre Lage zu illustrieren, legte sie eine Aussage des Notars Frederik Michault bei, der vor zwei Tagen in ihrem Auftrag versucht hatte, in ihr Schlafzimmer vorzudringen, um dort ihre Privatpapiere zu holen. Dieses Zimmer war versiegelt worden, nachdem sie das Haus verlassen hatte. Michault war nachmittags um drei Uhr von seinem Kollegen van Es zum Haus von Bitter gerufen worden, aber er musste einige Stunden warten, bevor er die Tür entsiegeln konnte. Als er daran ging, bemerkte er, dass das Siegel bereits erbrochen war. Bitter täuschte eine große Überraschung vor, geriet aber dann in Wut, weil er bei einer Lüge ertappt worden war. Schließlich wurde Michault mit großem Geschrei aus dem Haus geworfen.[13]

Sieben Tage darauf klopfte der noch immer wütende Bitter beim Rat von Indien an und verlangte lauthals, »dass seine Frau mit all ihrer listigen Kriecherei und ihrer üblen Nachrede über ihren angetrauten Mann und Vormund nicht eher angehört werde, als sie ihre Pflicht getan hat, all ihr Vermögen aufzubringen, das sie am Hochzeitstag hatte«. Allerdings, würde sie einem solchen Befehl folgen, dann müsste er einer Kontrolle seiner Bücher zustimmen.[14]

Die Obrigkeit verliert die Geduld

Der Generalgouverneur und die Räte schauten sich die beiden Anträge an und beschlossen, es sei nun an der Zeit, den Fall ein für allemal zu einem Ende zu bringen. Die Hoffnung auf eine Aussöhnung war wohl vergebens, also musste der Gordische Knoten nun durchgehauen werden. Zwei Kuratoren wurden ernannt, um das frühere Vermögen von Cnoll zu bewahren und es bis zum Tag der Einschiffung zu verwalten. Zugleich wurden sie mit dem Verkauf des gesamten Besitzes von Cornelia beauftragt. Der Erlös aus dem Verkauf und das beschlagnahmte Geld sollten dem Richter in Holland übergeben werden. Der sollte zu gegebener Zeit dann dafür sorgen, dass es nach dem endgültigen Urteil dem rechtmäßigem Verwalter oder dem Eigentümer ausgezahlt werde.[15]

Eines der Mitglieder des Rats von Indien, Gerard de Bevere, seines Zeichens Anwalt, war mit diesem ungewöhnlichen Beschluss nicht einverstanden und legte eine eigene, abweichende Stellungnahme vor. Er schrieb, er könne nicht begreifen, wieso Bitter seiner ehelichen Rechte beraubt werde, »und das unter dem zweifelhaften Vorwand, er wolle ihr Vermögen unterschlagen, was von ihr nicht bewiesen worden ist noch werden kann«. Laut Bevere gab das revidierte Urteil vom 9. Mai 1684 Bitter das Recht auf die Hälfte der Einkünfte und auf die Erträge aus allen Vermögenswerten seiner Frau und darüber hinaus auch noch auf die Verwaltung und die Veräußerung ihres Besitzes. Immer, auch schon vor dem vorläufigen Trennungsurteil, sei Cornelia verpflichtet gewesen, den genauen Umfang ihres Vermögens und der seit dem Hochzeitstag daraus erzielten Gewinne ihrem Mann anzugeben.[16] Laut de Bevere hat Cornelia diesen Beschluss niemals respektiert, obgleich sie das hätte tun müssen: »(Bitter beruft sich) auf Rechte, die ihm gestatten, als Ehemann und Vormund über seine Frau zu herrschen, und dieselben werden durch den Urteilsspruch noch kräftig bestärkt.« De Bevere schloss denn auch daraus, dass der Generalgouverneur und die Räte das Ansuchen, Cornelia unter den Schutz von Kuratoren zu stellen, »ein so schmähliches, für ihren Mann so nachteiliges Ansuchen« zurückweisen müssten.[17]

Wenngleich er formal im Recht war, akzeptierten seine Kollegen seine Argumente nicht; sie blieben bei ihrer Entscheidung, mit Ausnahme des Präsidenten des Rats der Justiz, Willem van Outhoorn. Seine Beweggründe reichten aber nicht so tief wie die von de Bevere: Er wies es ganz einfach weit von sich, mit der Sache überhaupt befasst zu werden. Van Outhoorn war auf den Molukken geboren und war ein »Indischmann« von Schrot und Korn. Er hatte nur kurze Zeit in der Republik gelebt, um in Leiden seine Studien abzuschließen. Mit dem zanksüchtigen *Orang baru* Bitter wollte er nichts zu schaffen haben. Schon seit er zusammen mit Cornelis Speelman als Zeuge vor der Malaiischen Kirche im Fall Bitter – van Becom aufgetreten war, mochte er ihn nicht. Diese Antipathie hatte sich während der zahlreichen Sitzungen des Rats der Justiz noch verstärkt, die er geleitet hatte. Er betonte nochmals nachdrücklich, dass er sich weigere, bei der Behandlung dieses Falles den Vorsitz zu führen.[18]

Am 29. August wurde Joan Bitter zum Generalgouverneur gerufen, der ihm die Entscheidung des Rates mitteilte. Wie zu erwarten, legte Bitter gegen den Plan, Kuratoren einzusetzen, Beschwerde ein. Aber da seine Frau diesem Beschluss gern zustimmte – sie hatte selbst stets darum gebeten –, wurden die Ratsherren Willem ten

Rhijne und Daniel van der Bolk bestellt, um sowohl den Besitz Cornelias als auch das umstrittene Kapital auf Bitters Konto bei der Compagniekasse mit Beschlag zu belegen und zu verwalten.[19]

Wegen dieser neuen Entwicklungen sah sich Cornelis Cnoll dazu verpflichtet, um die Erlaubnis zu bitten, zusammen mit seiner Familie seine Mutter nach Holland zu begleiten, um ihr dort bei ihrem Prozess beistehen zu können.[20]

Rückzugsgefechte

Joan Bitter blieben bis zum Auslaufen der Retourflotte im Dezember noch ein paar Monate, um seine Angelegenheiten zu regeln. Da er nichts mehr zu verlieren hatte, begann er wild um sich zu schlagen. Als Erstes rührte er seinen alten Händel mit van Becom wieder auf, nicht so sehr, um diesen zu belästigen, sondern um unter den Herren des Rats von Indien Verwirrung zu stiften.

Cornelia van Nijenroode hatte, wie schon berichtet, vor Jahren 3 000 Reichstaler auf das Konto des wohlhabenden freien Bürgers Adriaen van Becom mit der Angabe übertragen lassen, »dass dies nicht sein Geld sei, sondern das Geld der Juffrouw Cnoll«. Als Bitter das herausgefunden hatte, hatte er van Becom vorladen lassen, und der wurde dann zur Auszahlung der Summe an Bitter verurteilt, darüber hinaus zu einer Buße von 50 Reichstalern. Um den wütenden van Becom zu besänftigen, hatten van Outhoorn und Speelman daraufhin ein Erlassschreiben auf der Straße »vor der Malaiischen Kirche« unterzeichnen lassen. Mit der Unterschrift unter diesem »Akt der Non-Exekution« schien die Sache erledigt zu sein.

Das war jedoch acht Jahre danach wohl ein allzu frommer Gedanke, denn Bitter riss die alte Wunde wieder auf. Er wandte ein, er sei damals »durch Drohungen des Herrn Speelman selig zu seinem erheblichen Nachteil gezwungen worden«, von der Eintreibung seines Geldes abzusehen. Dass Speelman, der Buhmann in

ABBILDUNG 13
Straßenszene in Batavia. Im Hintergrund links wird ein javanisches *wajang* (von Gamelan-Musik begleitetes Schattenspiel, u. a. auch mit Tänzern und Maskentänzern) aufgeführt (Anonym, Prentenkabinet, Rijksmuseum, Amsterdam)

seiner Version der Geschichte, in der Zwischenzeit gestorben war, hielt ihn nicht im Mindesten zurück – es kam ihm vielmehr sehr zustatten.

Joan Bitter reichte am 29. August 1687 bei der Hohen Regierung ein Gesuch ein und verlangte aus der Hinterlassenschaft des weiland Cornelis Speelman nachträglich die Auszahlung der 3000 Reichstaler, die ihm damals vor der Nase weggeschnappt worden waren. Diese bizarre Aktion war möglich, weil die Liquidation des Speelmanschen Nachlasses ungeheuer viel Zeit verschlang. Drei Jahre nach seinem Tode war ein Ende noch nicht abzusehen. Der ehemalige Generalgouverneur hatte seine Hände in ziemlich finsteren Geschäften beschmutzt, und so wurden die Testamentsvollstrecker seiner letztwilligen Verfügung von vielen Personen bedrängt, die behaupteten, bei Speelman Geld gutzuhaben. Dass ebenso große Beiträge von noch ausstehenden Krediten eingetrieben werden mussten, ließ die Sache nicht einfacher werden.

Im Falle von Bitters Forderung gab es jedoch gar keinen Zweifel über den wahren Hergang. Von Speelman abgesehen, waren noch alle Beteiligten am Leben. Der gegenwärtige Präsident des Rats der Justiz, Willem van Outhoorn, war an den Vorgängen selber beteiligt gewesen, wenngleich er nicht gern daran erinnert wurde. Für Bitter war das ein Grund mehr, ihn hineinzuziehen!

Am 9. September 1687 legten die Verwalter von Speelmans Nachlass, Pit und Schagen, dem Generalgouverneur ein Memorandum vor. Sie zeigten sich verwundert darüber, dass Bitter erst nach acht Jahren ein *Relief*, eine Wiederaufhebung erbat; das hätte er innerhalb von vier Jahren tun müssen. Als Anwalt müsse er doch wissen, dass die Obrigkeit nur dann eine Rehabilitation zulasse, wenn der Kläger seine Anschuldigungen mit neuen Beweisen untermauern könne. Weiter fanden sie es unbegreiflich, dass eine Person, die in einer wohlverwalteten Stadt aus freiem Willen einen Vertrag geschlossen habe, sich nicht sofort bei der Regierung beklagt habe, als sie sich übervorteilt fühlte.[21] Sie fügten dem noch hinzu, dass, falls man Bitter »Rehabilitation oder Wiederaufnahme wegen Zwangs« zugestehe, van Becom anschließend sicherlich eine Revision beantrage.

Diese Schlussbemerkung der Nachlassverwalter Speelmans ist deutlich. Sie hätten gern eine »Widerlegung« der Anmaßung Bitters eingereicht, so dass »die Lästerung, die der Herr Bitter so kühn und unverschämt dem Andenken einer solch illustren Person wie einem Generalgouverneur von Indien sogar unter den Augen von Euer Edlen Hohen Regierung anheften durfte, durch dieses Mittel gelöscht werden möchte«. Sie waren der Meinung, dass es sie andernfalls »deuchte, dass der erwähnte Herr Bitter (nach dem, was die Kuratoren von dessen Temperament und Naturell wissen) daraus die Gelegenheit ergreifen würde, allenthalben – im Vaterland wie anderswo – diesen angeblichen und unwidersprochenen Zwang und die Drohungen zu Lasten eines Toten, der sich nicht mehr verteidigen kann, ungestraft zu verbreiten«.[22]

Der Rat von Indien blieb nach einigem juristischen Gezänk ein Muster an Unerschütterlichkeit. Unter der Voraussetzung, dass er mit neuen Beweisen anträte, um seine Anschuldigungen gegen Speelman zu unterbauen, wurde Bitter eine Rehabilitation in Aussicht gestellt, obschon die *Fatalia*, die Berufungsfristen abgelaufen waren. Er war aber wohl nicht im Stande, stichhaltige Beweise auf den Tisch zu legen.[23] Es ist offensichtlich, dass Bitter nun begann, seiner Umgebung tatsächlich auf die Nerven zu gehen. Und genau das war seine Absicht.

Hatten schon die Spitzen der Behörden hart zurückgeschlagen, so wandten sich nun auch die Kollegen vom Rat der Justiz gegen ihn. Wenn Bitter sie ärgern wollte, dann kannten sie wohl auch noch eine Leiche in seinem Keller. Der öffentliche Ankläger, Gualtherus Zeeman, lud Joan Bitter wegen Verhaftung und widerrechtlicher Freiheitsberaubung der drei Segelmacher vor den Richter, die vor einem Jahr Bitter und seine Frau voneinander getrennt hatten. Zwei von ihnen schienen noch in Batavia zu sein, der dritte war mittlerweile nach Ternate gezogen. Dies war für den Gerichtshof Grund genug, ein vorläufiges Urteil zu fällen, wodurch der Ankläger das Signal erhielt, gegen Bitter einen Prozess anzustrengen. Bitter versuchte seinerseits mit der Forderung, dass zunächst alle Zeugen aufgerufen werden müssten, wiederum eine Revision dieses Zwischenurteils zu erreichen. Als dieser Antrag am 18. November abgewiesen wurde, stellte Bitter die Teilnahme eines Mitglieds des Rats von Indien, Willem ten Rhijne, an dem Entscheidungsprozess in Frage. Ihm zufolge könne ten Rhijne, der zugleich einen Sitz im Rat der Justiz einnahm, an diesem Fall des öffentlichen Anklägers versus Bitter nicht teilnehmen, weil er ein Trunkenbold sei. Das habe ten Rhijnes Kollege Nicolaas Schagen ihm im Vertrauen mitgeteilt, fügte er noch hinzu. Generalgouverneur

Camphuys, dessen Verhältnis zu den Herren des Rats von Indien nicht ohne Spannung war, antwortete voller Ironie, dass, wenn ten Rhijne wirklich ein Alkoholproblem habe, er bestimmt nicht nur im Rat der Justiz schlecht arbeite. Mit dieser Bemerkung des Generalgouverneurs konfrontiert, konnte Schagen nicht anders, als sich eine lahme Entschuldigung auszudenken. Er murmelte, »dass zum Hinweis auf die fortwährende Trunkenheit des erwähnten ten Rhijne, in alltäglicher Manier zu sprechen, nichts anderes zu sagen sei, als dass er zu trinken liebe, dass er sich wiederholt zu ungebührlicher Zeit darin verstricke, öffentlich, im Angesicht und zum Spott der Welt, wie das ganz Batavia mehr als zur Genüge bekannt war«.[24]

Bitter kam schließlich mit einem Verweis davon. Doch inzwischen war es ihm so wieder gelungen, den Gerichtshof und die Hohe Regierung ungeheuer zu blamieren.

Während Bitter noch damit beschäftigt war, bis zuletzt Salz in alte Wunden zu streuen, begannen die Vorbereitungen für die Ausfahrt der Retourflotte. Im September wurden die ersten fünf Schiffe ausgesucht: ›s'Lands Welvaren‹, ›Waalstroom‹, ›Zallant‹, ›Sion‹ und ›Goudestein‹. Am 31. Oktober folgte die Erklärung der Seetüchtigkeit: »Gut und makellos von Holz, gut und gehörig dicht geschlossen und gefügt, ohne auch nur die mindeste Schwäche.«[25] Es war wohl nicht einfach, für die Heimreise ausreichende Mannschaften zu finden. Das tropische Klima und die in Batavia grassierenden Krankheiten forderten viele Opfer unter den Seeleuten. Am 28. November bekam Cornelis Cnoll auf seinen Antrag hin einen Koch und eine »schwarze Amme für seinen Säugling« zugewiesen. Einige Tage darauf erhielt auch seine Mutter die Erlaubnis, ein Mädchen mitzunehmen »zu ihrem Dienst und zur Hilfe in ihrer Schwäche«. Bitter durfte bis zum Kap zwei Sklaven mitnehmen.[26]

Für die Zwangsverwalter Willem ten Rhijne – dem Bitter Trunksucht vorgeworfen hatte – und Daniel van der Bolk war es nun höchste Zeit tätig zu werden. Sie waren ja von der Hohen Regierung beauftragt, den Besitz von Joan Bitter und Cornelia van

Nijenroode zu Geld zu machen. Anfangs hatte Bitter noch gegen die Bestellung von van der Bolk protestiert, »weil er zu jung war«, aber dieses lächerliche Argument wurde ignoriert. Am 2. Dezember wurde mit dem öffentlichen Verkauf von Cornelias Besitz begonnen, und nach einigen Tagen war alles verkauft: die Möbel, der Hausrat, die Kutsche, die Pferde und die Leibeigenen. Zu ihrer stummen Verwunderung mussten ten Rhijne und van der Bolk feststellen, dass Bitter ein paar Tage vorher das Haus in aller Stille seinem Trabanten Jacob Does für den Spottpreis von 6 500 Reichstalern verkauft hatte. Dieser Verkauf hatte entgegen früheren Absprachen zwischen Bitter und seinem Stiefsohn Cornelis, der das Haus seiner Eltern übernehmen wollte, stattgefunden. Als Cnoll wissen wollte, warum er das Haus an Does verkauft hatte, antwortete Bitter, er sehe nicht ein, warum er das nicht hätte tun sollen. Sein Stiefsohn habe ihn doch wissen lassen, dass er seine Mutter nach Holland begleiten wolle, und deshalb sehe er sich jeder Verpflichtung ledig.

Proteste von Cornelis Cnoll blieben ohne Wirkung. Von den Behörden bekam er den Bescheid, er müsse das so oder so mit Does ausfechten. Als er das tat, entgegnete Does, Cornelia stünde bei ihm noch mit 1 000 Reichstalern in der Kreide.[27] Er wolle außerdem nicht noch mit einer dritten Partei (Cornelis Cnoll) über diesen Kaufvertrag reden. Er habe das Haus von Bitter gekauft und habe nicht vor, es wieder zu verkaufen. Cornelis mochte sich noch so sehr erregen, es half alles nichts: Er war schachmatt gesetzt worden. Da er sich bereit erklärt hatte, seine Mutter zu begleiten, um ihr während des Prozesses in Holland beizustehen, hatte er es versäumt zu sagen, dass er am Ende wieder zu seinem Geburtsort Batavia zurückkehren wolle. Mutter und Sohn waren nun so verärgert, dass sie sich weigerten, den Kredit an Does zurückzuzahlen. Auf Drängen des Letzteren wurde der Betrag schließlich durch die Nachlassverwalter vom Erlös der Versteigerung abgezogen, und so erhielt er seine 1 000 Reichstaler doch noch.[28]

Zweifellos wurden in diesem Herbst 1687 noch mehr Bösartigkeiten in beide Richtungen ausgeteilt. Es half aber alles nichts, und am 16. Januar 1688 war alles vorbei. Joan Bitter begab sich, nachdem er »endlich die Sachen bekommen« hatte, mit einem »großen Gefolge von Freunden« vom Anlegeplatz der Schaluppen aus »auf ein flinkes Schiff, einen guten Segler«, begleitet von seinen beiden jüngsten Töchtern. Bartha blieb mit ihrer Familie zurück, und der Sohn Arnolt war bereits früher in die Niederlande gegangen. Vor allem der Abschied von seiner Lieblingstochter Bartha fiel ihm schwer. Es sah ja nun doch nicht danach aus, als ob er noch einmal zurückkehren würde. Und Constantijn Nobel, hier geboren und aufgewachsen, dachte nicht daran, Indien zu verlassen. Am folgenden Morgen um zehn Uhr stießen sie zur Flotte, die in der St.-Nicolaas-Bucht bei Bantam vor Anker lag, und gingen an Bord der ›Waalstroom‹. Vor der Rückreise wurde Bitter zum Kommandanten ernannt. Der Admiral, Jacob Couper – bei ihm waren Bitters Kinder früher in Kost gewesen –, reiste auf der ›s'Landts Welvaren‹ der Kammer von Zeeland. Die beiden Herren hatten, nach dem Brauch von Reisenden, der Familie und den Freunden Papageien und Affen mitzubringen, sehr exotische Geschenke ausgewählt. Couper nahm einen javanischen Zwerg, Alexander von Passigan, mit, um ihn »im Vaterland weiter zu schenken«. Er hatte das Kerlchen als persönliches Geschenk von Susuhunan Amangkurat II. vom Hof von Mataram bekommen.[29] Bitter brachte einen Kasuar mit, einen Straußvogel von der Insel Ceram. Der Deutsche Johann Wilhelm Vogel, der ebenfalls auf der ›Waalstroom‹ reiste, gibt eine sehr lebendige Schilderung von der Fahrt auf diesem Schiff, das durch die große Zahl von Haustieren und das lebende Vieh für die Küche wohl der Arche Noah glich. Ein beliebter Zeitvertreib der Mannschaft auf der langen trostlosen Fahrt war es, den Bitterschen Kasuar, der alles, was er kriegen konnte, fraß, klammheimlich mit glühenden Kohlestückchen aus der Kombüse zu füttern.[30]

Eine Kollision brachte den Ausweisungsbefehl noch einmal kurz in Gefahr. Auf der Reede von Bantam streute ein plötzlich aufkommender *Travade*, eine Windhose, Panik und Chaos unter die Schiffe der Flotte. Die ›Waalstroom‹ riss sich von ihren Ankern los und rammte die nahe liegende ›Goudestein‹, die dabei ihr Bugspriet und einen Teil des Vorderstevens verlor, so dass das Schiff nach Batavia zurückkehren musste. Die ›Waalstroom‹ wurde jedoch nur leicht beschädigt und konnte die Reise mit den anderen Schiffen fortsetzen.

Bitters Tagebuch der Rückreise nach den Niederlanden ist diesmal durch einen knappen Stil und schwer verständliche Bemerkungen geprägt.[31] Es sind tägliche Aufzeichnungen über den Verlauf der Schiffsreise: morgens und mittags Topsegelwind, bedeckter Himmel und gutes Wetter und so weiter und so fort. Am 20. März kam Land in Sicht und man begann zu loten. Erst am 29. März wurde der Anker in der Tafelbucht ausgeworfen. Dort lagen noch zahlreiche andere Schiffe vor Anker, und erst einen ganzen Monat später setzte die Flotte – nun auf elf Segler erweitert – die Fahrt fort. Und die Schiffe sputeten sich: »… starkes Schlingern, hohe See, Toppsegelwind …« Alles in allem war es eine glückliche Reise. Erst mit dem 2. Juli wurde klar, warum Bitter in seinem Reisebericht überhaupt nichts Wissenswertes mehr mitteilte. Dort spielt er auf sein gesondert geführtes, doch leider verloren gegangenes »tägliches Journal von allem« an.

Einmal in den europäischen Gewässern, beschloss man, einen großen Umweg zu nehmen und nördlich um Irland und Schottland herumzusegeln, um den Piraten von Dünkirchen zu entgehen. Am 11. August wurden die Schiffe dem Konvoi von Admiral Evertsen angeschlossen, der die Retourschiffe bereits erwartet hatte. Zehn Tage später kam Bitter in der Nieuwen Diep (zwischen Texel und Den Helder) an, »wofür Gott allein die Ehre zukommt und dafür bedankt sein soll«.

Cornelia, »sehr krank und begleitet von ihrem Sohn, den Bürger Cornelis Cnoll und dessen Familie«, war bereits am 15. Dezember an Bord des Retourschiffes ›Eenhoorn‹ der Kammer von Rotterdam gegangen. Dieses Schiff sollte bis Kapstadt alleine segeln und sich dort den übrigen Schiffen anschließen.[32] Die Fahrt der ›Eenhoorn‹ verlief tragischer als die der ›Waalstroom‹. Cornelias Gesundheitszustand bildete eine dauernde Sorge für ihre Familie, und das war ja auch der Hauptgrund für Cornelis gewesen, seine Mutter zu begleiten. Er wollte ihr zur Seite stehen und sie trösten. Falls sie unterwegs sterben sollte, dann musste er versuchen, das Erbe zu retten, bevor Bitter seine Hand darauf legen konnte.

Doch was geschah? Cornelia blühte in der frischen Meeresluft sichtlich auf. Cornelis dagegen wurde ernstlich krank, so krank, dass er schließlich in Sichtweite des Tafelbergs starb. Sein Leichnam wurde einige Tage später dort von seiner niedergeschlagenen Mutter, seiner Frau und seinen beiden Kindern der Erde übergeben.[33] Cornelia blieb mit ihrer Schwiegertochter und zwei Enkeln untröstlich zurück. Sie hatte nun keine starke Schulter mehr, an die sie sich anlehnen konnte. Die ›Eenhoorn‹ erreichte die Scheldemündung am 10. August. Die ›Waalstroom‹ und die anderen Amsterdamer Schiffe brauchten noch zehn Tage bis zur Insel Texel. Cornelia erhielt dadurch einen kleinen Vorsprung vor ihrem Mann. Davon machte sie unverzüglich Gebrauch.

KAPITEL 10

Das bittere Ende

Meine Ruhe sei in der Herrlichkeit
dort oben im Himmel, Amen.
Joan Bitter

Auf Walcheren angelangt, fuhr Cornelia schnurstracks weiter nach Den Haag, um Adriaen van Sterrevelt aufzusuchen, den Anwalt, der sie 1862 vor dem Gerichtshof der Provinz vertreten hatte. Nach kurzer Überlegung beschlossen sie, der Empfehlung zu folgen, die Cornelia vor ihrer Ausreise von der Hohen Regierung in Batavia erhalten hatte. Der Generalgouverneur und die Räte hatten sich »zur Verhinderung weiterer Unannehmlichkeiten nicht in eine eigene Untersuchung ihres Rechts begeben wollen, doch es ihr anheim gestellt, im Vaterland sich selber solchermaßen vorzustellen, wie man ihr das raten werde«. Cornelia und ihr Anwalt beschlossen, gegen Bitter sofort ein »Request zur Verfügung einer unverzüglichen Beschlagnahme« beim provinzialen Gericht von Holland zu beantragen.[1]

Von dieser eiligen Aktion wurde Joan Bitter nach seiner Ankunft in Amsterdam überrascht, doch er parierte den Schlag dadurch, dass er sich in die Provinz Geldern davonmachte, wo er geboren war. Beim dortigen Provinzgericht unternahm er nun seinerseits gerichtliche Schritte gegen seine Frau. Zweifellos rechnete er mit der Parteilichkeit der einheimischen Behörden. Doch dieses eine Mal unterlief ihm ein fahrlässiger Fehler: Als er, ohne viel nachzudenken, nach Holland fuhr, um ein Geschäft zu tätigen, wurde er auf Antrag von Sterrevelt, der ihn nicht aus den Augen gelassen hatte, prompt festgenommen. Er wurde im Castellenije, dem Schuldgefängnis des Gerichts von Den Haag, gefangen gesetzt.[2] Das war ein ziemlich komfortables Quartier, hinten im Binnenhof gelegen, in dem Zahlungsunwillige von einiger »Qualität« in vorläufigem Gewahrsam gehalten wurden. Das konnte van Sterrevelt veranlassen, weil nach dem geltenden Recht ein Schuldner, dessen Wohnsitz außerhalb der Jurisdiktion des Gerichts lag, inhaftiert werden konnte, wenn er in das Gebiet kam, das zu diesem Gericht gehörte.[3] Normalerweise stellte dann der Beschuldigte eine Bürgschaft und kam unmittelbar darauf wieder auf freien Fuß. Bitter jedoch, widerspenstig wie stets, weigerte sich, eine Kaution zu stellen. Er protestierte dagegen, dass er zu Unrecht in Haft gehalten werde, da er den Gerichtshof zu Geldern schon um eine Disposition, um eine juristische Studie gebeten habe. Und die hatte er inzwischen auch bekommen. Er brachte den »Einwand von Unqualifiziertheit, Inkompetenz und Verweisung« vor oder, um es einfacher zu sagen, eine Erklärung der Nichtzuständigkeit und der Überweisung des Falles nach Geldern. Mit diesem Argument zwang er das Gericht in Den Haag, zu einem Urteil zu kommen. Nachdem er dieses Verfahren angekurbelt hatte, zahlte er ganz gelassen seine Kaution und verließ das Castellenije.

Am 11. November 1688 hielt das Gericht eine Sitzung ab, verwarf die Argumente der Einrede der Verteidigung und verurteilte Bitter dazu, die Fragen des Gerichts zu beantworten und die entstandenen Kosten zu begleichen. Weil das den Vorstellungen Bitters nicht entsprach, kündigte er eine Berufung beim Hohen Rat von Holland und Zeeland an und tischte dort die gleichen Argumente wie beim Provinzgericht auf.[4]

Verunsichert durch dieses juristische Tauziehen und gewarnt durch die übersandten Briefe aus Indien, setzte der Hohe Rat zwei Kommissare ein, Thomas Hope und Vincent Bronckhorst. Sie sollten versuchen, die Gemüter zu besänftigen und einen für beide Seiten akzeptablen Vorschlag über die Form vorzulegen, in der der Rechtsprozess fortgeführt werden könnte. Dieses Ziel wurde überraschend schnell erreicht. Die Anwälte kamen überein, alle Einre-

ABBILDUNG 14
Verhaftung eines weiblichen und eines männlichen Schuldners. In diese vorläufige Haft wurden Joan Bitter und später auch seine Frau genommen (Anonym)

den zurückzuziehen, die sie bei den Provinzgerichten von Holland und Geldern vorgebracht hatten. Sie waren sich darin einig, »die Sache prinzipiell vor dem Hohen Rat zu klären« und »alle ihre Streitfragen und Differenzen ohne weiteres vor diesen Hohen Rat zu bringen«. Die beiden Parteien erhielten das Recht, jede gewünschte Form von juristischer Aktion vor dem Hohen Rat anzuwenden mit der Einschränkung, dass Bitters Arrest beim Provinzgericht in Holland in Kraft blieb.[5]

Darauf gab es zwei Vorladungen. Adriaen van Sterrevelt forderte im Namen von Cornelia van Nijenroode[6] die Trennung von

Tisch und Bett und verlangte die Rückgabe von 45 500 Reichstalern und zwei Stübern, den Erlös aus dem öffentlichen Verkauf von Gold, Silber, Hausrat, männlichen und weiblichen Sklaven einschließlich der Rendite, und darüber hinaus noch eigens die 8 000 Reichstaler, die sich noch immer in der Kasse der Compagnie befanden.

George Roosenboom, der Anwalt Joan Bitters[7], forderte, Cornelia solle wieder zu seinem Mandanten ziehen und eine Übersicht über ihren Besitz vorlegen. Er machte geltend, dass seinem Mandanten als ihrem Vormund die Hälfte ihres Einkommens zustünde und auch die Verwaltung ihres Vermögens. Da sie aber mit ihrem Ehemann nicht mehr zusammenleben wolle, ersuchte Bitters Anwalt, sie als böswillige Eheflüchtige zu brandmarken. Zugleich forderte er das Gericht auf, eine »mäßige« Zulage festzusetzen, die Bitter dann Cornelia gewähren solle, damit ihr Lebensunterhalt gesichert sei. Außerdem forderte Roosenboom einen Ausgleich für alle Verluste, die sein Mandant in dieser langwierigen Affäre hatte erleiden müssen. So wies er auf die kostspielige Reise nach Ostindien hin, die Bitter hatte antreten müssen, um die Revision zu beantragen.[8]

Über den Prozess können wir uns kurz fassen. Van Sterrevelt schilderte in einem dramatischen Eröffnungsplädoyer die Ehe, die Ehestreitigkeiten und die sich daran anschließenden juristischen Auseinandersetzungen. Darauf antwortete Roosenboom und legte Bitters Version der Ereignisse dar. Nach Roosenboom war van Sterrevelt an der Reihe zu antworten. Die Forderung in der Gegenklage und die Verteidigung der Übereinkunft sah er »mit so viel Unwahrheit und Frechheit ausstaffiert und mit bösen Schlussfolgerungen, hergezogen aus solch unwahren und impertinenten Positionen, dass es zu verdrießlich sein würde, sie hier alle schriftlich nachzuweisen und zu debattieren«. Er wolle aber noch loswerden, dass der Schlussabschnitt in der Forderung seines Opponenten zeige, dass dieser »in seinem jähzornigen und ungestümen Temperament so weit gehe, für die Auflösung dieser Ehe zu bezahlen«.[9]

Roosenboom hielt ebenfalls ein Schlussplädoyer. Der besseren Übersichtlichkeit wegen teilte er Cornelias Anschuldigungen in 1 000 (!) Artikel auf, von denen er einige zur näheren Betrachtung heraushob. Auf den Vorwurf, Bitter habe Cornelia allein des Geldes wegen geheiratet, entgegnete er, Bitter habe »selbstverständlich gefreit, um mit ihr als christlicher Mann schicklich zu leben«. Zu Cornelias Kommentar über die angeberischen Briefe, die Bitter seinen Freunden geschrieben hatte, bemerkte er, »dass es diesem *Cato Censorius*[10] (der Zensorin) gut angestanden hätte zu überlegen, ob sie nicht auch schon mal ganz lustige Vorschläge oder Diskurse voller komischer und derber Scherze mit dem einen oder anderen Freund im Brief ausgetauscht hatte«. Was die angebliche Vergeudung ihres Vermögens betraf, so bestätigte Roosenboom, Bitter habe in der Tat einen Haufen Geld ausgegeben, nachdem seine Frau das Haus verlassen hatte, »hat sie doch eine sehr große und schwierige *Familia* von vierzig und zuweilen noch mehr Sklaven und Sklavinnen gehabt und außerdem eine Kutsche und Pferde, und so ist ein solcher Haushalt, der in allem kostspielig gewesen ist, gemäß dem vorigen auch schwierig und teuer geworden«. Zu den Charakteren der beiden bemerkte er, sein Mandant sei »fromm, ehrlich, wohlanständig und friedfertig … kein Verschwender und Vergeuder«, während dessen Frau »sehr griesgrämig, bösartig und schlecht« sei.[11]

Am 4. Juli 1691 sprach das Gericht das Urteil. Nach dreizehn Jahren voller Streit erscheint es nahezu wie ein übler Scherz: Cornelia erhielt den Befehl, »zu ihrem Mann zu gehen und in Frieden wie auch in Gottesfurcht zu leben«; Bitter wurde bestätigt, dass er ein Recht habe auf die Hälfte des Einkommens und der Erlöse aus dem Vermögen seiner Frau; die beiden Partner mussten den »gegenwärtigen Stand« des jeweiligen Besitzes vorlegen, falls nötig, durch Eid beglaubigt. Beide Parteien waren gehalten, innerhalb von zwei Wochen zu vollziehen, was ihnen auferlegt worden war und am 17. Juli wieder zu erscheinen.[12]

Aus der gerichtlichen Verfügung vom 1. Dezember des gleichen Jahres geht hervor, dass Cornelias starker Wille aber noch nicht gebrochen war: Sie missachtete das Urteil des Hohen Rates kurzerhand. Sie wurde nun ihrerseits im Castellenije gefangen gesetzt, bis sie dem Urteil Genüge getan haben würde.[13] In kurzer Zeit kam sie gegen Zahlung einer Kaution wieder frei, nachdem sie einige Bestände aus ihrem Besitz abgetreten hatte. Doch eine weitere Verfügung vom 24. Juli 1692 lässt erkennen, dass die Kommissionsmitglieder und ihr Mann der Meinung waren, sie hielte noch immer etwas verborgen.

Der Hohe Rat bestimmte nun im Gefolge der Urteile vom 9. Mai 1684 und vom 4. Juli 1691, dass Bitter berechtigt sei, die Güter aus dem Besitz seiner Frau zu verwalten und zu veräußern. Das Gericht war jedoch noch immer nicht im Stande, den Zänkereien des Paares über die Vollständigkeit der Listen und Inventarverzeichnisse, die von beiden nach dem Urteil vom 4. Juli 1691 vorgelegt worden waren, ein Ende zu setzen. Es erklärte die Beschlagnahme für gültig und gestattete es Bitter, die 8000 Reichstaler bei der Vereinigten Ostindischen Compagnie abzuheben und gestand ihm auch den vollen Erlös aus dem versteigerten Besitz in Batavia zu. Cornelia van Nijenroode und Joan Bitter sollten nach der Sommerpause im August nochmals vor der Kommission erscheinen, um ihre letzten Streitpunkte über die Inventarlisten beizulegen.[14]

Diese Begegnung hat nie stattgefunden; Cornelia ist nicht erschienen. Sie muss in diesem Sommer gestorben sein. Nachforschungen in den notariellen Akten der städtischen Archive von Amsterdam, Vianen und Den Haag haben über den Ort und den Zeitpunkt ihres Todes nichts ans Licht gebracht, erst recht kein Testament. Vielleicht ist das auch besser so. Wie gut fügt es sich doch, dass diese tapfere Kämpferin nicht gestorben, sondern im Nebel der Zeit entschwunden ist: »Old soldiers never die, they just fade away …«

Der Schlussakt

Bevor wir den Versuch wagen, Schlüsse aus diesem kolonialen Drama zu ziehen, müssen noch ein paar lose Fäden aneinander geknüpft werden. Denn was geschah mit Bitter? Lebte er vielleicht noch lange und glücklich, als lebendes Beispiel für das Wort »Des einen Tod ist des anderen Brot«?

Warum Bitter, der in der Gegend von Wijk bij Duurstede keine Familie hatte, in dieses Städtchen zog, wissen wir nicht. Vielleicht hat der dem Wijkschen Bürgertum entstammende Nicolaas Schagen, Vizepräsident des Rats der Justiz in Batavia, seinen Freund Bitter in seine Heimatstadt eingeführt.[15] Wie auch immer, der Besucher dieser schmucken Kleinstadt am Nordufer des Lek mag es mit Bitter halten, dass man sich keinen besseren Ort wünschen konnte, um den Lebensabend zu verbringen.

In den letzten paar hundert Jahren hat sich die Stadt nicht sehr verändert. Die Burg Duurstede, von der nur noch Ruinen übrig sind, war schon zu Bitters Zeiten hinfällig. Die vom Bürgermeister Bitter so geliebten Kirschgärten, die der Stadt vom anderen Flussufer aus gesehen den Zauber gaben, haben jedoch dem Paradestück des heutigen Bürgermeisters weichen müssen – einem Industriegelände.

Lokale, amtliche und Familienarchive im Reichsarchiv Utrecht, vor allem aber die Studie von Leon Cortenraede über die Stadtoberhäupter von Wijk bij Duurstede haben über Bitters späteres Leben interessante Nachrichten festgehalten.[16]

Am 27. Juni 1692 nahm die Niederländische Reformierte Kirche in Wijk bij Duurstede drei neue Mitglieder auf: Mr. Joan Bitter und seine Töchter Aletta und Eva.[17] Zu dieser Zeit lebten noch vier von Bitters Kindern: Bartha, die Älteste, lebte in Batavia und war, wie schon bemerkt, mit Constantijn Nobel jr. verheiratet. Arnolt war damals irgendwo in Holland als Jurist tätig und wurde erst 1696 bei der Kirche von Wijk eingeschrieben. Aletta und Eva, die mit ihrem Vater auf der ›Waalstroom‹ aus Ostindien zurückgekehrt waren, waren noch nicht verheiratet und lebten bei ihrem Vater. Bald nach der Ankunft in Wijk kaufte Bitter dort in der Oeverstraat ein Haus.[18]

Die genaue Lage des Hauses kann nicht mehr festgestellt werden, doch einige stattliche Patrizierhäuser stehen noch und geben der Oeverstraat, die von Norden nach Süden die Stadt durchquert, ihr Gepräge. Nahe am südlichen Ende der Straße steht das ehemalige Leuter Tor, das nun Runmolenpoort heißt. Zwei Gehminuten von der Oeverstraat entfernt liegt in der Stadtmitte der Marktplatz. Eine großartige Kirche mit einer gekappten Turmspitze ragt hinter dem Rathaus auf, das aus dem Jahre 1662 stammt. Bitters Wappen, das die Kirchenwand schmückte, ist inzwischen verschwunden.[19]

Bitters erste Schritte nach seiner Ankunft in Wijk bij Duurstede verraten die feste Absicht, die reichen Früchte, die ihm aus seiner zweiten Ehe zum Teil zugefallen waren, für einen ruhigen genussvollen Lebensabend zu nutzen. Das mag er sich zum Ziel gesetzt haben, doch da hat er sich selber schlecht gekannt. Nach drei Jahren saß er im Gemeinderat, in dem er noch zwanzig Jahre (!) lang eine wichtige Rolle spielen sollte. Er starb, fast 75 Jahre alt, am 17. März 1714.[20]

Viermal saß Bitter auf der Schöffenbank, und zweimal war er Bürgermeister von Wijk. Ein solcher Patron ist typisch für diese Zeit. In der zweiten Hälfte des 17. Jahrhunderts nahmen Rentiers immer häufiger Positionen in den Stadtverwaltungen ein. In einer Stadt wie Hoorn reichte ein Kapital von 20000 Gulden aus, den Lebensstil eines Oligarchen zu gewährleisten.[21] Allein schon die 8000 Reichstaler, die Bitter bei seinem Rechtsstreit vor dem Hohen Rat erhalten hatte, boten ihm demnach eine ausreichende Grundlage für den weiteren Erfolg.

Wir haben gesehen, dass Bitter ganz sicher nicht mit großem Taktgefühl gesegnet war, und bis zu seinem Tode hatte er ein aufbrausendes Temperament. Cortenraede erzählt, wie der 63-jährige

Bitter regelmäßig mit einem um vierzig Jahre jüngeren Schöffen aneinander geriet, mit dem »Jüngling« Vosch. Der herablassende Gebrauch der Bezeichnung »Jüngling« ging Vosch so auf die Nerven, dass er Bitter eines Tages fragte, ob er das spanische Sprichwort kenne, demzufolge ein junger Hengst höher geschätzt werde als ein alter Esel. Die übrigen Schöffen konnten gerade noch verhindern, dass Bitter mit seinem Knotenstock auf den jungen Kollegen einschlug.[22] Ein andermal schickten Mitglieder der Stadtbehörde eine Klageliste an den Landtag von Utrecht, um anzuzeigen, mit welcher Geringschätzung Bitter seine Kollegen in der Verwaltung behandelte.[23]

Joan Bitters Töchter waren auf dem besten Wege, alte Jungfern zu werden, als sie schließlich doch noch in wohlhabende Ratsfamilien anderer Städte verheiratet wurden. Die dickliche Eva heiratete Hendrick Both, den ebenfalls beleibten Bürgermeister von Amersfoort. Er war ein Nachfahre von Pieter Both, einem der ersten Generalgouverneure von Niederländisch-Indien.[24] Aletta heiratete 1707 Albert van Lidth de Jeude aus Tiel, starb jedoch vor Ablauf eines Jahres.[25] Arnolt ging 1703 nach Ostindien zurück, wo er bis zum Fiskalanwalt, zum öffentlichen Ankläger der Compagnie, aufsteigen sollte.[26]

Joan Bitter blieb unverheiratet, pflegte aber oder vielleicht gerade deswegen ein trauliches Familienleben. Seine Töchter lebten noch viele Jahre in seinem Haus. Zur selben Zeit genoss er die Gesellschaft eines Neffen, Pieter Nobel, als dieser 1694 bei ihm Wohnung nahm, und später natürlich der Söhne seiner ältesten Tochter Bartha, Joan und Dirk Nobel.

Sie waren 1696 und 1699 nach Holland geschickt und der Obhut ihres Großvaters anvertraut worden.[27] Im Provinzialarchiv von Utrecht finden sich einige Briefe von Bartha und Arnolt an ihren Vater, die eine gegenseitige herzliche Zuneigung und Achtung von Vater und Kindern erkennen lassen. Der Ton der Briefe vermittelt uns ein teilweise neues Bild von Joan Bitter: Er wurde von seinen

Kindern auf Händen getragen, er war ein guter und teilnehmender Vater, auf den sie sich jederzeit verlassen konnten.[28]

Barthas Brief vom 22. November 1701 ist vor allem ein *Document humain*. Sie schrieb, dass ihr Mann Constantijn gestorben sei und ließ durchblicken, sie habe wenig Lust, als allein stehende Witwe in Batavia zurückzubleiben, umso weniger, als sie und ihr Mann »einige Jahre zuvor großen Schaden und Verlust erlitten hatten, so dass mein Kapital nicht so groß ist, wie es sonst gewesen wäre«. Der Brief wirft ein Licht auf die besonders innige Bindung zwischen Bartha und ihrem »Papachen«. Zunächst dankt Bartha ihrem Vater für alle seine Briefe und für eine besonders freundliche Geste: Er hatte drei kleine Porträts nach Batavia geschickt. Die beiden Bilder von Joan und Dirk zeigten ganz deutlich, wie ihre Kinder in Holland »eine sehr gefällige Veränderung« durchgemacht hätten, während sie aus dem Porträt des Vaters entnahm, dass er »wenig verändert war, bis auf die grauen Haare, doch im Übrigen besser als vorher«. Was Bartha im letzten Brief ihres Vaters am meisten berührt hatte, das war seine Schilderung der Ankunft des zehnjährigen Dirk in Wijk bij Duurstede, bei »seinem Opa, den er noch nie gesehen hatte«. »Der zärtliche und bewegende Ausdruck von Eurem edlen Bericht darüber« hatte sie zutiefst ergriffen. Bartha bat dann ihren Vater darum, ihren Söhnen die traurige Nachricht vom Tode Constantijn Nobels, ihres Vaters, zu überbringen. Wie es nun weitergehen sollte, könne sie noch nicht übersehen. Sie fürchte sich sehr davor, allein weiterzuleben. »Während ich hier allein bin und niemanden außer meinem Sohn Constant habe, der mir ein wenig beisteht. Doch weil man gegen den Willen Gottes, der allzeit gut und heilig ist – so schwer und schmerzlich es auch sein mag –, nichts ausrichten kann, sollte ich mich mit Geduld wappnen, fest darauf bauend, dass Gott der Herr mich nicht verlassen und mich wiederum segnen wird wegen meiner lieben Kinder, dass sie zu wackeren und gottesfürchtigen Männern werden …«

Bartha fand Trost in der Vorstellung, dass ihr Bruder Arnolt vielleicht in den Osten kommen würde. Dieser Wunsch wurde übrigens erfüllt. Kurz darauf heiratete Bartha ein zweites Mal und zwar den Compaigne-Kaufmann Andries Leendertsz.[29] Es sollte im Übrigen noch bis 1711 dauern, bevor Bartha und ihr Mann ernstlich planen konnten, in die Heimat zurückzukehren, um dort ihren Vater und ihre beiden mittlerweile erwachsenen Söhne in die Arme schließen zu können.

Die Bilanz

Aber verweilen wir bei den Bemerkungen Barthas über die finanzielle Lage der Familie. Constantijn Nobel, Barthas verstorbener Mann, hatte kurz vor seinem Tode bei einem Handelsgeschäft eine erhebliche Summe eingebüßt, doch sie hatte glücklicherweise noch genügend anderen Besitz und bezog einige Einkünfte aus der Vermietung von Häusern. In dem Brief erwähnt sie auch Wechsel, die sie an ihren Vater in Holland geschickt hatte. Dies wird in den Akten der notariellen Archive in Wijk bij Duurstede und Amsterdam bestätigt.[30] Van Schouwenburg hat in seiner genealogischen Studie über die Geschichte der Familie Nobel die finanzielle Situation der Kinder Barthas gründlich untersucht. Er machte dabei die Entdeckung, dass die Erziehung der Söhne Barthas aus einem Spezialfonds von 8000 Reichstalern finanziert worden ist, die ihnen von einem Onkel, Jacobus Nobel, vererbt worden waren. Er kommt zugleich zu dem überraschenden Schluss, dass Joan Bitter 1711 bei Bartha und ihrem damaligen Mann mit nicht weniger als 25325 Reichstalern verschuldet war. Heißt das, dass der alte Mann noch immer mit Geldschiebereien zugange war?[31]

Der Verdacht drängt sich auf, dass Bitter auch mit den Fonds, die er für seine Kinder und Enkel verwaltete, recht großzügig umgegangen ist. Wenn das so war, dann hatte der alte Fuchs seine Fährten noch nicht verloren. Außer den Wechseln beweisen die Unterlagen des Notars Nicolaes Keppel, dass Bitter auch das Vermögen seines Sohnes Arnolt verwaltete. Im Juli 1698 wurde er zum Bevollmächtigten seines Sohnes in allen Angelegenheiten bestellt.[32]

Es ist sehr gut möglich, dass Bitter aus der Ehe mit Cornelia van Nijenroode sehr viel weniger Geld übrig behalten hat, als wir auf den ersten Blick erwarten würden. Rechtshändel und Anwälte haben ihren Preis. Außerdem werden ja gemäß der Übereinkunft vor der Ehe Cornelias Enkelkinder nach ihrem Tode die Erben an Stelle ihres verstorbenen Vaters geworden sein. In Cornelias Testament kam indes der Name Bitter gewiss nicht vor.

Die Vermutung, Bitter habe sich schließlich doch nicht so arg an Cornelia bereichern können, wird durch Daten aus dem Städtischen Archiv Amsterdam bestärkt. Das Vormundschaftsregister der Amsterdamer Waisenkammer gibt an, dass am 25. Januar 1689 ein gewisser Abraham van Uylenbroeck zum gesetzlichen Vormund über Anna und Jacobus Wijbrant Cnoll, sechs und zweieinhalb Jahre alt, bestellt wurde. Mit Hilfe des Einlage-Registers (mit den Eintragungen des eingebrachten Kapitals) der Waisenkammer kann festgestellt werden, dass Cornelis Cnoll seiner Frau und den Kindern 56 700 Reichstaler in Wechseln vermacht hat, zusammen mit vielen Curiosa und anderen Besitztümern. Im Frühjahr 1690 kaufte Hillegonda Dubbeldecop den Teil des ererbten Porzellans und der Juwelen, der ihren Kindern zugefallen war, für 15 734 Gulden. Das bedeutet, dass das Testament von Cornelis Cnoll über mindestens anderthalb Tons (150 000 Gulden) verfügt haben muss. Zwei Jahre darauf erschien Hillegonda in Begleitung ihres künftigen zweiten Ehemannes Alexander Henderson erneut bei der Waisenkammer. Sie hatte ihm am Tag zuvor durch den Notar van Uylenbroeck die Vormundschaft über ihre Kinder übertragen.[33]

Diese Angaben erklären auch den einzigen Hinweis auf Cornelias Testament, der bisher gefunden wurde.[34] Es ist klar, das Bitter den heißen Atem der Vormünder der Familie Cnoll in seinem Nacken spürte. Cornelias Enkel Jacobus Wijbrandt sollte übrigens wenig

Freude mit seiner umfänglichen Erbschaft haben. Er starb im Alter von siebzehn Jahren im September 1703 in Vianen. Seiner Schwester Anna und ihrem Mann Christiaan van Schillebeecq hinterließ er 122 000 Gulden.[35] Interessant ist noch, dass Jacobus Wijbrandt regelmäßig bei dem Pastor François Caron ein und aus ging. Der war ein Jugendfreund seiner Großmutter und war gleich ihr der Sprössling eines leitenden Compagniebeamten und einer japanischen Frau aus Hirado. Der Junge war mutterseelenallein in Vianen bei zwei alten Jungfern, Anna und Petronella Losser, untergebracht. »Und wenn das Kind mittags angelaufen kam und ihn zuweilen seinen Kummer spüren ließ«, dann hat Pastor Caron den kleinen Jacobus kräftig aufgeheitert, indem er ihm Geschichten von seinem Vater, seiner Großmutter und den Urgroßeltern im fernen Asien erzählte.

Die Testamente von Cornelis Cnoll und seiner Mutter Cornelia van Nijenroode sind nicht mehr aufzuspüren, aber wir können gleichwohl feststellen, dass der Löwenanteil des ursprünglichen Besitzes nicht in Joan Bitters Hände gefallen ist. Er musste sich wohl mit den kräftigen Beträgen zufrieden geben, die er umgebucht hatte, als Cornelia noch lebte.

Epilog

Damit kehren wir zurück zum Abend im Frühjahr 1712, an dem wir zu Beginn unserer Geschichte den Bürgermeister Bitter in seinem Kirschgarten am Bemmelsdijk angetroffen haben. In der vergangenen Woche muss es im Haus an der Oeverstraat drunter und drüber gegangen sein. Das Personal stand stark unter Druck, um für den Besuch von Bartha, ihrem Mann und ihrem ältesten Sohn Constantijn bereit zu sein. Die Nachricht, dass die Retourflotte inzwischen auf der Reede erschienen war, hatte wie ein Lauffeuer ihre Runde durchs Land gemacht.

Joan Bitter erwartete nun jeden Augenblick die Ankunft seiner über alles Lob erhabenen Bartha. Um dem Umtrieb im Haus zu entgehen, war er nach dem Mittagessen zu seinem Gartenhäuschen gewandert, um dort in aller Ruhe ein Nickerchen zu halten. Er war sichtlich erschöpft, denn das Mittagsschläfchen wurde zu einem tiefen Schlummer. Als das Mädchen, beunruhigt, weil ihr Herr nicht zum Abendbrot zurückgekehrt war, mit einer Schüssel leckerer Bouillon zum Kirschgarten geeilt war, fand sie den alten Herrn dort im Gartenhaus schnarchend auf der Ruhebank aus Ebenholz, die er aus Batavia mitgebracht hatte. Seine Frage, ob es Neuigkeiten gebe von den Gästen aus Indien, verneinte das Mädchen, aber am Mittag sei vom Eilboten ein Brief von seinem Sohn Arnolt im Haus an der Oeverstraat abgegeben worden. »Dann kommen sie heute wohl nicht mehr«, grummelte der alte Mann. So beschloss er, noch eine Weile draußen zu bleiben. Er schlürfte die Suppe mit Wohlbehagen, dann stapfte er nach draußen, um in der späten Nachmittagssonne auf der Bank vor der Laube ein Pfeifchen zu stopfen. Dort öffnete er den Brief von Arnolt.

Er brach das Siegel des Umschlags, entfaltete den Brief und blickte auf die ihm so vertraute Handschrift seines einzigen Sohnes. »Hochgeehrter Vater«, lautete die Anrede. Darunter standen ordentlich alle Briefe verzeichnet, die Arnolt seit dem letzten Jahr von seinem Vater erhalten hatte. Es waren fünf. »Mal überlegen, fünf? Ja, das stimmt schon«, sagte Bitter zu sich selber. »Was hat er denn noch zu berichten? Ach ja, die üblichen Mitteilungen über gekommene und gegangene Personen.« Bitter ließ den Blick flüchtig über den Briefbogen schweifen. »Taugt Vetter van Wiert in Cochin immer noch nichts? Und wie steht es mit dem Vetter van Meekeren? Oh, hier schreibt Arnolt etwas über ihn: ›Unser Vetter van Meekeren macht mir jetzt durch sein Verhalten mehr Freude, als er es bislang getan hat. Ich bin nun seinetwegen guten Mutes, doch wird es noch lange dauern, bis er im Stande sein wird, seiner Mutter beistehen zu können. Es ist hier in Indien nicht so beschaffen, wie man sich das selbst wohl eingebildet hat. Die Fortschritte zur Qualifikation stellen sich nur sehr langsam ein, und an den Profiten selbst können die Untergebenen nicht einmal schnuppern gehen!‹«

»Alles über die Sachen, die ich verschickt habe, muss ich zu Hause mal überprüfen«, seufzte Joan Bitter. »Warte mal, hier sagt er etwas über die unsinnigen Pläne seiner Schwester Eva und ihres Hendrick, nach Indien zu gehen, um dort ihre Töchter zu verheiraten. Ich hab' ganz vergessen, dass ich ihm das geschrieben hatte.« Bitter setzte sich seine Brille etwas fester auf die Nase.

»Gradheraus gesagt, wenn die notwendigen Unkosten meine normalen Einkünfte nicht überschritten und ich dabei das Glück hätte, in meinem Vaterland in einer so ansehnlichen Stellung zu sein, wie es bei Bruder Both der Fall ist, dann würde ich mein Vaterland nicht verlassen, jedenfalls nicht, wenn ich 220 und meine Frau 180 Pfund auf die Waage brächten: Solche fetten Menschen sind nicht gut in der indischen Umgebung: Ich spüre das an mir selber, der ich niemals 180 Pfund gewogen habe. Die Reise zum Besten seiner Töchter unternehmen zu wollen ist auch schon Dummheit, weil man hier so wie im Vaterland damit Schwierigkeiten hat. Doch ein jeder muss tun, was er will, und weiß selbst am besten, wo ihn der Schuh drückt.«[36]

»Nun, da bin ich anderer Meinung«, brummte Bürgermeister Bitter, »aber schade, dass du das wirklich so gradaus schreibst, denn nun kann ich deinen Brief Eva und Hendrick nicht vorlesen.« Er klopfte seine Pfeife aus und blickte noch mal mit Wohlgefallen auf die Blütenpracht seines Kirschgartens. Dann las er weiter:

»Doch was plagt und sorgt sich der Mensch um nichts als das Vergängliche, was hegt er nicht stets unnütze und eitle Gedanken über sein Wohlergehen in dieser Welt! Wo doch alles nichts ist als lauter Eitelkeit. Denn wenn man meint, über die meisten Kümmernisse der Welt hinaus zu sein und den Rest seiner Tage in Frieden und ohne Sorgen verbringen will, dann kommt der Tod und reißt uns hinweg.«

»Woher diese philosophischen Ergüsse«, murmelte Vater Bitter, »so kenne ich meinen Arnolt ja gar nicht. Was befeuert den Jungen denn da in den Tropen, und was hat ›Schwester Leendertsz‹, meine Bartha, damit zu tun?«

»Wir sehen dafür ein Beispiel in Schwester Leendertsz, die seit einem Jahr hier von einem rasenden Trieb und einer Sehnsucht nach ihrem Vaterland erfüllt war, um sich dort in der angenehmen Gesellschaft ihres alten Vaters, der Söhne und anderer Verwandter zu freuen. Doch hat es dem Allmächtigen Gott gefallen, sie am Sonntag in der Frühe, morgens nach dem Glockenschlag von fünf Uhr, zu meinem besonderen Leidwesen nach oben in das Vaterhaus zu holen, wo, wie ich hoffe, ihre Seele Ruhe und Frieden bei Gott finden und die ewige und selige Freude genießen mag. Vor nur drei Jahren wart Ihr, Edler Papa, mit vier Kindern, die alle im Stande waren, in Würde und Ansehen zu leben; seit dieser Zeit hat sich deren Zahl um die Hälfte verringert.«

Joan Bitter wurde bleich, er schaute mit glasigem Blick den Brief weiter durch. Was Arnolt noch zu berichten wusste über seine Heiratspläne und die Ehe im Allgemeinen, drang jedoch nicht mehr zu ihm durch. Mit zitternder Hand ließ er den Brief auf seine Knie sinken. Bartha, auf die er in all den Jahren gewartet hatte … Bartha, die in Indien alles vom Anfang bis zum Ende bewusst miterlebt hatte, seine Stütze und sein Schutz seit dem Tod ihrer Mutter auf der unseligen ersten Reise nach Ostindien; Bartha, deren beide Söhne er aufgezogen hatte. Joan hatte er selber vor zwei Jahren zu Grabe tragen müssen. Bartha, die einzige, mit der er seine Erinnerungen noch hätte teilen können, Bartha, seine Bartha war tot.

Nachwort

Dreihundert Jahre nach dem Urteil des Hohen Rates wurde diese unglückselige Geschichte aus den Archiven gehoben und aufgeschrieben »zur Belehrung und zur Unterhaltung« des geneigten Lesers. Durch ein Spiel des Schicksals, oder dürfen wir sagen, durch das Treiben der Schicksalsgöttinnen werden zwei Menschen einander in die Arme getrieben, die in keiner Hinsicht füreinander bestimmt schienen: der Arnheimische Landjunker Joan Bitter und Cornelia van Nijenroode, die *Anak kompenie*. Wenngleich sie vor drei Jahrhunderten in der Kolonialstadt Batavia lebten, sind sie uns doch nicht so fern, als dass wir ihnen in ihrem Tun und Lassen nicht mehr folgen könnten. Die biografische Annäherung zeigte uns, wie das Denken und Handeln dieses unglücklichen Paars mehr oder weniger von den damals vorherrschenden Prozessen der sozialen Kontrollen beherrscht war, sowie von der Rechtsprechung, von den kollektiven kirchlichen Ritualen wie dem Heiligen Abendmahl, aber auch durch das Eingreifen der allgegenwärtigen Compagnie. Das ist allemal genug Stoff für ein menschliches Drama. Und mindestens ebenso wichtig ist Folgendes: »Du siehst in einer Biografie die Menschen sich mit den gleichen Problemen herumschlagen, die auch uns bedrängen: Liebeskummer, gescheiterte Ehen, unerfüllte Ambitionen und dergleichen mehr«.[1]

Die Moral aus dieser Lebensgeschichte mag zeitlos sein, die Geschichte selbst ist zeitgebunden. Denn die Situation der »batavischen Witwe« änderte sich nach 1700, als Geld und Macht sich immer stärker auf einige wenige wohlhabende Familien in Batavia konzentrierten. Mit ihrem ausgedehnten Grundbesitz und dem Zugang zu den lukrativsten Positionen in der Compagnie bildeten sie fortan das örtliche Patriziat. Männliche Familienangehörige konnten Druck ausüben, wenn eine ihrer reichen weiblichen Blutsverwandten – und damit auch indirekt ihre eigenen Interessen – von einem gierigen Außenseiter bedroht wurden. Um die Jahrhundertwende fanden sich dort, wie Arnolt Bitter in seinem Brief an den Vater schrieb, eigentlich kaum noch allein stehende Witwen mit Geld. Es macht unsere Lebensgeschichte aus historischer Sicht so besonders interessant, dass sie uns zeigt, wie juristische Mittel im Rahmen der Gesetze der Zeit bis zum Letzten ausgeschöpft wurden, um einen privaten Streitfall zu lösen. Nach heutiger Auffassung muss sich die Rechtsprechung auf allgemeingültige Normen wie Gerechtigkeit und Gleichbehandlung gründen, aber diese Grundsätze wurden im Batavia des 17. Jahrhunderts missachtet, soweit sie denn überhaupt angewandt wurden.

Einige prominente Historiker haben über die Gerichtsbarkeit im goldenen Zeitalter gearbeitet: Fockema Andreae nennt diese unruhige Zeit »ein Paradies für Advokaten«.[2] Man braucht nur auf Bitter zu schauen, um zu sehen, wie sicher er sich fühlte angesichts der großen Möglichkeiten, die das Rechtssystem seines Landes für juristische Winkelzüge bot. Van Deursen stellt fest, dass es sinnlos für den »gemeinen Mann« war, gegen jemanden zu prozessieren, der Macht besaß.[3] Dabei zitiert er Roorda, der gezeigt hat, wie zur Zeit der Republik ein lästiger Bürger einfach, ohne jede Art von Prozess, aus der Stadt verbannt werden konnte: »Bei all dem rächte es sich, dass in den Orten zu enge Beziehungen zwischen den Richtern und den politischen Machthabern bestanden.«[4]

Es ist klar, dass ein Ehegesetz, nach dem der gesamte Besitz der Frau automatisch auch dem Mann gehörte – selbst das, was ererbt oder selbst verdient war –, einer schlecht behandelten Frau nur wenig Spielraum bot, einem habgierigen Ehemann entgegenzutreten. Der Mann konnte immer den Richter in eigener Sache spielen: Juristisch gesehen waren er und sie – eine Person.

In seiner Abhandlung ›The Subjection of Women‹ hat John Stuart Mill die Besitzrechte von Verheirateten klar umrissen:

»Sie kann kein Eigentum erwerben, es sei denn für ihn; in dem Augenblick, in dem sie es erhält, selbst dann, wenn sie es erbt, gehört es ipso facto ihm ... Durch ein Vermächtnis suchen die Reichen gewöhnlich das ganze oder einen Teil des ererbten Eigentums einer Frau der absoluten Kontrolle des Ehemanns zu entziehen: Aber sie können es nicht unter eigener Kontrolle halten; das Äußerste, was sie tun können, hindert den Ehemann lediglich daran, es zu verschwenden, gleichzeitig schließt das aber den rechtmäßigen Besitzer von der Nutzung aus.«[5]

Die strikten ehelichen Bestimmungen, für die Mill sich stark macht, setzten sich erst nach 1700 in England durch. Nach diesem Kontrakt konnte der Ehemann das gesamte Vermögen ohne Nachfrage veräußern.[6] Nachdem nun die schwache Rechtsstellung der Frau in den Niederlanden dargelegt ist, bleibt die Frage, ob die Frauen auch danach behandelt worden sind.

Cornelia van Nijenroode ließ, wie zu damaliger Zeit üblich, einen Ehevertrag aufsetzen. Diese Übereinkunft war von vornherein fragwürdig, weil in ihr der ganze Umfang von Cornelias Vermögen nicht offen gelegt wurde. Als der Vertrag sich dann bewähren musste, erwies er sich als so undicht wie ein Korb. Nicht nur, weil das Gesetz ihrem neuen Ehemann das Recht zugestand, ihren Besitz zu verwalten, sondern auch, weil dieser – nicht zu Unrecht – das Gefühl hatte, dass ein Teil des Besitzes, den er nun verwalten wollte, vor ihm versteckt wurde.

Wir können lediglich Vermutungen über die Gründe dieser Geheimniskrämerei anstellen, einer liegt jedoch auf der Hand. Pieter Cnoll hatte als Oberkaufmann des Kastells durch Nebenaktivitäten in erstaunlich kurzer Zeit ein enormes Vermögen zusammengescharrt. Seine gewitzte Frau wird ihm dabei zweifellos zur Seite gestanden haben. Weder Pieter Cnoll noch Cornelia waren daran interessiert, dass nach seinem Tode das ganze Ausmaß der

Hinterlassenschaft bekannt würde. Was in einem solchen Fall geschehen konnte, wusste Cornelia nur allzu gut aus eigener Erfahrung: Den Nachlass ihres Vaters hatte man konfisziert.

Nach den misslungenen Vermittlungsversuchen von gemeinsamen Freunden war es schließlich die Aufgabe der Kirche, das zankende Paar zu Einsicht und Harmonie zu führen. Doch die Kirchenzucht war viel eher darauf aus, kollektive Rituale wie das Heilige Abendmahl zu sichern, als zwischen einzelnen Gläubigen zu vermitteln.

Dass die Sache anfangs für Cornelia eine günstige Wendung zu nehmen schien, war der Aufdeckung von Bitters Diamantenschmuggel zu verdanken. Das Direktorium der Compagnie wies die Hohe Regierung an, unverzüglich rechtliche Schritte gegen Joan Bitter zu unternehmen. Er musste als »unredliche Person« zurückgeschickt werden. Mit anderen Worten: Bitter wurde unter der Anschuldigung des Privathandels von den Herren Zeventien außerhalb des Gesetzes gestellt. Nur unter diesen Umständen konnten die Richter in Batavia – nachdem sie Bitter in der Schmuggelaffäre erst einmal verurteilt hatten – den Mut aufbringen, Cornelia besondere Rechte zuzuerkennen: Es gelang ihr, eine vorläufige Scheidung durchzudrücken; sie hoffte darauf, ihrem Mann nicht nach Holland folgen zu müssen. Das alles ist ein deutliches Zeichen dafür, dass die Rechtsprechung und die Verwaltung damals an einem Strick zogen. Zwar wurde Cornelia bei dieser Gelegenheit angewiesen, den ganzen Umfang ihres Vermögens offen zu legen, aber diese gerichtliche Entscheidung widersprach dem letzten Willen ihres verstorbenen Mannes, und Cornelia beharrte, wie wir gesehen haben, auf ihrem Standpunkt. Cornelias Weigerung ist so etwas wie der rote Faden dieser Geschichte.

Nach Holland zurückgekehrt, hat Joan Bitter eine schöne Probe juristischer Winkelzüge vorgelegt. Er hat es verstanden, die Direktoren der Compagnie zu dem Eingeständnis zu bewegen, ihn als Beamten der Compagnie so streng behandelt zu haben, dass seine privaten

Interessen dadurch ernstlich gefährdet worden waren. Die Herren Zeventien empfahlen dann auch dem Generalgouverneur in Batavia, Bitter die Möglichkeit einer Revision zu gewähren, die ihm zunächst verweigert worden war. So traten sie ihre eigenen Regeln mit Füßen. Nach seiner Rückkehr nach Batavia missbrauchte Bitter seine besondere Stellung als Mitglied des Rats der Justiz auf so schändliche Weise, dass der Rat selbst am Ende in diesem Fall nicht mehr vermitteln und schon gar nicht Recht sprechen konnte. Das bewog den Generalgouverneur Camphuys, die Affäre als eine Gefahr für die öffentliche Ordnung hinzustellen. Fortan war diese Ehe zu einer behördlichen oder, wie man bald sehen sollte, einer »politischen« Angelegenheit geworden. Dieses Verfahren, ein im Prinzip rein juristisches Problem zu einer Verwaltungssache zu erklären – das so genannte Evozieren –, wurde in späteren Jahren des Öfteren angewandt und wurde sogar von den Herren Zeventien stillschweigend gutgeheißen. Aber auch das persönliche Eingreifen des Generalgouverneurs vermochte keinen Waffenstillstand zu erreichen.

Der weitere Gang des Rechts in Holland spricht für sich. Der Formalismus und erst recht die Rigidität, mit denen die Vorschriften angewandt wurden, lassen den Leser eher an das Wüten der unermüdlichen Rachegöttin im griechischen Drama denken als an das Wirken von Richtern in einem Lande, das sich rühmte, großzügig zu sein.

Wenden wir uns noch einmal zurück zu Cornelia. War sie eine Madame Butterfly, die hier nicht von einem amerikanischen Marineoffizier, sondern von einem holländischen Advokaten im Stich gelassen wurde? Oder war sie wie die Heuschrecke Mantis, die Gottesanbeterin, die ihr Männchen auffrisst? Gerade ihr verbissenes Ringen – das an einen tapferen Samurai denken lässt, der für eine verlorene, aber ehrenvolle Sache kämpft – erinnert an das seltsame Wort, das seit dem 17. Jahrhundert in Nagasaki im Schwange blieb, um eine Frau mit Charakter zu kennzeichnen: Cornelia war überaus *otemba*, ja das war sie.

Anmerkungen

ARA	Algemeen Rijksarchief
GA	Gemeentelijk Archief, Amsterdam
HR	Hoge Raad van Holland en Zeeland
NSM	Nederlands Scheepvaart Museum
RU	Rijksarchief Utrecht
VOC	Verenigde Oostindische Compagnie

Ein Wort vorab

1 Leonard Blussé, Strange Company. Chinese settlers, mestizo women and the Dutch in VOC Batavia. Leiden u. Dordrecht 1986.

2 L. Blussé, Otemba Cornelia no Tatakai (Der Kampf der unzähmbaren Cornelia). Übers. v. Kurihara Fukuya. Tokio 1988.

I
Unbezähmbar und unmündig

1 Rijksarchief Utrecht (RU), Archieven van de Familie van Boetzelaer 1316–1952, Nr. 483.

2 Hugo de Groot, Inleidinge tot de Hollandsche Rechts-Geleerdheid. 2. Aufl. Leiden 1965, I. 5, 18. Mit den in Lund wieder aufgefundenen Verbesserungen, Ergänzungen und Anmerkungen des Autors und mit Verweisen auf seine anderen Schriften; Ausgabe mit Anmerkungen und Anlagen von F. Dovring, H. F. W. D. Fischer und E. M. Meijers.

3 Die allgemein akzeptierte These ist, dass die große Wende bald nach der Eröffnung des Suezkanals eintrat, als durch die Postdampfer der Passagierverkehr aus Europa viel schneller und billiger wurde.

4 de Groot, Inleidinge, I. 5, 19.
5 »Geschäftsmündig« bedeutet, dass die Frau ohne Zustimmung oder Hilfe ihres Mannes über ihren Besitz verfügen kann. Zuvor war sie »handlungsunfähig« und durfte auch keine Verträge schließen. C. Asser, Handleiding tot de beoefening van het Nederlands burgerlijk recht. Zwolle 1957, S. 141.
6 de Groot, Inleidinge, I. 5, 21.
7 Genesis 3,16 (Die Bibel, Einheitsübersetzung)
8 Dossier David van Lennep 1771–1804, Collectie handschriften, Maritiem Museum Prins Hendrik, Rotterdam.
9 Jan Pieterszoon Coen, Bescheiden omtrent zijn verblijf in Indie. Hg. v. H. T. Colenbrander. s'Gravenhage 1919, Bd. 1, S. 644.
10 Patriase Missive vom 31. August 1643. In: H 54, KITLV handschriften-collectie, Leiden.
11 Nicolaus de Graaff, Oost-Indise Spiegel. Hg. v. J. C. M. Warnsick. s'Gravenhage 1930 (Linschoten Vereeniging, Bd. 33), S. 30.
12 De Zes Reizen van de Heer Jean-Baptiste Tavernier. Amsterdam 1682, S. 262.
13 Die kirchlichen Archive erwähnen jedoch auch Witwen unterer Compagnie-Bediensteter, die mit ihren Kindern mit dürftigen Pensionen auskommen mussten. Die Gemeinde konnte kaum alle allein stehenden Frauen mit den Geldern, die für die Armenfürsorge bestimmt waren, unterhalten.
14 J. Crawfurd, History of the Indian Archipelago. London 1820, Bd. 1, S. 147.

2
Schicksalsschläge

1 Algemeen Rijksarchief (ARA), VOC 1110, f. 386–400.
2 Ein japanischer Tael oder *ryo* war 54 Stüber wert.
3 ARA, Eerste afdeling, Aanwinsten 1886 A. V.(K. A.)225, missive 20. 11. 1637, »Lizenz für die Ausreise niederländischer Kinder«.
4 Am 16. Juni 1639.

3
Porträt einer Ehe

1 Elias Hesse, Gold-Bergwerke in Sumatra 1680-1683. Den Haag 1931, S. 110.
2 Iwao Seiichi, Kapitain no musume Cornelia no shogai (Das Leben Cornelias, Tochter des »Kapitäns«). In: Rekishi to jinbutsu. Tokio 1978, S. 149.
3 Ebenda.

4 Catharina: 28. August 1653 – Jacob: 1. November 1654 – Pieter: 22. Juni 1656 – Cornelis: 27. Dezember 1657 – Hester: 26. Dezember 1658 – Johannes: 20. August 1662 – Anna: 4. Oktober 1663 – Martha: 24. Juni 1666 – Elisabeth Catharina: 29. August 1670.

5 Iwao Seiichi, The life of Pieter Hartsinck, the Japanner (1637–1680), »grand-pupil of Descartes«. In: The Transactions of the Asiatic Society of Japan. Third series, Bd. XX, 1985, S. 145–67.

6 Andries Bogaert erinnert sich in seinen Memoiren ›Historische reizen door d'oostersche deelen van Asia‹ (Amsterdam 1711) mit viel Vergnügen an den jährlichen Umzug, an dem er als »Pennist« in prächtiger Uniform teilgenommen hatte.

7 Daghregister gehouden in't casteel Batavia. Anno 1682. Batavia 1931, S. 1076.

8 Generale Missiven van Gouverneurs-Generaal en Raden aan Heren XVII der Vereenigde Oostindische Compagnie. Hg. v. W. Ph. Coolhaas. s'Gravenhage 1960, Teil 1, S. 640.

9 Pieter van Hoorn, Praeparatoire consideratien. In: Opkomst van het Nederlandsch gezag in Oost-Indie. Hg. v. J. K. J. de Jonge. s'Gravenhage 1872, Bd. 4, S. 130.

10 F. de Haan, Oud Batavia. Weltevreden 1922, Bd. 1, S. 248.

11 Iwao Seichii, Japanese emigrants in Batavia during the 17th century. In: Acta Asiatica 18, 1978, S. 150. Einige dieser Briefe sind in der Präfekt-Bibliothek von Nagasaki erhalten geblieben. Murakami Naojiro, Boekishi-jo no Hirado (Hirado in der Handelsgeschichte). Tokio 1917, S. 21–27.

12 Sato Dokusho, Jagatara-bun no shin hakken (Ein neu entdecktes Jakarta-Dokument). In: Rekishi Chiri 16, 1910, S. 75–81, 164–75, 472–85.

13 *Camphor* ist Kampfer; *Gingam* ist Baumwolle von der Koromandelküste, so wie auch Chintz, bedrucktes und geflecktes Baumwolltuch; ein *Kin* oder *catty* sind etwa 0,6 Kilogramm.

14 Hamada Sukeimon war ein japanischer Christ aus Nagasaki, der in Batavia lebte. In niederländischen Quellen wird er Jan genannt. Yoshitsugi Kuzaeimon war der jüngere Bruder seiner Frau. Iwao Seiichi, Kapitain, S. 151.

15 Nach Iwao Seiichi datiert dieser Brief vom 21. April 1671. Zur *kana*-Schrift gehören zwei Formen des Alphabets, *hiragana* und *katakana*, die in der Heian-Periode um das Jahr 1000 entwickelt wurden. *Katakana* wurde von buddhistischen Mönchen benutzt, während Frauen sich des *hiragana* bedienten. Das berühmte ›Kopfkissenbuch‹ der Kurtisane Sei Shonagon ist ein schönes Beispiel dieser in Frauenschrift verfassten Literatur. Gegenwärtig werden in

japanischen Texten *hiragana* und *katakana* nebeneinander verwandt, um die Aussprache wenig gebrauchter chinesischer Schriftzeichen, Endungen von Verben, Fremdwörtern usw. wiederzugeben.

16 Der Vertreter eines Sprechers der japanischen Einwohner Batavias.

17 J.A. van der Chijs, Nederlandsch-Indisch Plakaatboek 1602-1811. Batavia 1886, Bd. II, S. 509: Vorschrift, die Güter betreffend, die nicht nach Japan eingeführt werden dürfen, 18.4.1670.

18 Seit der Keicho-Periode (1596–1614) wurden Baumwollgewebe für den täglichen Gebrauch in ganz Japan hergestellt, deshalb brauchte dieser Wirtschaftszweig nicht gegen Importe aus dem Ausland geschützt zu werden. Yokoi Tokifuyu, Nihon Kogyo-Shi (Geschichte der japanischen Industrie). Tokio 1927, S. 115.

19 Es ist nicht sehr wahrscheinlich, dass die abgebildete Dame wirklich Cornelia darstellt. Das Schirmchen ist wohl eine übliche chinesische Kuriosität.

20 Zu den Instruktionen für die Oberkaufleute siehe Plakaatboek, Bd. II, 80-5, 214-7, 380, 398 v. 9.4.1644, 11.2.1656, 25.11.1664 u. 22.9.1665.

21 Plakaatboek, Bd. II, 380.

22 Siehe Daghregister 1666: 80, 4. Juni. Eine Übersicht über Pieter Cnolls Karriere ist im aphabetischen Personenregister der ›Resoluties van de Gouverneur-Generaal en Raden‹ (ARA, VOC 828) zu finden.

23 Arsip Nasional, Notarieel Archief Huysman, 15.2.1672, f. 22: ›Testament tusschen de heer Pieter Cnoll van Delft, eerste oppercoopman dezes casteels ende d'eerbare juffrouw Cornelia van Nieuwenroode geboortigh van Firando in Japan, echteman en vrouw.‹ Eine Kopie dieses Testaments wurde mir 1975 vom inzwischen verstorbenen Prof. Iwao Seiich in Tokio zur Verfügung gestellt.

24 Diese Entscheidung sollte in der künftigen Entwicklung noch eine große Rolle spielen. Solange es keine übersichtlichen Inventarlisten gab, konnte es leicht zwischen den betroffenen Parteien zu Unstimmigkeiten kommen. Weil sie fehlten, konnte nicht festgestellt werden, wie reich Cnoll wirklich war. Im Unterschied zu den Zahlen, denen wir in dieser Geschichte begegnen, ist die Schätzung eines Zeitgenossen, die das Vermögen von Pieter Cnoll auf »20 Tonnen Goldes« veranschlagte, wohl zu hoch. Georg Meister, Der Orientalisch-Indianische Kunst-und Lust-Gärtner ... Dresden 1692, S. 293.

25 Plakaatboek, Bd. 2: 457, S. 24.

26 Sie blieb gesetzlich sein Vormund, bis sie heiratete. Danach ging die Vormundschaft auf ihren neuen Ehemann oder auf einen eigens bestellten Vormund über. Siehe Hugo de Groot, Inleidinge, I. 7, 11.

27 Daghregister 1672, S. 53.

28 Georg Meister erzählt, wie es wirklich war: »Während Surapati vom Vater zum Pajongträger auserwählt worden war, wurde er von seinem Sohn alsbald zu allerlei Gelegenheitsarbeiten gezwungen.« Dieser Sohn war nur ein gewöhnlicher freier Bürger. Kein Wunder, dass der Sklave beschloss, auszureißen, meinte Meister, auch Sklaven hätten ein Ehrgefühl! Er schloss, dass »Cnoll, wie es üblich war, seinem Lieblingssklaven wegen seiner treuen Dienste die Freiheit schenken wollte«. Meister, Orientalisch-Indianische Gärtner, S. 293.

4
Die Zeiten ändern sich

1 Pieter van Dam, Beschrijvinge van de Oostindische Compagnie. Hg. v. F. W. Stapel. Den Haag 1927–43, Bd. 1, S. 244.

2 ARA, VOC 107, 3. 11. 1673.

3 Diese Daten stammen aus den ›Genealogische aantekeningen over verwante families‹ im Familienarchiv van Boetzelaer, Rijksarchief Utrecht (RU), Nr. 6. Bartha Eygels war die Tochter einer Schwester von Arnolt, die mit einem Weinhändler aus Straßburg, Anthony Eygels, verheiratet war.

4 Das ›Album Promotorum‹ vermeldet dieses Ereignis unter dem 16. Februar 1662: »Johannes Bitter Arenaco-Gelrus, post habitam publicam disputationem in conclavi promotus, promotere d. Arnoldo Schonaeo«. Siehe O. Schutte, Het Album Promotorum van de academie te Harderwijk. Arnheim 1980, S. 23.

5 Am 10. Juli 1661.

6 »Bartha wurde am Mittwoch, nachmittags um halb vier Uhr zu Harderwijk am 10. Juli 1661 geboren.« Eva, geboren am 21. Januar 1663 in Amsterdam, starb ein Jahr darauf. »Arnolt wurde am Sonntagabend um halb zehn Uhr am 21. September 1664 geboren.« Aletta (I.) starb kurz nach der Geburt. »Aletta (II.) ist am Samstag, morgens nach fünf Uhr, den 21. Juli 1668 geboren.« Eva (I.) starb in den ersten Wochen. »Eva (II.) ist geboren am Dienstag, morgens vor sechs Uhr am 30. Dezember 1670.« Johanna starb nach wenigen Monaten. Die zweite Johanna, geboren 1673, starb dreijährig in Batavia. Siehe ›Aantekeningen over de geboorte van de kinderen van Joan Bitter en Bartha Eygels‹, RU, Archief van Boetzelaer, Inv. Nr. 482 und ›Genealogische aantekeningen over verwante families‹, Nr. 6.

7 J. la Bree, De rechterlijke organisatie en rechtsbedeling te Batavia in de 17e eeuw. Rotterdam 1951, S. 54.

8 la Bree, De rechterlijke organisatie, und J. van Kan, Het rechtsmiddel der revisie voor den Raad van Justitie des kasteels Batavia. In: bki 102, S. 1–40.

9 Ebenda, S. 54.

10 Femme Gastra, Bewind en Beleid bij de VOC 1672–1701. Zutphen 1989, S. 37. ARA, Archief VOC 239, 15. 11. 1673.

11 Ebenda.

12 Bartha, die älteste, war nun vierzehn, dann folgte Arnolt, ein Junge von acht Jahren, darauf drei jüngere Schwestern, Aletta, sechs Jahre alt, Eva, die am 30. Dezember vier wurde, und schließlich Johanna, ein Jahr alt.

13 Mit 776 Tonnen, 177 Mann Besatzung, 13 Passagieren und 110 Soldaten der größte Ostindienfahrer im Geschwader.

14 Offenbarung Johannis 1,8: »Ich bin das Alpha und das Omega, der Anfang und das Ende, sagt der Herr, der da ist und der da war und der da kommen soll, der Allmächtige. Jesus erscheint dem Johannes auf Patmos und befiehlt ihm aufzuschreiben, was er gesehen habe und das Buch an die sieben Gemeinden in Asien zu senden.« Joan Bitter, Journaal gehouden in't Schip Ceilon. Manuskriptkatalog, NSM 1278.

15 »Die Welt ist dreihundert und sechzig Grade groß, jeder Grad à 15 Meilen, nämlich den Erdball gerechnet zu jedem Grad 15 Meilen. Drei Meilen werden für vier Stunden gerechnet …«

»1 Pfund Gewicht gibt 16 Unzen, und 16 Kugeln gehen gewöhnlich auf ein Pfund.« Für die holländischen Münzen verweist Bitter auf die »Ziffern von Bartjens«, dem Rechenmeister, der in unserem heutigen Sprachgebrauch noch fortlebt. Sogar das Herstellen von Schießpulver ließ er nicht aus: »ein wenig Lack ins Pulver gibt dem mehr Kraft. Pulverisierte Knochen anstelle von Holzkohle ins Schießpulver nimmt ihm Schlagkraft.«

16 »… nachdem ich auch völlig im Zweifel gewesen bin wieder aufzustehen«.

17 Dutch Asiatic shipping in the 17th and 18th centuries. Hg. v. J. R. Bruijn, F. S. Gaastra u. I. Schöffer. Den Haag 1979, Bd. 2, S. 184.

18 F. van der Burg, Curieuse beschrijving van de gelegentheid, zeden, godsdienst en ommegang, van verscheyden Oost-Indische Gewesten en machtige landschappen. Rotterdam 1677, S. 14. Ein Zeitgenosse schätzte die Lebensumstände in Batavia so ein: »Ein Angestellter der Compagnie kann mit 900–1 000 Reichstalern auskommen. 80 Reichstaler im Monat, falls er nicht zu viel holländische Lebensmittel verbraucht. Hühner 6–8 Stüber, Eier 3–4 zu einem Stüber. Ochsenfleisch und Fisch 4–5 Stüber das Pfund. 60 Reichstaler, das ist für Batavia eine so einfache Küche, dass man in Holland für 40 Reichstaler im Monat viel besser essen und vor allem trinken kann.«

19 ARA, Hoge Raad Holland & Zeeland (HR) 783, f. 63.
20 Ebenda.
21 C. R. Boxer, Mary and misogyny. Women in Iberian expansion overseas 1415–1815. Some facts, fancies and personalities. London 1975, S. 48.
22 Ebenda, S. 78.
23 HR 783, f. 63.
24 Hugo de Groot, Inleidinge, I. 5, 23.
25 A. S. de Blécourt u. H. F. W. D. Fischer, Kort begrip van het oud-vaderlandsch burgerlijk recht. Den Haag 1967, S. 70.
26 ARA, HR 783, f. 64.
27 RU, Archief van Boetzelaer, Inv. Nr. 16.

5
Geben und nehmen

1 ARA, HR 783, f. 84.
2 François Valentijn, Oud en Nieuw Oost-Indien, vervattende een naukeurige en uitvoerige verhandelinge van Nederlands mogentheyd in die gewesten. Dordrecht u. Amsterdam 1726, Bd. 4, 1, S. 385.
3 ARA, HR 783, f. 65.
4 ARA, HR 783, f. 85.
5 ARA, HR 783, f. 65 verso.
6 Am 15. September 1676.
7 ARA, HR 783, f. 65.
8 ARA, HR 783, f. 66.
9 ARA, HR 783, f. 94.
10 ARA, HR 783, f. 85. Dies ist ein gutes Beispiel für die Art und Weise, in der die holländischen Bürger zu dieser Zeit ihr Geld anlegten: in Häusern oder in Grundstücken.
11 ARA, HR 783, f. 66 f.
12 ARA, HR 783, f. 67.
13 ARA, HR 783, f. 85.
14 Bouwstoffen voor de geschiedenis der protestantsche kerken in Nederlandsch-Indie. Hg. v. J. Mooij. Weltevreden 1931, Bd. 3, S. 303 f. Für den Advokaten müssen die Wege des Herrn in der Tat unergründlich gewesen sein! In den kirchlichen Strafverfahren standen nicht die Rechte des Individuums im Vordergrund, sondern das Wohlergehen der Gemeinschaft, die vor dem Zorn Gottes beschützt werden musste, vor der *ira Dei*. Dem Beschuldigten war es

nicht gestattet, einen Advokaten heranzuziehen. Er bekam die Beweisstücke nicht zu sehen, er wurde auch nicht über die Namen seiner Ankläger informiert. Mann hatte den Kirchenrat als den Gerichtshof zu akzeptieren, selbst dann, wenn man einen Streit mit einem Pastor hatte. Siehe A. Th. van Deursen, Het kopergeld van de Gouden Eeuw. Assen 1980, Bd. 4, S. 50.

15 Mooij, Bouwstoffen, Bd. 3, S. 303 f.

16 ARA, HR 783, f. 67 verso, f. 68. Nur die Sklaven gingen im Haus barfüßig!

17 ARA, HR 783, f. 66 verso, f. 68.

18 Daghregister 1676, S. 356.

19 ARA, HR 783, f. 69.

20 Mooij, Bouwstoffen, Bd. 3, S. 326.

21 Ebenda, S. 329.

22 ARA, HR 783, f. 69 verso.

23 Mooij, Bouwstoffen, Bd. 3, S. 333.

24 Ebenda, S. 340.

25 Ebenda, S. 341 f., 344.

26 Ebenda, S. 360.

27 Ebenda, S. 361.

28 Ebenda, S. 366.

29 Ebenda, S. 375 f. Für den neugierigen Leser folgen hier einige Zitate. Am 24. März hatte Bitter in guter Gesellschaft dem Pastor Zas gesagt, dass »er nicht würdig sei, auf die Kanzel zu steigen«. Auf Nachfragen habe Bitter das auch ohne weiteres zugegeben. Er wollte wohl an Hand einer Rechnung des Notars Keysers deutlich machen, dass Zas sich stärker »auf die Sache seiner Frau eingelassen habe, als es sich für einen Prediger geziemt«. Der Notar erklärte aber das Gegenteil. Sogar der Generalgouverneur Maetsuijcker hatte sich mit dem Fall beschäftigt, indem er schrieb, dass »seines Wissens Pastor Zas Sr. Wohlgeboren über den Herrn Bitter, als der über den häuslichen Streit zwischen sich und seiner Frau noch nie geklagt hatte, von sich aus über die Klagen der Frau des Herrn Bitter in Kenntnis gesetzt hat.«

30 Dazu gab es Präzedenzfälle. Das Recht der Kirche, die Kirchenzucht anzuwenden, führte regelmäßig zu Konflikten mit der Obrigkeit. Van Boetzelaer gibt ein schönes Beispiel eines Pastors, der vom Kirchenrat mit einer Strafe bedacht wurde, »bevor der Richter in dieser Sache ein Urteil gesprochen hatte«. W. Th. van Boetzelaer (Baron von Asperen und Dubbeldam), De protestantsche kerk in Nederlandsch-Indie. Haar ontwikkeling van 1620–1939. Den Haag 1947, S. 72.

31 Mooij, Bouwstoffen, Bd. 3, S. 386.

32 ARA, VOC 1431, f. 766.
33 ARA, VOC 1431, f. 766 verso.
34 In seinem Artikel über Andreas Cleyer spricht de Haan über Speelmans Spekulationsgeschäfte und folgert: »der intelligente Staatsmann, der tüchtige und entschlossene Admiral und Feldoffizier, war zugleich ein Erzschieber, der sich auch zum gemeinsten Wucher mit Eingeborenen herablassen konnte.« F. de Haan, Uit de notarispapieren II, Andreas Cleyer. In: TBG 66, 1903, S. 442 u. 448.
35 Valentijn, Oud en Nieuw Oost-Indien, Bd. 4, 1, S. 311.
36 ARA, VOC 1431, f. 770.

6
Der Papagei erzählt

1 ARA, VOC 240. Dienstag, 29. Juli 1677.
2 Der Advokat stand an der Spitze der »Haags Besoigne«, des geschäftsführenden Büros der Compagnie in Den Haag, wo die aus Indien einlaufende Post gelesen und zusammengefasst und wo tatsächlich die täglichen Geschäfte und der Betrieb koordiniert wurden.
3 ARA, VOC 240, o.f.
4 Hochepied wurde dazu gezwungen, weil »kein Direktor, direkt oder indirekt, für sich oder für andere, unmittelbar Korrespondenz führen soll mit hohen oder niederen Beamten der Compagnie in Ostindien, unter welchem Vorwand auch immer das sein mag! Vielmehr müssen alle Briefe, die jemand als Privatmann oder in Sachen der Compagnie an die vorbeschriebenen Beamten oder an seine dort lebenden Freunde zu schreiben für richtig findet, auf den Sitzungen der entsprechenden Kammern bekannt gemacht werden!« van Dam, Beschrijvinge, Bd. 3, S. 383.
5 Ein gewisser Eghbert Munter, der ansonsten in dem Bericht nicht vorkommt.
6 ARA, VOC 240, 29.7., 12.8. u. 26.8.1677
7 ARA, VOC 108, Sitzung vom 8. September 1677.
8 Pieter van Dam widmet ein Kapitel dem streng verbotenen Privathandel der Angestellten der Compagnie. Zum Handel mit Diamanten bemerkt er, dass die Herren Zeventien dazu über die Jahre hinweg keine feste Politik verfolgt haben. Beschrijvinge, Bd. 3, S. 384. Weil sie so klein waren und einen relativ hohen Wert hatten, waren Diamanten schon immer eine bevorzugte Schmuggelware. Auch in den Zeiten der Vereinigten Ostindischen Compagnie wurde der illegale Handel mit Edelsteinen aus Asien von den Angestellten der Compagnie betrieben. Das macht eine gehörige Zahl von Edikten und Vorschriften

in den »Realia« des Plakaatboeks deutlich, die alle gegen den partiellen (privaten) Handel und das Schleifen von Diamanten gerichtet sind.

9 Willem van Alphen, von 1631 bis 1684 Sekretär am Hof der Justiz in Holland, hat das nachgeschlagen und verdienstvollerweise Dokumente im ›Papegaey‹ (im Text, Papagei) publiziert, die er für typisch oder einmalig hielt. Ich habe hier die Ausgabe von 1683, hg. v. Johannes Steucker, benutzt.

10 Van Alphen, Papegaey, S. 10-14.

11 ARA, VOC 108, Resolution der Herren Zeventien vom 8. September.

12 Der Artikel über das Verbot des Privathandels wurde im Artikelbrief bekannt gemacht, worauf jeder Angestellte der Compagnie mit Ausnahme der Geistlichen einen Eid leisten musste.

13 ARA, VOC 108, 8.9.1677.

14 Daghregister 1678, S. 291–95.

15 ARA, HR 783, f. 70.

16 Es handelte sich um zwei Fälle: einen, der vom öffentlichen Ankläger Gualtherus Zeeman gegen den vormaligen Direktor der Faktorei in Surat, Andries Boegart, angestrengt worden war, und den Fall Cornelia van Nijenroode versus Joan Bitter. In beiden Fällen musste der Präsident des Rates der Justiz, Balthasar Bort, seinen Platz und das Recht zur ersten Stimmabgabe an Blom abtreten. Dadurch wurden diese beiden Rechtsfälle in die Richtung gelenkt, die die Politik wünschte. Daghregister 1679.

17 L. J. van Apeldoorn, Geschiedenis van het Nederlands huwelijksrecht voor de invoering van de Fransche wetgeving. Amsterdam 1925, S. 197.

18 ARA, HR 783, f. 70 u. 86.

19 Mooij, Bouwstoffen, Bd. 3, S. 436.

20 Daghregister 1679, S. 509.

21 ARA, HR 783, f. 87.

22 Am 2. Januar 1680.

23 Daghregister 579, 16. Februar 1679.

24 Daghregister 108, 12. März 1680.

25 Daghregister 1680, S. 111.

26 Dirck Tulp (1624–1682), der Vater des berühmten Arztes Nicolaes Tulp; Louis Trip (1605–1684), Bürgermeister von Amsterdam 1674, 1677 und 1679, Händler und Waffenfabrikant. Seine Tochter war mit Valckeniers Sohn Wouter verheiratet.

27 Van Alphen, Papegaey, Bd. 2, S. 313–27.

28 Van Alphen veröffentlichte dies alles als Beispiel eines »Requests für eine Anordnung der Beschlagnahme der Güter, hinterlegt bei der privilegierten

Ostindischen Compagnie in der Kammer von Amsterdam, die einer gewissen Frau gehören, die in Batavia in Ostindien lebt«. Doch wenn wir uns die Aufzeichnungen näher ansehen, dann ist uns nicht ganz klar, was van Alphen damit bezweckte: Wollte er seine Leser mit einem interessanten Stück aus dem Rechtsleben unterhalten, oder war es vielleicht sein Ziel, den Lesern ein Bild zu geben von der mühseligen und unbeholfenen Art, mit der man im Fernen Osten mit Recht und Gesetz umging?

29 Für einen Rechtsfall in der Republik wurden im Allgemeinen zwei Wochen anberaumt. Wenn es einen Fall in Zeeland betraf, dann wurden es auch schon mal drei Wochen wegen der schlechten Verbindungen zwischen den Inseln. Siehe F.C.J. Ketelar, De procesgang bij het Hof van Holland, Zeeland en West-Friesland. In: Verslag en bijdragen van de Rijks Archiefschool, 1669–1670. Utrecht 1971 – über die Prozessverläufe der Rechtbank van Holland im 17. Jahrhundert.

30 Martinus van der Goes, Adriaen Coetenburgh, Johan Stepel, Zegher ten Holte und M. de Hertoge.

31 Das Gutachten befasste sich auch mit den einschlägigen Stücken der zwischen Bitter und der Hohen Regierung in Batavia ausgetauschten Requesten und Resolutionen, mit dem Edikt von Baukes und einer Anzahl von Zeugnissen des Kirchenrates, der Prediger von Batavia, des vormaligen Präsidenten des Rats der Justiz in Batavia und selbst des Generalgouverneurs persönlich über Bitters Person. (Hier kommen wir zurück auf den Inhalt des Briefes von jenseits des Meeres, der Bitter als eine fleißige Person beschrieb, den Brief des Generalgouverneurs an den Kirchenrat und die Schriftstücke, die Bitter kurz vor seiner Abreise bei diesem Kollegium gesammelt hatte.)

32 Van Alphen, Papegaey, Bd. 3, S. 325. Das Mitglied, auf das verwiesen wird, ist wahrscheinlich Cornelis Speelman, der bei der ersten Aussöhnung vermittelt hatte.

33 »So wurde ihm geraten, er möge sich wenden an die Souveräne des Landes, Ihre Hochmögenden Herren der Generalstaaten der Vereinigten Niederlande, unter denen nicht nur die Eingesessenen und Untertanen der Edlen Compagnie stehen, sondern wo auch, durch das Patent des Jahres 1602, einem jeglichen die Klage freigestellt ist, dem in Indien Beleidigung widerfuhr. Überdies könnten Ihre Hochmögenden die Güte anwenden, den erw. Herrn Bitter *in hoc casu extraordinario, etiam extraordinario remedio* (zu dieser außergewöhnlichen Sache auch ein außergewöhnliches Rechtsmittel) entweder von den empfangenen authentischen Akten … durch den hiesigen Gerichtshof zu examinieren, oder andererseits zu assistieren, zu unterstützen.« Van Alphen, Papegaey, Bd. 2, S. 327.

34 Pieter van Dam bekleidete den Posten eines Advokaten, eines »geschäftsführenden Direktors«, bei der Compagnie in den Jahren 1652–1706. Für die Herren Zeventien stellte er die ›Beschrijvinge‹ zusammen, eine Darstellung der Organisation und des Geschäftsbetriebs der Compagnie. Dieses Manuskript wurde vor allen Außenstehenden geheim gehalten. Erst in diesem Jahrhundert wurde es von 1927 bis 1947 in sieben Teilen von F. W. Stapel und C. W. Th. van Boetzelaer ediert.

35 Van Alphen, Papegaey, Bd. 2, S. 317.

36 Ebenda, S. 319.

37 Ebenda, S. 318. Der Text nennt fälschlich den 24. März.

7
Das verlorene Schaf

1 Von den 25 000 Reichstalern erhielt sie 14 901 und 7/8 Reichstaler zurück. Das setzte sich zusammen aus 12 000 Reichstalern aus der Kasse der Compagnie, aus dem Verkauf eines Hauses (2 600) und dem Verkauf einiger Sklaven (301 und 7/8). Am 13. März 1680 luden zwei freie Bürger, Mattheus van Lugtenburg und Jacob Does, Cornelia van Nijenroode wegen Schulden, die ihr Mann gemacht hatte, vor. Sie wurde zur Zahlung von 7 330 und 4 636, 5 Reichstalern verurteilt. ARA, HR f. 71.

2 Generale Missive van de Hoge Regering v. 23. 11. 1631, 21. 10. 1676 u. 1. 11. 1678.

3 11. Juli 1680, Plakaatboek, Bd. III, S. 47.

4 Mooij, Bouwstoffen, Bd. 3, S. 456.

5 Ebenda, S. 463.

6 Am 2. April 1681. In ihren letzten Lebensjahren hat Petronella Wonderaer von ihrem Mann getrennt in einer eigenen Wohnung gelebt. Daghregister 1681, S. 483.

7 Am 3. Juli 1681, als der Kirchenrat wieder zusammentrat, um über die Zulassung von Teilnehmern am Abendmahl zu befinden. Daghregister 1681, S. 483.

8 Durch Zufall ist die ›Civiele Rolle‹ von 1681–1682 in Den Haag erhalten. Die oben stehende Diskussion und der Inhalt von Bitters Brief sind darin enthalten. ARA, archief VOC 9236, 6. 11. 1681, f. 151.

9 Van Alphen, Papegaey, Bd. 2, S. 320f. Der Vorsitzende des Schöffengerichts, Anthoni Hurdt, bestätigte das eine oder andere noch in einer Erklärung vom 16. Dezember 1681.

10 Mooij, Bouwstoffen, Bd. 3, S. 489.

11 Am ersten Montag des Oktober 1682.

12 Van Alphen, Papegaey, Bd. 2, S. 322 f.

13 Ebenda, S. 323.

14 ARA, VOC 109, Resoluties Heren Zeventien, 15. 6. 1682. Bitter klagte, er sei zu Unrecht zurückgerufen und von seiner Frau »abgesetzt« worden. Er fühlte sich durch das Urteil des Gerichts in Batavia benachteiligt und ersuchte dann auch, es »solle ihm gestattet sein, seine Sache hierzulande in einer Revision zu verfolgen, oder aber, das nun in Indien geschehen zu lassen«.

15 Hugo de Groot, Inleidinge, I. 5, 20. »Auch bei lang währender Unlust wird bei zu Recht erlaubter Trennung des Zusammenwohnens das Eheband erhalten bleiben, und in dem Sinne, dass jederzeit wieder nach der Vereinigung getrachtet werden muss.«

16 ARA, VOC 106, 8. 3. 1683, Resoluties Heren Zeventien. Die Herren Zeventien beschlossen selbst, »dass an den General und die Räte geschrieben werden soll und die angewiesen werden sollen, das früher entstandene Problem zwischen ihm und seiner Frau nach bestem Vermögen zu beenden, worüber ein Prozess vor dem erwähnten Rat der Justiz entstanden war und das Urteil zu seinem Nachteil gefallen ist; das solle nun gütlich beigelegt werden.«

17 Van Kan, Het rechtsmiddel der revisie, S. 1.

18 Pieter van Dam, der diesem Phänomen einen Abschnitt widmete, zählte zu seiner Zeit Hunderte von Fällen. Bd. 3, S. 96.

19 Ebenda.

20 Plakaatbock, Bd. I, S. 512.

21 Van Kan, Het rechtsmiddel der revisie, S. 27.

8
Die »Versöhnung«

1 Auf der ›Ridderschap‹ waren 170 Seeleute, 106 Soldaten und zwei Passagiere.

2 Garbuleurs mussten alles eintreffende und abgehende Gepäck kontrollieren. Wie wir sehen, beschlagnahmten sie auch starke Getränke, da vermutet wurde, dass die nicht nur für den eigenen Verbrauch bestimmt waren.

3 Reisen van Nicolaus de Graaff gedaan naar alle gewesten des werelds, beginnende 1639 tot 1687 incluis. Hg. v. J. C. M. Warnsinck. Den Haag 1930 (Linschoten-Vereeniging, Bd. 33), S. 168–70. Journaal gehouden in't Schip de Ridderschap van Hollandt (Joan Bitter), 1683. Manuskriptkatalog Rijksmuseum, Nederlands Scheepvaartmuseum 1, 276.

4 Am 6. Juni 1680. Constantijn jr. war der Sohn des verstorbenen Rats von Indien Constantijn Nobel sen. (1678), ehemals Leiter des Compagnie-Kontors zu Hoksieuw (Fuzhou) in China. Vater Nobel war auch einer der Zeugen bei der Eröffnung des Testaments von Pieter Cnoll.

5 Seit dem 2. November 1681.

6 Mooij, Bouwstoffen, Bd. 3, S. 569.

7 9. Dezember 1683. Mooij, Bouwstoffen, Bd. 3, S. 573.

8 Ebenda, S. 574f. 17. Januar 1684.

9 ARA, HR 783, »besorgt wegen eines schlimmen Resultats«, schnaubte Bitter; f. 88.

10 F. W. Stapel, Cornelis Janszoon Speelman. In: BKI, 1936, 94, S. 1–220, 138.

11 Ebenda, S. 141 f.

12 Valentijn, Oud en Nieuw Oost-Indien, Bd. 4, S. 315.

13 ARA, HR 783, f. 88.

14 Mooij, Bouwstoffen, Bd. 3, S. 611.

15 Ebenda, S. 612.

16 ARA, HR 783, f. 71.

17 ARA, HR 783, f. 88.

18 ARA, HR 783, f. 72 u. 89.

19 ARA, HR 783, f. 72 verso.

20 Der Polizeimeister arrestierte und bewachte mit seinen acht »Kaffern« (Neger aus Mosambik und Angola) die Verdächtigen auf Befehl seines direkten Vorgesetzten, des Fiskalanwalts (des öffentlichen Anklägers). Siehe la Bree, De rechterlijke organisatie, S. 31 f. u. 53.

21 ARA, HR 783, f. 73.

22 ARA, VOC 701, 1.5.1686.

23 Cornelia war gewiss nicht informiert über die Diskussion zur Stellung der Frau, die zu dieser Zeit im fernen Frankreich von einem Philosophen wie François Poulain de la Barre geführt wurde. Siehe Siep Stuurman, Staatsvorming en Politieke Theorie. Amsterdam 1995, S. 216–38.

24 »... die Hohe Regierung nun einmal befugt ist, in solchen Fällen, in denen eine derartige Gefahr steckt, provisorisch zur Verhütung von Unheil disponieren zu können, und so, dass dann im Prinzip künftig von den Richtern disponiert werden kann.« ARA, VOC 701, Resolutien Gouverneur-general en Raden, 1.5.1686.

25 Das sollte Bitter natürlich nicht akzeptieren!

26 Sie schrieb, »dass sie etwas mehr und andere Gründe und Wahrheiten gehabt hat, um die Judikatur des Achtbaren Rats der Justiz zu scheuen, die sie allerdings bisher mit Rücksicht auf Ihre Hochwohlgeboren und ihren Mann lieber

zu verschweigen bestrebt war, als durch die Offenbarung derselben Verleumdungen und Angriffe demselben zuzufügen.«

27 »denn weil alles so verklausuliert werden kann, dass hinterher kein Einspruch dagegen erhoben werden kann, um es so trügerisch zu machen wie ihren feierlichen genauen Ehevertrag, der gegen alle Erwartung der Leute wertlos werden musste.« Mit diesen Worten zielte sie ohne Zweifel auf die (leider missglückten) Versuche von Speelman und Ranst, Bitter im September 1676 zum Einhalten getroffener Absprachen zu zwingen.

28 ARA, VOC 701, 14.6.1686, f. 276f.

29 ARA, VOC 701, 20.8.1686.

30 ARA, HR 783, f. 74.

31 ARA, HR 783, f. 75.

32 ARA, VOC 1418, f. 452.

33 Von den 42 Artikeln ihrer *Contra interrogatorium* wurden nur elf beantwortet. Die übrigen 31 Artikel hielt man für unpassend und irrelevant, sie wurden getilgt.

34 ARA, VOC 702, 15.1.1687.

9
Die letzte Runde

1 Generale Missive vom 23. Dezember 1687. Ein- oder zweimal im Jahr gab der Generalgouverneur den Herren Zeventien einen Bericht über die allgemeine Lage in Indien. Dieser Bericht hieß Generale Missive.

2 ARA, VOC 693, 11.10.1678

3 Daghregister Batavia 1680, 7./8. Juni, S. 361, 618–620.

4 Pieter, nach seinem Großvater benannt, 1679 (Cornelis Speelman war Pate), Anna 1682 und Jacobus Wijbrant 1687. Die beiden älteren Kinder sind erwähnt bei F. de Haan, Priangan. Die Preanger-Regentschappen onder het Nederlandsch bestuur tot 1811. Teil 1. Batavia 1910, S. 198.

5 Dieses Kollegium – 1684 reorganisiert – bestand aus einem Landdrosten, den Hauptleuten der Vorposten, die das Umland bewachten, und den »geeignetsten Grundbesitzern, die an den Ufern des großen Flusses wohnten«. Es liegt auf der Hand, dass er draußen vor der Stadt Land besaß. La Bree, De rechterlijke organisatie, S. 139; Stapel, Speelman, S. 203.

6 ARA, HR 783, f. 89.

7 Am 11. Dezember 1685 hatte Bitter noch rasch einiges Geld überwiesen: 8500 Reichstaler an Floris Ouwelszoon Prins und Johannes Stolp in dem

nordholländischen Städtchen De Rijp; 3500 Reichstaler an Catarina de Swart (Witwe von Cornelis de Jager) und Paulus van Durven (Advokat in Delft); 765 Reichstaler an Lambert Lambertszoon in Amsterdam. Siehe ARA, HR 783, f. 74. Als er im Verhör unter Druck geriet, behauptete Bitter, dass er von diesen Personen in Batavia Eigenwechsel aufbewahrt habe. ARA, HR 783, f. 79.

8 ARA, VOC 702, Resoluties GG en Raad, 18. 3. 1687.

9 ARA, VOC 702, f. 209.

10 5. 4. 1687.

11 ARA, VOC 702, f. 235 u. 254.

12 ARA, VOC 702, f. 367.

13 ARA, VOC 702, f. 254, 367, 381 u. 410-13.

14 22. 8. 1687. ARA, VOC 702, f. 421.

15 ARA, VOC 702, f. 429.

16 de Bevere verweist hier auf einen Beschluss des Gerichts von Batavia vom 10. September 1678, den ich in den verfügbaren Quellen nicht finden konnte.

17 ARA, VOC 702, f. 429.

18 »... wegen gewisser unguter Begegnungen, die dieser Mr. Jan Bitter Sr. Wohlgeboren bereitet hat, und wegen der Angelegenheit, von der der genannte Bitter auch gesprochen hat, möchte Sr. Wohlgeboren nicht gerne seinen Fall als Präsident leiten.«

19 ARA, VOC 702, 29. 8. 1687.

20 ARA, VOC 702, 5. 9. 1687.

21 »... dass nämlich ein Vertrag, geschlossen in einer Stadt, die eine wohlbestallte Verwaltung hat, vermutlich nicht als unter Zwang und Furcht entstanden angesehen werden kann; wäre es so, dann hätte der Beleidigte kurz darauf bei der Verwaltung seine Klage dagegen vorgebracht oder zumindest, sobald er nicht mehr gezwungen war, gegen Zwang und Furcht protestiert ...« ARA, VOC 1431, f. 769.

22 ARA, VOC 1431, f. 766-71.

23 F. W. Stapel gibt in seiner Biografie Speelmans eine etwas andere Deutung dieses Vorfalls. S. 165.

24 ARA, VOC 702, 21. 11. 1687.

25 ARA, VOC 702, o. f.

26 Beziehungsweise durch die Resolutionen vom 18. November, 28. November und 2. Dezember 1687. ARA, VOC 702.

27 »Kraft einer gewissen notariellen Obligation für den Notar Frederick Michault, datiert 9. September 1686.« ARA, VOC 702, 10. 12. 1687.

28 Resoluties Gouverneur-Generaal en Raad 5.12.1687, ARA, VOC 702.

29 5.12.1687. ARA, VOC 702.

30 J. W. Vogel, Zehen-Jährige Ost-Indianische Reise-Beschreibung … Altenburg 1704, S. 498 u. 523. »Selbiger musste seine Kost unter dem andern Viehe so zu sagen stehlen! Denn es hackte und stieß alles auf ihn los und trieb ihn von der Krippe … Er schluckt alles, was man ihm vorwirfft, wenn es gleich Eisen, Bley oder gar glüenden Kohlen wären.« Kasuare sind in der Tat Vielfraße. Christoph Schweitzer berichtet, dass ein Kasuar, der innerhalb der Mauern des Kastells in Batavia frei umherlief, in einem unbewachten Augenblick alle Kugeln der Wache aufpickte, um sie am nächsten Tag wieder auszuscheißen – zur großen Erleichterung der Soldaten, die man beschuldigt hatte, auf ihre Ausrüstung nicht geachtet zu haben. Schweitzer, Reise nach Java und Ceylon 1675–1682. In: Reisebeschreibungen von deutschen Beamten und Kriegsleuten im Dienst der Niederländischen West- und Ost-Indischen Kompagnien 1602–1797. Hg. v. S. P. l'Honoré Naber. Den Haag 1931, Bd. 2, S. 29.

31 Journaal gehouden door Joan Bitter op de ›Waalstroom‹, NSM(I. 176, XIV).

32 Bruijn/Gaastra/Schöffer, Dutch Asiatic Shipping, S. 111 u. 127.

33 ARA, HR 783, f. 100.

34 Motto über dem Journal Bitters.

10
Das bittere Ende

1 Rau-actie: eine ohne Einsatz eines regelrechten, vorgeschriebenen Rechtsganges vorgebrachte Klage.

2 Van Alphen, Papegaey, Bd. 2, S. 327.

3 S. J. Fockema Andreae, De Nederlandse staat onder de Republiek. Amsterdam 1969, S. 142.

4 ARA, HR 783, f. 83.

5 ARA, HR 783, f. 91.

6 »Klägerin und Angeklagte der Gegenklage«.

7 »Verteidiger und Kläger der Gegenklage«.

8 ARA, HR 783, f. 84–91; ARA, HR 904.

9 ARA, HR 783, f. 92.

10 Ein Verweis auf Marcus Porcius Cato Censorius (234-149 v. Chr.), einen »gestrengen Zensor«.

11 ARA, HR 783, f. 93–95.

12 ARA, HR 904, Dictum, 29.6.1691.

13 ARA, HR 904, 1.12.1691.
14 ARA, HR 904, 24.7.1692.
15 W. Wijnandts van Resandt, De gezaghebbers der Oost-Indische Compagnie op hare buitencomptoiren in Azie. Amsterdam 1944.
16 L. Cortenraede, De Wijkse regenten. Van timmerman tot rentenier. Utrecht 1983.
17 RU, Archieven Nederlands Hervormde Kerk, Wijk bij Duurstede, Nr. 176, Rekeningen van de administrerend kerkvoogd 1702–1715.
18 Für 1438 Gulden. Dazu gehörte ein Obstgarten von 1,5 Morgen außerhalb der Stadt am Bemmelsdijk in der Nähe des Leuter Tors, der mit dem darauf stehenden Gartenhaus auf 1081 Gulden geschätzt wurde. Cortenraede, Wijkse regenten, S. 105–107.
19 Ebenda, S. 115.
20 Wie Anm. 252.
21 D.J. Roorda, Het onderzoek naar het stedelijk patriciaat in Nederland. In: Kantelend geschiedbeld. Hg. v. W.W. Mijnhardt. Utrecht 1983, S. 124.
22 Cortenraede, Wijkse regenten, S. 54f.
23 Siehe RU, Staten van Utrecht, Nr. 217–364.
24 Zur Trauungsakte vom 14. Januar 1704 siehe RU, Notariele Archieven Van Sandick (Wijk bij Duurstede), Wij 008 u. 009. Hendrick war höchst widerwillig Bürgermeister, das zeigen seine Versuche, dieser Verpflichtung zu entgehen. Als er dazu aufgefordert wurde, ging er lieber in seinen Garten arbeiten. Schließlich mußte man Zwang anwenden, um ihn auf diesen Sessel zu hieven. Die Compagnie konnte dankbar dafür sein, dass dieser große Faulenzer seine Ambition, als Mitglied des Rats von Indien in den Osten zu gehen, nie verwirklicht hat. Siehe RU, Archief van Boetzelaer, Nr. 475: »Erklärung für das Gericht von Amersfoort, gegeben von der Haushälterin des Hendrick Both, worin sie seinen Unwillen, Bürgermeister zu werden, bezeugt.« 1703.
25 Die Trauungsakte: RU, Archief van Boetzelaer, Nr. 484: Acte huwelijkse voorwarden Albert Jan van Lidth de Jeude en Aletta Bitter, 1707.
26 Nach Generale Missive, VI, 262, kam Arnolt 1703 in Batavia an, wo er in den Rat der Justiz aufgenommen wurde. 1705 wurde er als stellvertretender Leiter und Verwalter nach Malabar versetzt, Generale Missive VI, 372, 475. In der Missive vom 25. November 1708 wird gemeldet, dass er zum Fiskalanwalt befördert wurde. Er kehrte als Vizeadmiral der Herbstflotte von 1715 nach Holland zurück. Coolhaas, Generale Missiven VII, 166.
27 K.L. van Schouwenburg, Over de Nobels. Genealogie en geschiedenis. In: De Nederlandse Leeuw 103, 1986, S. 23.

28 RU, Archief van Boetzelaer, Nr. 483.

29 Am 4. März 1704.

30 Zum Beispiel RU, Notariele archieven van Sandick, Wij 008a 004, 1697: Bitter erhielt 1 200 Gulden + 4 % Rendite aus Batavia; Wij 008a 010, 1707: Bitter erhielt 300 Gulden in Wechseln aus Batavia und 2 570 Gulden Gehalt, von Arnolt Bitter verdient.

31 van Schouwenburg, Over de Nobels, S. 18-21. Bitter zahlte übrigens vor seinem Tod 1714 den ganzen Betrag.

32 RU, Notariele archieven Nicolaes Keppel, Wij 007a 001: 30. Juli 1698. Er benutzte diese Vollmacht, um das Einkommen seines Sohnes anzunehmen.

33 Gemeentelijk Archief Amsterdam(GA), Weeskamer, Register der voogdijen beginnende 21. 10. 1687 en eyndigende 9. 8. 1707, Nr. 5073-5518; GA Weeskamer, Inbreng register, deel 38, f. 31. Das Vermächtnis von Cnoll wurde vom Notar Jacobus van Uylenbroeck am 12. 4. 1690 ausgeführt, doch leider sind die notariellen Dokumente von 1690–1692 verloren gegangen. Nach den Generale Missive, V, 431, übergab die ehrwürdige Perreira im Frühjahr 1690 weitere 8 500 Reichstaler, die ihrem früheren Mann gehört hatten, an Hillegonda Dubbeldecop.

34 »Der Herr und Mr. Joan Bitter erklärte, mit den Herren Alexander Henderson und Abraham Uylenbroeck in den Fragen zum Erbe seiner verstorbenen Ehefrau einig zu sein, und dass kraft dessen an die genannten Herren sichere Wechsel über 6 104,5 Reichstaler gefallen sind, die auf den Namen und auf Rechnung des Herrn Komparenten und seiner Ehefrau zu ihrer Lebzeiten aus Indien übersandt wurden und noch unbezahlt geblieben sind.« RU, Notariele Archieven van Sandick, Wij 008a 002, 1694.

35 Siehe GA, Notariele Archieven Daniel Moors, 247–63 18, 1693–1719, S. 829. »Letzter Wille von Jonker Jacobus Wijbrandt Cnoll, niedergelegt am 23. August 1702.« Weitere Begünstigte in seinem Testament waren sein Neffe und Patenkind (2 000 Reichstaler) und die beiden Schwestern Anna und Petronella Lossers (20 000 Gulden). Warum wohnte der junge Cnoll in Vianen? Darauf gibt es keine endgültige Antwort. In Vianen wohnten van Nieuwenrodes (siehe z. B. Vianen 7822, f. 26: Am 26. August wird Cornelia van Nieuwenrode, Witwe des verstorbenen früheren Deichboten vom Leckendijk, Joachim Vervoorn, erwähnt). In Vianen lebte auch eine alte Bekannte von Cornelia aus Batavia, Aletta van den Keer, Witwe des Jacob Keyser, der im Rat der Justiz gesessen hatte; siehe Archief Lexmond, 5302, 7. 12. 1682 und 12. 10. 1685. Die Stadt war übrigens auch ein »freier Platz« und somit ein

Zufluchtsort für Kriminelle und Schuldner. J. W. Cnolls Tod wurde erst am 31. März der Amsterdamer Waisenkammer gemeldet. GA, Inbreng register, deel 38, f. 31.

36 RU, Archief van Boetzelaer, Nr. 483.

Nachwort

1 Wie Richard Holmes es so schön sagt in ›In de voetsporen van de Biograaf‹. In: Gesprekken met tijdreizigers. Hg. v. Machteld Allen u. René Moerland. Amsterdam 1993, S. 147.

2 S. J. Fockema Andreae, De Nederlandse staat, S. 80.

3 Van Deursen, Kopergeld., Bd. 3, S. 14–23.

4 D. J. Roorda, Partij en factie. Groningen 1978, S. 49.

5 John Stuart Mill, The subjection of women. Cambridge, Mass. 1981, S. 31.

6 L. Bonfield, Marriage settlements, 1607–1740. Cambridge 1983. Eine Übersicht zu Ehescheidungsangelegenheiten im vormodernen England findet sich bei Lawrence Stone, Family, sex and marriage in England 1500–1800. New York 1977.

Glossar

aam (niederl.): altes Weinmaß; ein Amsterdamer *aam* entspricht 155 Litern

Amendment des Arrests: Anordnung zur Beschlagnahme, um eine Forderung zu sichern

a usu (lat.): durch Gebrauch

anak Kompenie (malaiisch): Kind der Compagnie (VOC)

babu (mal.): Kindermädchen

bakufu (jap.): die japanische Militärführung

Breviarium ab inito mari oceano (lat.): Tagebuch, vom ersten Tag an auf dem Meer geführt

bugyo (jap.): Beamter, hier einer der Gouverneure von Nagasaki

causa divortii (lat.): Ehescheidungsfall

citation: Vorladung

contra interrogatorium (lat.): Kreuzverhör

dai-feitor: aus jap. *dai* = groß und portug. *feitor* = Kaufmann

daimyo (jap.): Feudalherr

Doldrums (engl.): Flaute, besonders am äquatorialen Winstillen-Gürtel

Emolumenten: Nebeneinnahmen

exceptio rei iudicatae (lat.): Urteilseinspruch

Flutschiff: Kauffahrteischiff mit drei Masten, rundem Deck und schmalem Deck

furoshiki (jap.): Einschlagtuch, für Einkäufe

Geredja Portugis: portugiesische Außenkirche in Batavia

Gulden: niederländische Silbermünze, entsprach damals etwa ²/₃ Reichstalern; 1 Gulden = 20 Stüber

Indien: damals Bezeichnung insgesamt für das heutige Indien, Südostasien und die heutigen indonesischen Inseln (=Ostindien, der Osten)

kanekijn: Baumwollstoff

katana (jap.): Schwert

kebon (mal.): Gärtner

keisei (jap.): Geisha

kin: 0,6 kg., auch *catty*

klenteng (mal.): chinesischer Tempel

koban: japanisches Goldstück im Wert von etwa 6 Reichstalern

Konnossement: Ladebrief, schriftliche Erklärung, dass ein Schiff bestimmte Güter geladen hat

malitieuse desertrice: eine Frau, die ihren Mann böswillig verlassen hat

Mardijker (aus mal. *merdika* = frei): freier Mann, frei gelassener Sklave

Mr.: Magister der Jurisprudenz

njonja (mal.): Mädchen, junge Frau

on-shin (jap.): belanglose Neuigkeiten

oranda ishidatami (jap.): holländischer gepflasterter Weg

orang baru (mal.): Neuankömmling, neuer Mensch

Ostindien, der Osten: siehe Indien (auch im Gegensatz zu Westindien = karibische Inseln)

Pajong (mal. *payung*): Sonnen- oder Regenschirm, zugleich Statussymbol eingeborener Fürsten und von Beamten der VOC

Parkallen: Baumwollstoff

pasar ikan (mal.): Fischmarkt

patria: bei den Holländern in Ostindien übliche Bezeichnung für die Niederlande

Pennist: Sekretär, Schreiber bei der VOC

Qualifizierter: Bediensteter der VOC über den Schreibern und Soldaten

Real: spanische Silbermünze

reculer pour mieux sauter (franz.): zurücktreten, um besser springen zu können, eine bessere Chance abwarten

Reichstaler (Rijksdaalder): niederländische Silbermünze, entsprach etwa 1 1/2 Gulden

Relief: jurist. völlige Wiederherstellung

Salempour: vielfarbige Seide, benannt nach der Stadt Serampore in Indien

Sampan (jap.): kleines Boot, wörtl.: drei Planken

Samurai (jap.): Angehöriger des japanischen Militäradels

Sarong kebaya (mal.): traditionelle indische Kleidung für Frauen, bestehend aus einem *sarong*, einem Wickelrock, und einer *kebaya*, einer Jacke oder Bluse mit weitem Ärmel

Sequester: Vermittler, dem Sachen, über die gestritten wurde, zur Aufbewahrung gegeben wurden

Shogun (jap.): Generalissimus, weltlicher Herrscher Japans

sinjo (mal.): indischer Junge

Sirih (mal.): Betelnuss und -blätter, viel gekautes Genuss- und Anregungsmittel in Süd- und Südostasien

Sjambock (persisch châbuck): Rohrpeitsche

sortabel: genügsam, entsprechend

steng (niederl.): Rundstange zur Verlängerung der Schiffsmasten

Stüber (stuiver): niederländische Scheidemünze (20 Stüber = 1 Gulden)

Tael: Gewichtseinheit und Rechnungsmünze in Asien

tan (jap.): Stoffrolle, 36 Fuß lang

tatami (jap.): Bodenmatte aus Binsen

tempoe doeloe (mal.): die gute alte Zeit

ton (niederl.): u. a. 100 000 Gulden

Travade: Windhose

VOC: Verenigde Oostindische Compagnie, von den Generalstaaten 1602 für ganz Ostasien privilegierte niederländische Handelsgesellschaft

yashiki (jap.): hölzernes Landhaus

Zeventien, die Herren Zeventien: die 17 Direktoren der VOC. Die siebzehn Herren waren eigentlich nur sechzehn, hatten aber siebzehn Stimmen. Die siebzehnte Stimme rotierte. Dieses Gremium, im gewissen Sinne der Verwaltungsrat der VOC, wurde von den »Bewindhebbers«, der Creme de la creme der städtischen Finanzobligarchie der reichen Kaufmannsstädte gewählt – führend darunter Amsterdam, gefolgt von Middelburg. Die Herren Zeventien bestellten den Advokaten, den Geschäftsführer der VOC.

Geschichte, Politik und Gesellschaft

Bato Tomašević
Montenegro
Eine Familiensaga im Jahrhundert der Konflikte
2000. Ca. 440 Seiten. Gb.
ISBN 3-593-36426-3

Im März 1999 besucht Exil-Journalist Bato Tomašević Freunde in Belgrad, als die NATO ihre Bombardierung beginnt. Auf der abenteuerlichen Flucht erinnert er sich an das Schicksal seiner Familie, das von den Balkankriegen bis heute eng mit der Geschichte des Landes verwoben ist. Bato Tomašević ist leidenschaftlicher Journalist und Erzähler in der Tradition seiner montenegrinischen Vorfahren. Fesselnd schildert er das Schicksal seiner Familie in den verschiedenen ethnischen Auseinandersetzungen. Seine Familiensaga beginnt im Pulverfass des Kosovo zu Beginn des Jahrhunderts. Sie führt über den Partisanenkrieg gegen Deutsche und Kroaten zum hoffnungsvollen Aufbau eines Vielvölkerstaates unter Tito und endet im Bosnienkrieg. Tragische Ereignisse, skurrile Begegnungen und alltägliches Heldentum fügen sich zu einer unvergesslichen Familiensaga und einer packenden Zeitgeschichte.